INHALTSVERZEICHNIS

HONI SOI QUI MAL Y PENSE – EIN SCHUFT, DER BÖSES DABEI DENKT

Von Anne Achner

»Warum ein Skelett auf dem Rücksitz meiner Harley Davidson sitzt, wollen Sie wissen? Ausgerechnet hier auf der sonnendurchglühten Veranda meiner stattlichen Villa in Otterndorf an der Elbmündung – gleichsam dem Tor zu Ostfriesland, direkt vor der von roten und violetten Geranien überwucherten Natursteinmauer? Ob ich vielleicht todessüchtig sei? Mitglied eines Teufelskultes? Oder einfach nur depressiv? Warum wollen Sie das wissen? Weil es Gerede gibt im Ort? Natürlich gibt es Gerede. Gerede gibt es immer. Womit sollen sich die Leute hier denn auch beschäftigen? Ein Ort wie das Paradies. Und dementsprechend langweilig. Sie sind Journalistin, sagen Sie? Arbeiten hier in Otterndorf für die Hamburger *Morgenpost* und das hiesige *Urlaubsmagazin*? Sehr beliebt bei den Touristen, ich kenne das Blättchen. Reporter wie Sie sind ja auch immer auf der Suche nach spektakulären Ereignissen. Also gut, wenn Sie wollen, erzähle ich Ihnen meine spektakuläre Geschichte. Einen Kaffee oder einen Rundgang durch den Garten? Zuerst in den Garten? Gerne! Sie sammelten Schicksale, seien süchtig nach Geschichten und schrieben sie auf, sagten Sie mir am Telefon. Geschichten aus dem wirklichen Leben. Die seien spannender als jede Fiktion. Das *Urlaubsmagazin* wolle meine wahre Geschichte? Nein? Die MoPo? Die Leute wollten mein wahres Gesicht sehen. Mein wahres Gesicht? Und wenn ich eins hätte, wer würde es sehen wollen?

Zuhause waren wir sieben Kinder. Meine Mutter hat sich abgerackert, anderen Leuten die Wäsche gewaschen und den Dreck weggemacht. Mein Vater versoff das wenige Geld, das er als Landarbeiter verdiente, und starb, kurz nachdem meine Mutter mich und meine Zwillingsschwester in die Welt katapultiert hatte. Ungewollte Nachzügler waren wir, meine Schwester und ich, ungewollt und ungeliebt. Es war auch ohne uns schwer genug, die Mäuler zu stopfen. Meine Mutter sprang von Tischen und Schränken, versuchte, sich in der Badewanne zu verbrühen, trank bitteren Pflanzensaft, den die Dorfhexe ihr heimlich zusteckte. Nichts nützte. Eine Abtreibung kam in unserem bayrischen Dorf selbstverständlich nicht infrage. Eine Todsünde, für die man in die Hölle kam. Als ob wir nicht schon in der Hölle waren! Und dann starben zwei meiner älteren Brüder nach einem alkoholtriefenden Abend, als sie mit ihrem Moped gegen einen Baum knallten. Sie hatten gerade eine Lehre angefangen und brachten ein wenig Geld mit nach Hause.

Mit 16 haute meine Schwester mit dem Typen vom Wanderzirkus ab, der durch unser Dorf kam und auf der Hauptstraße für seine Tiere bettelte. Sie war eines Tages einfach weg. Zu diesem Zeitpunkt wusste ich auch schon, dass ich nicht war wie die anderen Jungen, die sich mit Mädchen herumtrieben, rauchten, soffen und die eine oder andere Schickse in der Scheune flachlegten.

Weichei, sagten sie zu mir, Sissy, weil ich lange Zeit klein und zart war, noch dazu mit blonden Locken. Das können Sie sich bei meiner Glatze heute kaum noch vorstellen, nicht wahr? Ich war wirklich ein süßer Bengel, dem jede Frau über den Kopf streichelte. Vielleicht erklärt das meinen Widerwillen gegen Frauen, hat schon mein Seelenklempner spekuliert, zu dem ich mich später einmal hingeschleppt habe. Ich denke, meine Mutter hätte gerne noch ein Mädchen gehabt, wenn schon. Aber dass ich schwul war, das passte ihr nicht, da schämte sie sich vor den Leuten.

Die Hauptschule habe ich mit guten Noten abgeschlossen und eine Lehre beim Bäcker in der nächsten Kleinstadt gemacht. Gekocht und gebacken habe ich schon immer gerne. Auch das frühe Aufstehen hat mir nichts ausgemacht. Aber als der Bäcker mich eines Tages mit seinem Sohn im Heu erwischt hat, da bin ich rausgeflogen.

Mit 22 habe ich Reinhard kennen gelernt, der kam aus München, 25 Jahre älter als ich. Er hatte sich heftig in mich verliebt, und wir wurden ein Paar. Es war eine gute Zeit. Wir haben zusammen ein Bistro in Tutzing am Starnberger See eröffnet. Der Laden lief gut, wurde zum Szenelokal. Von Reinhard habe ich neben Kochen viel gelernt: Autofahren, Motorradfahren, Segelfliegen und so Sachen. Wir waren fast vier Jahre zusammen, und dann lag Reinhard eines Nachts tot im Straßengraben, das Motorrad über ihm. Eigenverschulden? War er zu schnell gefahren, oder hatte ihn ein vollgedröhnter Raser von der Straße gedrängt? Eigentlich hatte Reinhard gesagt, er wolle mir das Bistro vermachen, wenn ihm mal was passieren würde. Aber es gab nichts Schriftliches. Wer rechnet denn mit so was? Reinhard war doch noch keine fünfzig. Die gierige Verwandtschaft hat sich natürlich alles unter den Nagel gerissen. Sein ganzes Vermögen. Das schwule Früchtchen kriegt keinen Penny, haben sie gesagt. Da stand ich völlig mittellos auf der Straße, 26 Jahre alt.

Ich bin in der Münchener Schwulenszene abgetaucht, habe eine Zeitlang auf dem Strich gearbeitet, war Diskjockey in den einschlägigen Kneipen. Musik mochte ich immer schon. Habe mir alles selbst beigebracht: Gitarre, Mundharmonika, Schifferklavier. Alles ohne Noten. Mein Traum war immer eine Drehorgel, aber die konnte ich mir nicht leisten. Die hat mir später Friedhelm gekauft.

Ja, und dann traf ich Josef. Josef aus Augsburg. Wir verstanden uns auf den ersten Blick. In der Disko hatte er mich den ganzen Abend mit den Augen verschlungen. Als die Disko zumachte, stand er auf der Straße und wartete auf mich. Josef war Besitzer eines Sterne-Restaurants in Augsburg, suchte dringend einen Koch. Ich kam für ihn wie gerufen. Wir haben blendend zusammengearbeitet, Josef hat mir das Kochen beigebracht, ich meine, richtig kochen, so auf hohem Niveau. Sternekochen. Ich habe alles von ihm gelernt. Er war fast 30 Jahre älter als ich, aber gesund, unternehmungslustig und fit. Wir hatten ein gutes Leben. Im Winter machten wir das Lokal wochenlang zu. Gingen auf Reisen, wollten die Welt sehen. Es war wunderbar. Ich dachte nicht an die Zukunft. Ich war jung, hungrig nach Leben und Abenteuer. Josef wollte mich immer absichern, sagte, er sei so viel älter. Ich solle das Restaurant weiterführen, wenn ihm was passieren würde. Es fehle nur noch die Unterschrift des Notars. Ich winkte ab. Wir hatten doch noch so viel Zeit, dachte ich. Wir fuhren quer durch Afrika, bummelten durch die Souks von Marrakesch und Fes, beobachteten im Serengeti-Nationalpark die Affen und Zebras, sahen Löwen und Elefanten, Antilopen und Giraffen in freier Wildbahn, paddelten im Kanu über den Victoriasee. Und dann – warten Sie, ich hole uns noch etwas Tee. Oder etwas Stärkeres? Ein Bier? Ein Glas badischen Weißwein? Nein? Sie seien zu gespannt, sagen Sie? Ich solle einfach weitererzählen?

Das Ende war nicht schön. Eines frühen Abends saßen wir in Kapstadt bei Sonnenuntergang in einer der vielen Strandbars, genossen den Blick aufs Meer und beobachteten die Surfer, die tollkühn die immer dunkler werdenden hohen Wellenberge abritten. Die letzten Badegäste legten die Handtücher zusammen, ermahnten quengelnde Kinder, die Spielsachen aufzusammeln. Langsam leerte sich der Strand. Immer mehr Touristen und Einheimische besetzten die Stühle in den Strandbars, bestellten Vorspeisen, die ersten Drinks. Junge Paare rockten im Rhythmus der aus den Lautsprechern dröhnenden Musik. Fröhliche Feierabendstimmung. Ich beschreibe die Szene so ausführlich, um zu zeigen, wie unbegreiflich es war, was plötzlich geschah.

Wir saßen in Korbstühlen an einem kleinen Tisch und plauderten mit ein paar amerikanischen Touristen. Ich hob gerade gutgelaunt ein Glas Bier an meine Lippen und prostete Josef zu, da spürte ich etwas Kaltes und Hartes in meinem Rücken. *Keep calm,* murmelte eine gutturale Stimme. Der Lauf einer Waffe bohrte sich zwischen meine Schulterblätter. Sie waren zu zweit gekommen: Kapuzenmänner mit schwarzen Tüchern, die die untere Hälfte ihrer Gesichter verhüllten. Die Leute am Tisch erstarrten. Einer der Banditen zischte: *money on the table, wallets, bracelets, necklaces, watches, everything … otherwise!* Auch er fuchtelte mit einer Pistole. Am Tisch herrschte Totenstille. Die Leute gehorchten schweigend, legten voller Angst und mit zitternden Fingern ihre Wertsachen ab, warfen die Brieftaschen auf den Tisch, ihre Uhren und Armbänder. Frauen nestelten an ihren Halsketten, um den Verschluss zu öffnen. Brutal riss einer der Räuber einer Touristin den Brilli vom Ohrläppchen. Sie schrie auf, der Mann hielt ihr den Mund zu und versetzte ihr einen brutalen Schlag gegen die Schläfe. Sie sackte zusammen. Ihr Begleiter versuchte einzugreifen, ließ aber davon ab, als sich die Pistole gegen ihn richtete. Um uns herum schien niemand die bedrohliche Situation wahrzunehmen oder wahrnehmen zu wollen. Die Musik dröhnte weiter, die Paare tanzten, weit und breit war keiner der Security-Leute zu sehen, geschweige denn ein Polizeiwagen. Dieser Strandabschnitt galt als sicher. In Windeseile sammelten die Räuber Geld und Wertsachen ein. Niemand rührte sich. Und dann geschah das Unbegreifliche. Die Männer wandten sich zum Gehen, doch ehe sie verschwanden, schoss einer der Räuber meinem neben mir sitzenden Freund in den Kopf. Knallte ihn ab. Ohne Grund. Er hatte wie alle anderen seine Wertsachen abgeliefert. Josef starb in meinen Armen. Der ganze Überfall hatte nur ein paar Minuten gedauert.

Natürlich bekam ich sein Restaurant in Augsburg nicht. Josefs Brüder schmissen mich sofort raus, teilten sich die

Beute, wenn man so sagen darf. Das passiert mir nicht noch einmal, schwor ich mir.

Ich brauchte lange, um mich zu erholen. Flog nach Madeira, arbeitete als Gärtner, Koch, Hausverwalter, nahm jede Arbeit an. Das war die Zeit, als ich das angestaubte Skelett auf einem Jahrmarkt in Santo da Serra ersteigerte. Ich montierte es auf den Soziussitz meiner uralten Harley, die ich in Funchal gekauft hatte. Mephisto nannte ich es, es wurde mein ständiger Begleiter. Von da an fuhr der Tod immer mit. Ich war bald das bekannteste Fotomotiv, die Leute fanden uns geil. Und lachten. Ich lachte auch. Tat zumindest so. Was sagen Sie? Vielleicht brauchte ich den Tod als ständigen Begleiter, um überhaupt dem Leben noch etwas abgewinnen zu können? Das klingt nach Psychologengeschwätz.

Und dann begegnete mir Friedhelm und nahm mich mit auf seine Strandvilla in Otterndorf. Als Gärtner, wie er sagte. Als Mann fürs Grobe. Für die Handwerkerarbeiten. Ich wusste, was die Stunde geschlagen hatte. Friedhelm wollte eine feste Beziehung, wollte, dass ich mit ihm lebe, bei ihm einziehe. In seine wunderschöne weiße Villa, die er noch zu Lebzeiten seiner Frau hatte bauen lassen. Wir waren beide Gartenfreaks, und ich legte ihm den schönsten Garten an, der in Otterndorf zu finden war. Einen Garten, der auch seine reichen Freunde vor Neid erblassen ließ. Welcher Friedhelm, fragen Sie? Das ist doch nicht Ihr Ernst! Friedhelm, genau der Friedhelm, der später tot im Strandkorb gefunden wurde. Deshalb sind Sie doch da, geben Sie es zu. Ihre Zeitschrift hat Sie hergeschickt, nicht wahr? Ein Skandal ist immer eine Schlagzeile wert. Besonders in einer Zeitung für Touristen. Das lesen die Urlauber, danach gieren sie, das hebt die Auflage. Sie langweilen sich sonst zu Tode. Das wissen Sie besser als ich. Von der Langeweile und der Lesewut der Touristen, davon leben Sie doch! Sehen Sie, Sie nicken. Sie sind wenigstens ehrlich. Ich erzähle Ihnen sogar ein paar private Details, wenn Sie wollen.

Friedhelm war einige Jahre älter als ich. Wie alt er genau war, habe ich erst später herausgefunden. Er war viel zu eitel, sein wahres Alter hinauszuposaunen. Friedhelm war ein attraktiver Mann mit seinen grauen, dichten Haaren, dem gut geschnittenen Gesicht, den dunklen Augen und dem durch viel Sport schlank gebliebenen Körper. Es klappte auch im Bett, er war viril und erfahren, ich mochte ihn sehr, auch wenn ich ihn nicht so geliebt habe wie Reinhard oder Josef. Aber Friedhelm, das wusste ich, war meine letzte Chance. Wie gesagt, auch ich werde älter, bin nicht mehr so begehrenswert wie früher.

Natürlich war er viel klüger als ich. Akademiker. Hatte Geschichte und Latein studiert. Bekam einen Lehrstuhl an der Uni Münster. Im Kreis seiner gebildeten Freunde war ich ihm oft peinlich. Er hörte nicht auf, mein Deutsch und mein Spanisch zu korrigieren, sogar in Gegenwart unserer Gäste. Ich war sein dümmlicher Liebhaber, aber er brauchte mich, brauchte mich unbedingt. An den Schwulenstränden war er schon lange nicht mehr die Nummer eins. Trotz seines Geldes. Nein, Friedhelm brauchte Menschen um sich: Bewunderer, Freunde, junge Liebhaber. Allein zu leben, das war für ihn unerträglich. Zuneigung wollte er, war süchtig nach Liebe. Die konnte ich ihm geben, zumindest körperlich.

Als er vor zwei Jahren anbot, mich zu heiraten, um mich abzusichern und – wie er immer wieder betonte – um mich vor gierigen Erben zu schützen, habe ich mit Freude zugestimmt.

›Wie ist es mit der Treue?‹, habe ich ihn gefragt, und er meinte, solange ich mich diskret verhalten würde, habe er nichts gegen den einen oder anderen Seitensprung.

Wir haben hier in Norddeutschland geheiratet. Ein rauschendes Fest. Friedhelm hatte – zu meinem Erstaunen – auch viele heterosexuelle Freunde, die ihn aufrichtig mochten, das spürte ich. Er war ein guter Geschichtenerzähler und betörte auch die Frauen mit seinem Charme. Mich mochte keiner, das war mir klar. In den Augen dieser akademischen Spießbürger hatte ich den gutgläubigen Friedhelm zur Heirat gedrängt, um mir das Erbe zu sichern. Besonders von den Frauen wurde ich misstrauisch beäugt. Einige von ihnen kannten auch seine Ehefrau, die arme Helene, wie sie sie nannten. Nicht nur, dass sich bei Helene und Friedhelm im Bett nichts tat, er hielt es noch nicht einmal aus, neben ihr zu schlafen. Friedhelm betrog seine Frau von Anfang an mit seinen »Jungs«, wie sie seine jugendlichen Liebhaber nannte. Warum er sie geheiratet hat? Nun, des Geldes wegen, vermute ich. Sie war nicht besonders attraktiv, eher groß und knochig mit einem Allerweltsgesicht, wie ich auf den Fotos gesehen habe. Aber Helene – oder besser gesagt ihre Mutter – war reich und ermöglichte dem Paar ein Leben auf großem Fuß, ein Leben, das er sich auch mit dem Gehalt eines Hochschullehrers nie hätte leisten können. Helene starb nach dreißig Jahren Scheinehe eines Nachts völlig unerwartet. Angeblich an einem geplatzten Aneurysma im Gehirn. Er kämpfte vor Gericht erfolgreich um das Erbe seiner Frau. Seine Schwiegermutter hasste ihn aus tiefstem Herzen und gönnte ihm keinen einzigen Penny. Friedhelm gewann den Prozess.

Sicher war es eine Frau, die Friedhelm ins Ohr gezischelt hat, ich würde ihn nur ausnutzen. Klar, Frauen kennen sich in diesem Metier gut aus. Schon im Alten Testament wird immer wieder erzählt, wie raffiniert Frauen ihre Männer um den Finger wickeln. Daniel endete in der Löwengrube, Holofernes' Kopf auf der Silberschale. Ein bisschen Bildung habe ich auch. Diese Geschichten aus der Bibel kenne ich aus meinen Messdienertagen.

Den eleganten, charmanten Friedhelm, den mochten die Frauen. Vielleicht weil sie wussten, dass er schwul war und sie sich bei ihm sicher und aufgehoben fühlten. Er wollte nichts von ihnen, war aber charmant und höflich und ein guter Zuhörer. Ich nehme an, sie vertrauten ihm sicher auch ihre ehelichen Probleme an. Friedhelm war bestimmt sensibler und mitfühlender als mancher ihrer Ehemänner. Mich aber verachteten sie, sahen in mir den tumben Dorftrottel, der sich ihren geliebten Friedhelm gekrallt hatte. Wie ich sie hasste, diese eingebildeten Puten, die das Geld ihrer Männer zum Fenster hinauswarfen und mich immer wieder zu demütigen versuchten.

Zugegeben, Friedhelm wandte sich im Laufe der letzten zwei Jahre immer mehr von mir ab. Altersbedingt, dachte ich am Anfang. Er ist sexuell eben nicht mehr so interessiert. Aber dann bemerkte ich, wie er immer häufiger alleine am Badestrand Otterndorf, an *unseren* Strand ging. Ich spionierte ihm nach, sah ihn in den Dünen im Kreis sehr junger Männer sitzen, große Reden schwingend, den Arm um den einen oder anderen *Knaben* geschlungen. Ich bekam Angst, und mir war klar, dass ich wieder auf der Verliererseite stand. Ich wollte nicht noch einmal in meinem Leben dastehen als der dumme, ausgebootete Liebhaber. *Der Mohr hat seine Schuldigkeit getan. Der Mohr kann gehen.*

Ah, ich sehe, jetzt werden Sie hellhörig. Folgt jetzt das Schuldbekenntnis, fragen Sie sich? Hat er ihn umgebracht? Das hätten Sie wohl gern, Frau Journalistin. Wie war noch Ihr Name? Ach, egal! Ein aufregender Krimi, nicht wahr? Alle Vorurteile gegen Homosexuelle werden bestätigt, geben Sie es nur zu! Sogar ein plausibles Motiv können Sie finden: Eifersucht und Geldgier. Aber ich muss Sie enttäuschen, meine Liebe. Hier endet meine Geschichte. Ich weiß nicht, wie Friedhelm ums Leben gekommen ist. Ich war für zwei Wochen in Düsseldorf, um mich um die Vermietung einer seiner Eigentumswohnungen zu kümmern, eventuelle Mieter unter die Lupe zu nehmen.

Ich nehme an, Sie wissen aus den Nachrichten, dass Friedhelms Leiche in dem Strandkorb lag, den ich vor ein paar Jahren auf seinen Wunsch hin gekauft und dort habe aufstellen lassen. Er saß dort oft stundenlang und bestaunte die Blütenpracht in unserem Garten, den ich nach seinen Vorstellungen angelegt hatte. Denn je älter Friedhelm wurde, desto mehr wurde es meine Aufgabe, Blumen zu pflanzen, Obstbäume zu beschneiden, seltene Apfel- und Birnensorten, Kirschen und Pflaumen zu ernten.

Als ich aus Düsseldorf zurückkam und ihn nicht im Haus fand, wusste ich, wo ich ihn finden konnte. Im Strandkorb natürlich. Er war wohl schon mehrere Tage tot. Seine Haut hatte sich durch die Toxine in den Zellen bereits gelöst. Autolyse nennt man das, sagte mir der Arzt. Die Zellen waren geplatzt. Die Haut sah aus wie durch einen heftigen Sonnenbrand entstellt, kein schöner Anblick, kann ich Ihnen sagen. Manchmal überfallen mich diese Bilder im Traum. Schrecklich!

Was haben Sie gefragt? Ob mich die Polizei nicht verdächtigt hat als Erbe seines Vermögens? Natürlich hat mich ein wichtigtuerischer Kriminalkommissar ein paarmal verhört. Schließlich begriff er, dass ich nicht der Mörder sein konnte, denn ich bewies ihm, dass ich mich zum Zeitpunkt der Tat in Düsseldorf aufgehalten habe, also gar nicht vor Ort war. So what? Todesursache Schlaganfall. Nicht ungewöhnlich bei einem älteren Mann.

Ich habe allerdings einen anderen Verdacht. Wollen Sie meine Meinung hören? Sie nicken. Nun gut! Ich vermute, mein lieber Friedhelm hat meine Abwesenheit genutzt, um einen seiner Strandjungs mit nach Hause zu nehmen. Oder vielleicht sogar eine ganze Horde dieser Knaben. Er konnte die Finger nicht von ihnen lassen. Sexbesessen bis ins hohe Alter war er! Ich weiß, über Tote soll man nichts Böses sagen. De mortuis nihil nisi bene, so heißt es doch, oder? Sehen Sie, ich habe viel von ihm gelernt. Sogar ein paar Brocken Latein. Macht sich gut in der höheren Gesellschaft. Hebt das Prestige.

Eins muss gesagt werden. Friedhelm war in der Wahl seiner Sexpartner nie sehr pingelig. Hauptsache jung und knackig. Vielleicht ist er mit einem seiner Gespielen in Streit geraten, wer weiß. Die Todesursache bleibt unklar. Friedhelm war homosexuell und kein Einheimischer, da nimmt es die örtliche Polizei wohl nicht so genau. Bei deren geringem Gehalt, da bleibt die Motivation auf der Strecke. Auch mir haben sie kaum hinterhergeschnüffelt.

Ich habe dafür gesorgt, dass sein Leichnam zügig nach Münster geschafft und verbrannt wurde. Die gigantische Trauerfeier, die ich für ihn organisiert habe, können Sie auf einem Video bewundern, das ich gerne an Sie weiterleite. Friedhelm hätte sich sehr geschmeichelt gefühlt über so viel Anteilnahme. Die Urne habe ich durch ganz Europa gefahren und hierhin zurückgebracht. Dort drüben, wo der Strandkorb stand, da war sein Lieblingsplatz, dort steht ein Marmorstein mit seinen Daten. Immer umkränzt mit Blumen. Jeden Tag frisch gepflückt. Diese kleine Mühe hat er verdient. Schließlich bin ich ihm dankbar. Ja, natürlich, Sie haben Recht, die Villa gehört nun mir, aber eine der Wohnungen in Düsseldorf habe ich seinem Neffen überlassen, eine andere seiner Schwester. Man kann mir nicht nachsagen, dass ich geizig wäre. Und was soll ich auch mit drei Wohnungen? Das kleine Apartment am Rheinufer reicht mir. Ich lebe doch sowieso die meiste Zeit hier an der Nordsee. Schon wegen des Seeklimas.

Sie wollen schon gehen? Haben Sie sich genügend Notizen gemacht? Wenn Sie noch Fragen haben, können Sie jederzeit wiederkommen. Ich fühle mich durchaus geschmeichelt, dass ich Ihnen meine Version der Geschichte erzählen durfte. Ich habe Friedhelm geliebt. Und ich vermisse ihn. Das sollten Sie wissen.«

Zögernd nahm die Reporterin die Hand, die sich ihr entgegenstreckte. Dann stieg sie in ihren roten Fiat 500, fuhr ein paar Kilometer auf der Landstraße in Richtung Osten und blieb auf einem Parkplatz an der Elbe stehen. Nein, sie glaubte dem Mann kein Wort. Er war ihr unangenehm in seinem Bestreben, sich wichtig zu machen, ihr seine Lebensgeschichte aufzudrängen, um in die Schlagzeilen der Hamburger *MoPo* zu kommen. Natürlich als unschuldiges, bemitleidenswertes Opfer. Aber auch wenn man einen Menschen äußerst unsympathisch findet, muss er doch nicht gleich ein Mörder sein, schalt sie sich. Das ist unprofessionell. Vielleicht sollte sie die Sache einfach ruhen lassen. Ein herzzerreißendes Drama über den armen Hinterbliebenen würde sie auf keinen Fall schreiben. Die nervös hin- und herhuschenden kleinen Augen des Mannes, sein unterwürfiges, überfreundliches Benehmen, sein nicht zu stoppendes Mitteilungsbedürfnis, all das war ihr auf die Nerven gegangen. Nein, sie traute den Worten von Friedhelms so genanntem Freund und Ehemann überhaupt nicht. Aber hatte sie Beweise? Bauchgefühl zählte hier nicht. Es war zu vermuten, dass auch sein Alibi wasserdicht war. Vielleicht sollte sie versuchen, ihren Kontakt zum Kommissariat in Düsseldorf auszunutzen. Aber was ging sie die Sache eigentlich an? Friedhelm war tot, und auch er war sicher nicht der liebenswerteste Mann der Welt gewesen, wenn man an seine verstorbene Ehefrau dachte. Nein, die ganze Geschichte roch nach Verrat und Mord und Geldgier. Der Stoff für einen Krimi. Aber sollte sie wirklich weitergraben in diesem Abgrund aus Halbwahrheiten und Lügen? Dann müsste sie eigentlich auch die reichen jungen Witwen verdächtigen, die in der Sonne dieser idyllischen Strände das Erbe ihrer dahingeschiedenen alten Männer verjubeln.

Die Journalistin schüttelte angewidert den Kopf, startete ihren Fiat, fuhr zügig die Elbe hinunter und stoppte erst auf dem Parkplatz vor ihrer Wohnung in Finkenwerder. Sie marschierte schnurstracks zu ihrer Lieblingskneipe an der nächsten Ecke, denn einen guten Rotwein, den hatte sie jetzt bitter nötig. Schon nach dem ersten Glas blitzten im verschlungenen Labyrinth ihres Gehirns die Worte des ehemaligen Präsidenten des Bundeskriminalamtes Horst Herold auf, der gesagt haben soll:

Wenn auf jedem Grab eines Ermordeten, von dem wir irrtümlich annehmen, dass er eines natürlichen Todes gestorben sei, eine Kerze brennen würde, wären nachts alle Friedhöfe hell erleuchtet.

DOPPELTES SPIEL

Ein Krimi in zwei Stimmen aus Norderney
Von Marita und Jürgen Alberts

Das war verdammt knapp.

Wieso?

Musst du immer im letzten Moment auftauchen?

Ich war rechtzeitig an Bord. Timing, verstehst du, perfektes Timing. Besonders, wenn man beinah noch etwas übersehen hätte. Ich habe schon immer gesagt: Inseln sind gefährlich.

Warum?

Weil man nicht schnell wegdüsen kann?

Und Schiffe? Hier kann man nur schnell von Bord springen, oder?

Noch haben wir nicht festen Boden unter den Füßen.

Keine Sorge, in einer Dreiviertelstunde sind wir in Norddeich Mole. Dann kannst du lockerlassen. Was hätten wir denn beinahe übersehen?

Ich wollte wissen, ob uns jemand gefolgt ist.

Und?

Erkannt hat mich keiner. Aber der Strandkapitän ist an Bord der Frisia.

Der will auch mal Festlandluft schnuppern. Vor was hast du Angst?

Ich bin am Weststrand doch direkt auf ihn zugegangen und habe ihn nach seinem wunderbaren Ohrring gefragt.

Einfach so?

Angriff ist die beste Verteidigung. Hat noch immer geholfen.

Angriff? Er hatte uns doch gar nichts getan. Saß da und tat seinen Job.

Du doch auch! Er sollte dich nicht beobachten, das hätte uns nicht gutgetan. Den Herrn musste ich entwaffnen. Mit einer Frage und einem Lächeln. Genial, was?

Wolltest du gerne selbst so einen Ohrring?

Du weißt doch, dass ich keinen Schmuck mag. Mir war aufgefallen, dass einige Norderneyer Männer einen goldenen Ohrring mit zwei Buchstaben tragen. Solche hatten damals die Fischer auf See, erfuhr ich vom Strandkapitän. Durch die Anfangsbuchstaben des Namens konnten sie im Unglücksfall identifiziert werden. Der Seemannsohrring war Gold wert, denn durch seinen Verkauf konnte dann die Beerdigung bezahlt werden.

Norderney war für uns Gold wert, oder? Sollen wir uns nicht erst mal vorstellen?

Fang du an.

Nein, du.

Du zuerst.

Okay. Mein Name ist Hannah, ich bin Anfang dreißig. So, das muss genügen. Jetzt du.

Muss ich wirklich??

Muss sein.

Ich heiße Ina. Mehr sag ich nicht.

War doch gar nicht so schwer.

Das sind natürlich nicht unsere wirklichen Namen. Aber in unserem Beruf braucht man einen nome de guerre.

Du bist und bleibst eine Streberin, Ina. Du kannst doch gar kein Französisch.

Aber das weiß ich schon. Ich kenne auch das oberste Gebot unseres Berufsstandes: Camouflage.

Sprich doch nicht so laut.

Unentdeckt bleiben, wie die Fische im Schwarm, mitschwimmen, am besten schweigend.

Das fällt dir natürlich besonders schwer.

Wie immer habe ich uns bestens präpariert. Wenn man einen neuen Arbeitsplatz ansteuert, sollte man ja wissen, wo die

Reise hingeht. Ich habe jede Menge Infos über die Insel Norderney. Das fängt schon mit der Begrüßung an: Wir dachten, in Ostfriesland begrüßen sich die Leute mit »Moin moin« …

Falsch, nur einmal moin. Statt Guten Tag einmal moin.

Auch falsch. In Norderney begrüßt man sich mit »He«!

Wie in Schweden?

Nein, nicht »Hej«, nur »He«! Zu jeder Tag- und Nachtzeit. Stammt aus der Seefahrersprache, eine Abwandlung von »Ahoi«!

Weißt du eigentlich, dass man sich in Norderney nur einmal im Jahr die Hand gibt, nämlich an Neujahr?

Man sagt ja, diese Ostfriesen seien ein störrisches Völkchen. Ganz im Gegenteil, die sind richtig lustig.

Im Winter soll es hier ziemlich still zugehen.

Das wird die Insulaner freuen. Und auch die Winterurlauber.

Wir kommen lieber her, wenn es sich drängelt in den Straßen. So ein Auflauf von Touristen hat ja was. Gut fürs Geschäft.

Ich find gut, dass Norderney beides hat. Stille und Fülle: unberührte Natur mit kilometerlangen Stränden und trubeliges Stadtleben.

Was uns die Männer auf der Rentnerbank am Hafen über die Clubwochenenden im September erzählt haben. Da wird manche Skat- und Kegelkasse versoffen. Bei denen hätten wir gewiss leichtes Spiel.

Für die Norderneyer Rentnerinnen wurde am Kurhaus eine eigene Bank reserviert.

Rentnerbänke für Männer gab es schon länger. Feste Uhrzeiten für die Einheimischen, vormittags und nachmittags.

Die Frauen auf der Rentnerinnenbank hätten unsere Omas sein können. Sie waren richtig aufgeschlossen und haben uns wunderbare Anekdoten aus der Norderneyer Geschichte erzählt.

Sie kannten zwar Nordsee-Gedichte von Heinrich Heine, der ganz verliebt war in Norderney, aber nicht in seine Bewohnerinnen und Bewohner. Wie die Zeilen aus seinen Reisebildern zeigen.

Und du hattest nichts Besseres zu tun, als dein Handy zu zücken und ihnen diese vorzulesen. Manchmal übertreibst du!

»Die Eingeborenen sind meistens blutarm und leben vom Fischfang, Das Seefahren hat für diese Menschen einen großen Reiz; und dennoch, sehnen sie sich wieder zurück nach ihrer Sandinsel, nach ihren kleinen Hütten, nach dem flackernden Herde, wo die Ihrigen, wohlverwahrt in wollenen Jacken, herumkauern, und einen Tee trinken, der sich von gekochtem Seewasser nur durch den Namen unterscheidet, und eine Sprache schwatzen, wovon kaum begreiflich scheint, wie es ihnen selber möglich ist, sie zu verstehen.«

Bei diesen harschen Zeilen war es kein Wunder, dass die Einheimischen Heine 1857 von der Insel gejagt haben. Er musste nach Wangerooge fliehen.

Die Frauen waren stolz darauf, dass Norderney das erste Seebad Deutschlands war. 1800 offiziell eröffnet. Im Laufe der Jahre stellte sich heraus, dass es sich vom Tourismus besser leben lässt als vom Fischfang. Norderney wurde zur königlichen Insel.

Im 19. Jahrhundert wurden Frauen und Männer streng getrennt mit Badekarren an zwei verschiedene Strandabschnitte gefahren. Pferde zogen die Badekarren ins Meer. Unvorstellbar, wenn man heute das Treiben am Strand sieht. Aber es gibt ja noch die Straßen Damenpfad und Herrenpfad.

Bye, bye, Norderney, wir kommen wieder. Ganz bestimmt. So eine schöne Insel. Und so lukrativ.

Die Hotelpreise waren nicht lukrativ, aber du wolltest ja unbedingt eine Woche länger bleiben.

Und? War das eine schlechte Idee?

Nein, ganz im Gegenteil.

Wir sind ziemlich beste Freundinnen. Schon seit der Schulzeit. Hannah war immer eine Streberin. Ich hingegen mit Abstand Klassenletzte. Dafür hatte ich die besseren Ideen.

Na, na, so kannst du es nicht sagen. Aber ist ja egal.

Wir haben schon vor dem Abitur eine Girlsband gegründet

Ganz ohne Instrumente.

Und nannten uns die Beutelschneiderinnen. Der Name war Programm.

Toller Job, hätte ich ein Leben lang weitermachen können.

Unser erstes Opfer war Physiklehrer Hengstbach. Den haben wir von zwei Seiten weichgekocht und dann genüsslich verspeist. Er stand kurz davor, die Scheidung einzureichen.

Er war sowas von spitz auf mich.

Nein, auf mich.

Sagen wir mal lieber auf uns beide.

Aber wie lange kann man Männern in der eigenen Umgebung etwas vorgaukeln? Dafür laufen die Gerüchte zu schnell um die Ecke.

Das wäre beinahe schiefgegangen. Wir wären über kurz oder lang aufgeflogen.

Und lukrativ war es nur so lala. Ein paar Hunnies für Klamotten, Klimperkram, high life in fancy clubs. Mehr war nicht drin.

Wir hätten es auch noch länger versuchen können, aber wir hatten schon früh unsere Grundsätze.

Ich fand das prima. Männer um den Finger wickeln, natürlich an langer Leine wie ein Schoßhündchen, und dann nach und nach die Leine einziehen.

Am besten um den Hals.

Kannst du dich noch an den Fischer auf Capri erinnern? Der wollte uns doch glatt auf offenem Meer vernaschen.

Aber gefangen hat er nichts. Damit er nicht auffiel mit seinen amourösen Abenteuern, kaufte er immer ein paar Fische und ging damit nach Hause. Um bei seiner Frau zu prahlen, was er alles gefangen hatte.

An diesem Tag ging er über Bord.

Hoffentlich konnte er gut schwimmen.

Aufgetaucht ist er jedenfalls nicht mehr. Das Ganze ist ja schon lange her.

Auf Norderney haben wir gefischt. Männer an der Milchbar. Einer schöner als der andere. Sind wild aufs Flirten. Du schaust ihnen in die Augen. Und ich greife zu.

Wunderbare Arbeitsteilung.

Hat sich auch an den anderen Sundowner-Hotspots am Meer bewährt. Und in den vollen Kneipen der Innenstadt. Davon gibt's ja genug.

Beim Kurkonzert hat ein anderes Ablenkungsmanöver wieder blendend funktioniert.

Du sollst nicht alles verraten.

Wie du die Betrunkene gespielt hast, die Geld verliert, sich bückt, um es aufzuheben, und dann wieder fallenlässt.

Nun ist es genug.

Hast du eigentlich schon Kasse gemacht?

Natürlich, ist doch mein Job.

Und?

Tagesschnitt – knapp unter 300.

Ich dachte, es wäre mehr.

Ich habe die Ausgaben für Hotel, Essen etc. schon abgezogen.

Also netto. So ein lukrativer Beruf!

In Italienisch klingt er am besten. Borsaiola!

Ich find auch lommetyv, carterista und zakkenroller gut.

Im Deutschen geht jede Poesie verloren. Langfinger, Taschendiebe, Klauböcke.

Komm, Hannah, so schlimm sind wir auch nicht. Erinnere dich an die Situation im De Vries, wo du gesehen hast, dass dem

Mann am Nebentisch das Portemonnaie aus der Hosentasche gerutscht ist. Lag zum Greifen nah. Und was hast du gemacht?

Der Mann und seine Frau waren mir bei den Strandkörben aufgefallen. Sie fotografierte ihn an einem mit der Zahl 77. Und als sie später an unserem Nebentisch auf sein neues Jahr anstießen, war klar, dass er an dem Tag seinen 77. Geburtstag feierte. Den beiden Alten wäre der ganze Tag versaut gewesen.

Du hast der Versuchung widerstanden.

Wir hätten die Insel schon früher verlassen können, wenn du nicht die Hälfte unserer Gewinne im Kasino verspielt hättest.

Es war nicht die Hälfte. Du übertreibst mal wieder.

Ich wäre besser mitgegangen. Als Aufpasserin.

War doch gut, dass wir nach erfolgreicher Arbeit noch ein paar Tage ausgespannt haben. Denk an unser Motto: Da arbeiten, wo andere Urlaub machen. Work-Life-Balance, schon mal was davon gehört?

Hast Recht! Wir hätten uns sonst nicht im Badehaus die »Wolke 7« gegönnt. Verwöhnprogramm zu zweit.

Ein Tageslohn. Teurer Genuss!

Wir haben auch schöne Entdeckungen gemacht. Den Planetenweg durch die Dünen. Mit den verkleinerten Modellen des Sonnensystems, maßstabsgerecht. Wir waren uns über die Reihenfolge der Planeten nicht einig. Und danach das gute Essen in der Giftbude am Strand. Bei dem Namen denken Kinder, dass ihre Eltern sie vergiften wollen.

Oder die Wanderung zum Schiffswrack am Ostende der Insel. Das vor mehr als 50 Jahren hier gestrandet ist und immer wieder von Besuchern angemalt wird. Wenn der Weg am Strand und durch die unberührte Dünenlandschaft nur nicht so lang gewesen wär.

Jetzt kommt gleich noch der Satz über die heilsame Seeluft, den hast du ja jeden Tag mindestens dreimal gesagt.

Stimmt aber doch!

Finale 1

Der Mann mit der enormen Bassstimme kommt auf die beiden Frauen zu: »Sie wollten doch so gerne wissen, was dieser Ohrring hier zu bedeuten hat.« Er zeigt auf die goldene Fischercreole. »Sie dachten wohl, Sie könnten mich mit ihrem vorgespielten Interesse einlullen, oder?«

Hannah und Ina schütteln den Kopf, ein eingespieltes Duo.

»Ich habe Sie nicht aus den Augen gelassen. Die Nummer, die Sie beim Kurkonzert abgezogen haben, chapeau. Das ist Diebeskunst in Vollendung.«

Ina will etwas erwidern, aber Hannah hält ihr die Hand vor der Mund.

»Ich werde Sie gleich der Polizei übergeben, wenn wir angelegt haben.«

Ina schiebt Hannahs Hand weg. Aber bevor sie etwas sagen kann, macht der Strandkapitän ein Angebot, das die beiden nicht ablehnen können. Fifty-fifty.

Zehn Minuten später legt die Frisia 3 in Norddeich Mole an. Die Touristen strömen an Land. Manche ganz bleich, weil die Überfahrt ruppig war. Der Strandkapitän geht mit energischen Schritten auf die beiden Polizisten zu. »Die gesuchten Damen waren nicht an Bord, Kollegen«, sagt er mit tiefer Stimme. »Vielleicht mit dem nächsten Schiff. Ich bleibe am Ball und informiere euch.«

Finale 2

»Gestatten, Korvettenkapitän Meyerdirks. Und wer sind Sie?«

»Krankenhausclown Emil von der Fraktion der Roten Nasen.«

Die beiden Frauen haben sich in der Schiffstoilette umgezogen. Nicht ganz einfach, bei dem Seegang die Balance zu halten.

»Woher hast du denn dieses Jackett?«

»Von unserem Secondhand-Türken, der hat immer solche fancy Klamotten. Sogar Marine-Jacken von höheren Chargen. Würde gerne mal wissen, wer die hier versetzt hat. Das ist doch Staatseigentum.«

Die beiden Frauen haben sich Bärte angeklebt, in schwarz und blond, mit Mastix aus dem Karnevalsgeschäft. Ina hat sich die Clownsnase aufgesetzt. Und strahlt.

»Bisschen groß das Kostüm, Ina. Oder?

»Kann ich ja noch reinwachsen. Die Kinder auf der Krankenstation lieben es. Speziell die langen Schuhe. So welche wollen sie auch mal haben, wenn sie wieder gesund sind.«

Während der Überfahrt kommen immer wieder Kinder zu ihnen und zupfen an dem grellbunten Kostüm. Fünf wollen Selfies mit Ina. Mit Hannah will niemand Fotos machen, sie sieht so streng aus. Mit ihren buschigen Augenbrauen unter dem Elbsegler.

Als die Gangway rausgefahren wird, entdecken sie die Polizisten am Kai.

»Ganz ruhig bleiben, Ina.«

»Gelassenheit muss geübt werden, Hannah.«

Die beiden Frauen lächeln die Polizisten zu Boden.

Bye, bye, Norderney!

WIE AUS ZUCKER

Von Ulrike Barow

Die siebte Klasse des Ulrichsgymnasiums Norden auf der Fahrt nach Heidelberg. Er stand gleich links in der ersten Reihe. Direkt neben ihm sah er Hannes, seinen besten Freund. Seinen fast besten Freund. Eberhard zerriss das Bild. Auf dem nächsten sah er … Nein. Er wollte es sich nicht antun. Energisch nahm er den ganzen Stapel und warf ihn in die Papiertonne. Wie oft hatte er schon versucht, mit der Vergangenheit abzuschließen. Es gab schließlich nicht nur die miese Seite. Er dachte an seine Deutschlehrerin, Frau Mülder. Sie hatte ihn ernstgenommen. Und natürlich Hannes. Er hatte ihn immer wieder aufgemuntert. Hatte ihm klarmachen wollen, dass alles nur ein dummer Scherz sei, wenn wieder einmal eine dieser Zeichnungen an der Klassentür auftauchte. »Stell dich nicht so an«, hatte er immer wieder gesagt. »Die meinen das doch nicht so. Aber wenn du jedes Mal nervig reagierst, haben sie doppelte Lust, dich hochzunehmen. Aber ehrlich, die mögen dich. Glaube mir.«

Doch erst mit dem Abitur war Schluss gewesen. Er hatte sich für eine Ausbildung bei der Polizei beworben und war angenommen worden. Die Arbeit gefiel ihm. Schließlich war Gerechtigkeit sein oberstes Gebot.

Und jetzt war Kofferpacken angesagt. Morgen ging es los auf die Insel.

Wilfried Weerts schaute auf seinen Spickzettel. Wie hieß der Kollege noch, den er gleich am Anleger in Empfang nehmen würde? Klaus Eberhard Untied. Genau. Er ging zum Geräteschuppen, schob sein Fahrrad heraus, klemmte die große Wippe dahinter und fuhr los. Doch schon in Höhe der Inselglocke, dem Wahrzeichen Baltrums, stoppte er. Eine ältere Frau saß auf dem Zaun und weinte bitterlich.

»Kann ich Ihnen helfen?«, fragte er.

Sie zuckte zusammen, dann schluchzte sie: »Der hat ... der hat mein Geld, meine Börse, alles geklaut.«

»Wer ist der? Wissen Sie, wer es war?«

Sie schüttelte energisch den Kopf. »Nein. Das war so einer mit Bart. So ein großer. Er fragte mich nach dem Weg. Dann bat er mich um etwas Geld, damit er sich im Café dort drüben etwas kaufen könne. Ich wollte erst nicht, weil – man kennt ja diese Tricks. Aber er hat mich so nett angelächelt, da bin ich weich geworden. Als ich mein Portemonnaie öffnete, langte er zu und verschwand.«

»In welche Richtung?«, fragte der Polizist.

Sie zeigte die Straße hinunter zum Nationalparkhaus. »Dort hin. Ganz schnell ist er gelaufen.«

Weerts schaute auf die Uhr. Das Schiff müsste jeden Moment anlegen. »Wie ist Ihr Name?«

»Mechthild Kassens«, erwiderte die Frau, nun schon etwas ruhiger.

»Frau Kassens, haben Sie eine Viertelstunde Zeit? Ich hole meinen neuen Kollegen ab, und wir sind so schnell wie möglich bei Ihnen. Dann nehmen wir gerne in Ruhe Ihre Anzeige auf. Falls Sie eine erstatten wollen«, fügte er lächelnd hinzu.

»Natürlich will ich. Ich warte gerne. Ich bin Rentnerin und habe Urlaub. Bis gleich.«

Wille Werts nickte und setzte seine Fahrt fort. Als er den Anleger erreichte, hatte die Baltrum I bereits angelegt. Kurz darauf kam Untied von Bord. Er trug Uniform, war also unschwer zu erkennen.

»Hallo, Klaus Eberhard. Du kommst gerade richtig. Wir müssen gleich einen Diebstahl bearbeiten«, begrüßte er seinen Kollegen.

Sie holten den Koffer aus dem Container und stellten ihn auf die Wippe.

»Ich nehme das Rad und du erzählst mir, worum es geht«, schlug der Polizist vor, der nun vier Wochen seinen Dienst auf der Insel tun würde. »Und bitte, nenn mich Eberhard. Das bin ich so gewohnt.«

»Alles klar. Das hört sich schon mal nach bester Arbeitsteilung an«, erwiderte der Inselpolizist.

»Passieren Diebstähle hier häufiger?«, fragte Untied, nachdem ihm Weerts von dem Fall berichtet hatte.

»Es hält sich in Grenzen. Wie eigentlich alles hier. Aber es ist gut, im Sommer eine zweite Ordnungskraft hier zu haben. Sonst sammeln sich einfach zu viele Stunden an.« Wille Weerts blieb stehen und deutete auf die Frau, die es sich auf einer Bank bequem gemacht hatte. »Da ist sie. Frau Kassens.« Er stellte ihr den Kollegen vor und ließ sich noch einmal erzählen, wie sich der Diebstahl abgespielt hatte. »Können Sie mir den Mann genauer beschreiben?«, bat er sie.

Sie schüttelte den Kopf. »Ehrlich gesagt nein. Es ging alles so schnell.« Sie zögerte. »Doch, warten Sie, ich glaube, er hat nur den Arm bewegen können, mit dem er sich die Börse geschnappt hat. Der andere Arm hing ziemlich leblos herunter. Das sah schon sehr kurios aus.«

»Gut. Ich möchte Sie bitten, sich bei mir auf der Wache zu melden. Sie können auch gleich mitkommen. Da werde ich den Fall offiziell aufnehmen«, bat Weerts die Frau.

Sie nickte. »Ich begleite Sie. Auch wenn es für den einen oder anderen so aussehen mag, als wäre ich die Diebin. So zwischen zwei Uniformträgern.«

Der Inselpolizist lachte. »Keine Sorge. Wir werden Ihnen keine Handschellen anlegen.«

Jetzt musste auch die Frau lachen. »Dann bin ich beruhigt.«

Eberhard Untied nahm die letzte Hose aus dem Koffer und hängte sie in den Schrank. Die kleine Dienstwohnung, in die ihn Wille Weerts gebracht hatte, nachdem sie gemeinsam Frau Kassens' Anzeige aufgenommen hatten, sah sehr gemütlich aus. Er schaute auf die Uhr. Halb drei. Er hatte einen freien Nachmittag vor sich. Erst am nächsten Morgen begann sein offizieller Dienst. Es war warm geworden. Er zog Shorts an und ein T-Shirt über, dann ging er los. Er merkte nach ein paar Metern, dass ihm das Laufen schwerfiel. Seine Beine zitterten, doch er wollte nicht aufgeben. Wollte sich seiner Vergangenheit stellen. Einiges hatte sich verändert in der Zeit seiner Abwesenheit. Aus dem Blumenladen war ein Fischimbiss geworden, und viele Häuser waren neu entstanden. Er ging am Spielteich vorbei, in dem einige Gästekinder ihre kleinen Schiffe schwimmen ließen.

Je näher er dem Ostdorf kam, desto unsicherer wurde er. Links sah er ein Restaurant. Sealords. Das hatte es damals auch nicht gegeben. Ein paar Häuser weiter blieb er stehen. Da war es. Das Haus, in dem er aufgewachsen war. Schweiß trat auf seine Stirn. Er wollte weitergehen. Konnte nicht. Seine Füße schienen am Boden festgewachsen. Er schaute zu dem kleinen Fenster unter dem Giebel. Das war sein Schlafzimmer gewesen. Der Raum, in den er sich zurückgezogen hatte, wenn er es am Familientisch nicht mehr ausgehalten hatte.

»Kann ich helfen? Suchen Sie jemanden?«, holte ihn eine freundliche Stimme aus seinen Gedanken. Eine junge Frau stand vor ihm und lächelte ihn an.

Er schüttelte den Kopf. »Nein. Danke. Ich habe nur …«

»Ein schönes Haus, nicht wahr? Meine Eltern haben es vor ein paar Jahren gekauft und renoviert. Ich wohne selbst darin und vermiete eine Ferienwohnung. Wollen Sie es sich nicht doch ansehen?«

Nein, er wollte nicht, doch beinahe willenlos schlurfte er hinter der Frau her. Er erkannte die Eingangstür, doch dahinter sah alles anders aus. Die Kommode, an deren Ecke er sich immer gestoßen hatte, war verschwunden. Die Küche war mit weißen Möbeln komplett neu eingerichtet, und das Wohnzimmer wurde durch ein großes, rotes Ecksofa dominiert. Nur eines erkannte er sofort: Das Bild vom Ostdorf, das seine Eltern dem Inselmaler Arndt Schröder abgekauft hatten, hing an der Wand. »Sie haben es nicht mitgenommen«, murmelte er.

»Sie kennen das Bild? Waren Sie schon mal hier? Ich bin übrigens Ellen. Ellen Meyer.«

»Ich heiße Eberhard Untied.«

Erstaunt blickte sie ihn an. »So hießen doch die Leute, denen meine Eltern das Haus abgekauft haben. Sind Sie der Sohn?«

Er nickte. »Ja«, sagte er knapp.

»Wissen Sie was? Ich habe gleich einen Termin. Aber kommen Sie heute Abend doch zum Essen zu mir. Dann können wir uns gemütlich unterhalten.«

Er überlegte kurz, dann sagte er zu. »Ich bin um achtzehn Uhr bei Ihnen. Passt das?«

»Wunderbar. Ich freue mich.«

»Ich mich auch.« Er nickte ihr freundlich zu und verließ das Haus.

Was habe ich da nur gemacht, schoss es ihm durch den Kopf. Ich kenne die Frau kaum, bin erst seit ein paar Stunden auf der Insel und habe eine Verabredung. Wenn ich das meinem Kollegen erzähle, lacht der bestimmt. Aber er muss es ja nicht wissen, beschloss er.

Er ging an der Aussichtsdüne vorbei und bog rechts ab. Kurz vor dem Strandaufgang sah er Sportgeräte in den Dünen. Viele Kinder und selbst einige Erwachsene kletterten, schaukelten und schwangen sich im Affenzahn auf der Seilrutsche die Schräge herunter.

Sollte er sich wirklich mit Ellen Meyer treffen? Eines war klar – wenn die Frau meinte, er würde ihr von seinem Leben berichten, dann täuschte sie sich. Nichts, aber auch gar nichts würde er erzählen. Ein paar wenige Fakten – ja. Aber mehr nicht.

Am Strand herrschte reges Treiben. Fast jeder Strandkorb war besetzt, und viele Urlauber vergnügten sich in den Wellen. Er zog seine Schuhe aus und lief am Wassersaum entlang gen Osten. Es fühlte sich gut an. So war es schon früher gewesen. Immer dann, wenn er die Tür des Hauses zugeknallt hatte und allein bis zum Osterhook gerannt war. Dort fand er Ruhe. Egal ob Sommer oder Winter.

Mühsam öffnete Untied die Augen. Verdammt, wo war er? Es dauerte einen Moment, bis ihm klar wurde, dass sein Arbeitsleben auf der Insel wartete. Und damit auch sein Kollege. Ein Blick auf die Uhr sagte ihm auch, dass er sich beeilen musste, wollte er am ersten Tag nicht zu spät zum Dienst erscheinen. Das wäre peinlich. Er sprang aus dem Bett, was zu einem leichten Schwindelanfall führte. Es nützte nichts, fünf Minuten zum Erholen auf der Bettkante, das musste sein. Er dachte zurück an den gestrigen Abend. Ellen und er waren zügig beim Du angelangt, hatten eine äußerst leckere Lasagne gegessen und auch mit dem Rotwein nicht gespart. Eigentlich hatte er dann aufbrechen wollen, aber es war so gemütlich gewesen mit ihr auf dem Sofa in der Stube, da war er einfach sitzen geblieben und hatte ihr nach einem weiteren Glas Rotwein und hartnäckigen Fragen ihrerseits von seinem Leben auf der Insel und der Zeit in Norden erzählt. Danach hatten sie die Unterhaltung im Bett weitergeführt. »Ich muss dich wieder aufrichten. Seelisch und so«, waren ihre Worte gewesen, als er ihr die Treppe hoch in sein altes Zimmer folgte.

Das Klingeln seines Telefons riss ihn aus seinen Gedanken. Es war Wille Weerts. »Was gibt es?«, fragte er. »Ich bin gleich bei dir. Keine Sorge.«

»Ich sorge mich nicht um dich, ich weiß, dass du kommst. Aber wenn es geht, dann sofort. Ich denke, unser Dieb ist wieder aufgetaucht.«

»Alles klar. Zehn Minuten.« Er beendete das Gespräch, rannte ins Badezimmer und warf sich eine Handvoll Wasser ins Gesicht. Dann zerrte er seine Uniform aus dem Schrank, vergaß beinahe, Socken anzuziehen. Wie gut, dass sich die Dienstwohnung gleich neben der Wache befand. So war er tatsächlich in kurzer Zeit vor Ort und wurde freundlich von Wille Weerts begrüßt. »Tut mir Leid, aber ich kann nicht weg. Also habe ich gedacht, dass du vielleicht auf Diebesjagd gehst.«

»Natürlich. Wo wurde er gesichtet?«

»Am Rosengarten. Du fährst einfach …«

»Ich weiß«, unterbrach er den Inselpolizisten, was ihm im gleichen Moment unangenehm aufstieß.

»Ach, dann hast du gestern schon dein neues Arbeitsfeld erkundet?«, lachte Weerts. »Sehr gut! Der Anruf kam schon sehr früh. Einem der Männer, Bodo Lange, die sich um die Pflege des Kurgartens kümmern, wollte die Rosen gießen. Da sah er einen Mann auf einer Bank liegen. Als er ihn ansprach, stand der Mann auf, ging auf ihn zu und wollte zuschlagen. Allein, dass Bodo eine Harke in der Hand hielt, verhinderte Schlimmeres. Bodo wartet jetzt auf einen von uns. Würdest du das übernehmen? Ich bin mit unserem Chef in Aurich zur Telefonkonferenz verabredet.«

»Mache ich. Wo finde ich ein Rad?«

»Im Gartenhäuschen. Muss vielleicht noch Luft drauf.«

Er hatte Glück. Das Rad war fahrbereit. Er fuhr über den Roten Platz, am Schwimmbad und am Kinderspielhaus vorbei. Es waren trotz der recht frühen Uhrzeit jede Menge Menschen auf der Straße. Wahrscheinlich sind die alle auf dem Weg zum Supermarkt, um sich zum Frühstück mit Brötchen einzudecken. Bei dem Gedanken an Frühstück rumorte sein Magen. Allerdings war er sich nicht sicher, ob es am Hunger lag oder am Rotwein vom Abend zuvor.

In Höhe des Rosengartens sah er einen Mann, der ihm kräftig zuwinkte. Er stieg vom Rad, und bevor er sich bekannt machen konnte, erzählte ihm Bodo Lange – es musste Bodo Lange sein, vorgestellt hatte sich der Mann in seiner Aufregung auch nicht –, was ihm widerfahren war.

»Möchten Sie eine Anzeige aufgeben?«, fragte er, als der Mann endlich schwieg.

»Ja, das möchte ich. Natürlich. Der hat mich bedroht. Wer weiß, was der sonst noch so anstellt. Fangen Sie den Kerl und setzen ihn fest«, forderte Lange laut.

»Das ist unsere Aufgabe.« Eberhard notierte sich den Fall, bat ihn auf die Wache und verabschiedete sich. Der Beschreibung nach handelte es sich wohl um den gleichen Mann, der Frau Kassens das Geld gestohlen hatte. Er schaute auf seine Uhr. Ob Ellen schon wach war? Er nahm sein Rad und fuhr ins Ostdorf. Nicht, dass er sie besuchen wollte, nein, das wäre zu aufdringlich. Aber vielleicht stand sie zufällig im Garten.

Als er dem Grundstück näherkam, hörte er ihr lautes Lachen. Sie schien also schon munter zu sein. Er lehnte sein Rad an den Zaun und wollte gerade das Törchen öffnen, als er hörte: »Ja, nachdem er mir ausführlich berichtet hat, wer ihm seine Jugend versaut hat, musste ich ihn wieder aufrichten.« Auch bei dem Wort »aufrichten« brach sie wieder in Gelächter aus. Ellen saß vor der Eingangstür und hielt ihr Handy ans Ohr. Wahrscheinlich sprach sie gerade mit ihrer Schwester. Sie hatte ihm abends erzählt, dass Mirja in Australien wohnte und sie häufig miteinander Kontakt hatten.

»Wir sind dann ins Schlafzimmer, doch meine Bemühungen waren ziemlich erfolglos. Allerdings wurde mir klar, dass der Spitzname ›Kluntje‹, von dem er seit seiner Kindheit verfolgt wurde, auch heute noch seine Berechtigung hat.« Sie schwieg kurz, dann erklärte sie mit tiefer Stimme: »Je mehr ich an ihm gelutscht habe, desto kleiner wurde er.«

Jetzt war sie nicht mehr zu halten. Ihr Gelächter rollte in Wellen über die Straße.

Der Polizist nahm sein Rad und wollte aufsteigen, doch die Beine versagten ihm den Dienst. Mühsam schob er das Rad ein paar Meter weiter, dann machte er einen erneuten Versuch. Es klappte. Er folgte dem roten Weg und bog dann vor dem BK-Heim links ab. Mitten im dichtbewachsenen Dünengelände bremste er, warf sein Rad in die Sträucher und setzte sich auf eine Bank, die unter Bäumen beinahe versteckt stand. Was war nur los? Warum konnte er nicht mit der Vergangenheit fertig werden? Ja, die Vergangenheit. Er war mit diesem Wort aufgewachsen. Kluntje. Seine Mutter hatte ihm erklärt, dass es nur einfach die Abkürzung sei. Klaus Untied. Klunti, so hatte sie ihn genannt. Und nicht nur sie. Alle hatten es getan. Klunti oder Kluntje. Keiner hatte seinen richtigen Namen gebraucht, bis auf seinen Vater. Der hatte ihn immer Klaus genannt, oder auch Klaus Eberhard, wenn er Dummheiten gemacht hatte. Sein Vater hatte die Mutter sogar mehrmals gebeten, ihren Sohn endlich Klaus zu rufen, doch sie hatte nur mit weicher Stimme: »Er ist doch so süß. Ich muss ihn einfach Kluntje nennen«, erwidert.

Das Lernen war ihm immer leicht gefallen. So hatten seine Eltern zugestimmt, als er sie bedrängte, das Gymnasium am Festland besuchen zu dürfen. Er hatte die Insel verlassen, immer in der Hoffnung, am Festland seine Ruhe zu finden. Doch Hannes, der mit ihm die Schule gewechselt hatte, verriet eines Tages aus Versehen, wie er immer wieder betont hatte, den Mitschülern, welches Wort seinem Freund so sehr unangenehm war. Die Folge war, dass ihn ab sofort alle Kluntje nannten, und immer folgte das Gelächter hinterher, wenn wieder einer seiner Mitschüler gerufen hatte: »Kluntje, mein Süßer, du siehst so lecker aus!« Er hatte es gehasst. Hasste den Gedanken immer noch.

Und jetzt? Jetzt hatte er selbst dafür gesorgt, dass sein Name sich auf der Insel verbreitete. Der Alkohol und der Wunsch, sich endlich mal alles von der Seele zu reden, hatten bewirkt, dass er Ellen vertraut hatte. Was für ein Fehler! Entschlossen sprang er auf, rannte zu seinem Rad und fuhr zu seinem ehemaligen Elternhaus. Es war ruhig im Garten. Leise öffnete er die Haustür und trat ein.

Wille Weerts wunderte sich. Wo steckte sein Kollege? Am frühen Morgen war der Mann losgefahren, und jetzt war es fast Mittag. Er hätte nur zu gern gewusst, wie die Sache im Rosengarten abgelaufen war, aber Eberhard war nicht wieder auf der Wache erschienen und hatte auch keine Nachricht geschickt. Der Inselpolizist überlegte kurz, dann ging er hinüber in die Dienstwohnung. Er klopfte, doch alles blieb ruhig. Er nahm den Zweitschlüssel und öffnete die Tür. Er sah mit Erstaunen, dass das Zimmer aufgeräumt, ja fast wie unbenutzt aussah. Das Bett war gemacht, und kein Koffer war zu sehen. Nur die Dienstkleidung lag ordentlich gefaltet auf dem Sessel. Was sollte das? Wo war der Kollege? Der Versuch, Eberhard telefonisch zu erreichen, misslang. Wille ging zurück zur Wache. Er würde seinen Chef in Aurich anrufen. Vielleicht hatte der nähere Informationen.

Doch kaum saß er am Schreibtisch, schaute Birgit Ahlers, die Chefin des Hotels Sonnenstrand zu ihm herein. »Hallo, Wille, hast du eben Zeit?«

»Natürlich, was gibt es?«, sagte er freundlich.

»Also, vor zwei Nächten hat ein Mann bei uns ein Zimmer gemietet und es auch eine Nacht genutzt. Als ich ihn dann um Begleichung der Rechnung bat, hat er nur gemurmelt: ›Ich komme später.‹ Dann verschwand er.«

»Hast du Daten von ihm? Eine Beschreibung?«

»Daten habe ich, aber keine Ahnung, ob die stimmen. Und was mir auffiel, war sein steifer Arm. Und gerade, als ich zur Strandmauer schaute, sah ich ihn auf den Steinen sitzen. Da dachte ich, dass du mir vielleicht helfen könntest.«

»Ich komme.« Wille Weerts setzte seine Kappe auf und folgte Birgit.

Wo steckte Eberhard? Der Gedanke ließ Weerts keine Ruhe. Das Schiff war bereits unterwegs nach Neßmersiel. Also war es durchaus möglich, dass Eberhard die Insel verlassen hatte. Und dann müsste er, Wille, sich zeitnah um einen neuen Kollegen bemühen. Doch das Gespräch mit seinem Chef musste warten. Erst hatte er auf der Insel für Ordnung zu sorgen.

Die beiden hatten Glück. Ein paar Schritte weiter saß der Mann und schaute bewegungslos auf die anbrandenden Wellen. Als der Inselpolizist seine Sicht versperrte, stand er auf und sagte nur: »Ich weiß, was Sie von mir wollen. Nehmen Sie mich fest.«

Am Tag darauf wünschte sich der Inselpolizist sehnlichst, dass es immer so einfach wäre. Ellen Meyers Schwester hatte sich bei ihm gemeldet, da sie Ellen nicht erreichen konnte, was ihr große Sorgen bereitete. Er fuhr ins Ostdorf, und ihm wurde beim Anblick der Leiche sofort klar, warum sein Kollege die Insel ohne Abschied verlassen hatte. Lange Gespräche zwischen zwei Schwestern konnten eben sehr aufschlussreich sein.

RUSSENFUSS

Von Matthias Bieling

Frauke Hansen war etwas außer Atem, denn sie hatte schnell fahren müssen. Gut, dass sie gestern noch die Reifen ihres Fahrrades aufgepumpt hatte. Gerade eben hatte sie noch drüben am Westturm geholfen, jenem über 50 m hohen Klinkerwahrzeichen Wangerooges, ein Rudel quirliger, braungebrannter Viertklässler mit Nachmittagskuchen zu versorgen, nun hatte sie einen lukrativen Behandlungstermin im Dorf bei einem – wie hatte Dortje das noch gesagt, als sie ihr den Kontakt vermittelt hatte? – »schweinefreigiebigen Geldsack«. Sie hatte das Fahrrad geparkt, den weißen Kittel übergestreift, ihre Utensilien aus dem großen Korb gehievt und hatte gerade noch rechtzeitig an der Drehklingel des einladenden Ferienhauses mit den Kletterrosen läuten können, das schräg gegenüber von Ohm Tils ehemaligem Fischerhaus stand.

Der Mann blickte an ihr mit dunklen Augen herunter, blieb für einen Moment an ihrem Koffer hängen und wandte dann den Blick wieder in ihr Gesicht. »Kommen Sie«, sagte er stumpf und trat aus der Tür. Kein Lächeln, kein freundliches Wort, keine Begrüßung. Aber Dortje hatte sie vorgewarnt: Das waren keine normalen Urlaubsgäste. Sie waren zu viert vor fünf Tagen mit einem Privatjet gelandet, hatten Unmengen an Koffern ausgeladen, und während das Flugzeug wieder verschwunden war, waren sie in dem Haus eingezogen, das Dortje für einen Investor vom Festland verwaltete.

Seitdem hatte die einzige Frau unter den Besuchern jeden Tag die Geschäfte, die sie mit harter Betonung auf der letzten Silbe »Boutique« nannte, nach irgendwelchen Kleidungsstücken durchforstet und dies und das gekauft, dabei in höchsten

Tönen ausstoßend: »Oh, wie nice.« Dann zahlte sie bar, auch größere Summen, aber das Geld war echt, das hatte Bente von der Volksbank bestätigt. Begleitet wurde die Frau bei ihrer täglichen Tour von einem der Männer, den sie Sergej nannte und der finster um sich blickte, so als wollte er jeden beißen, der in sein Gesichtsfeld geriet. Aber er trug gelassen die sich während des Shoppings ansammelnden Tüten und Täschchen und wartete geduldig an jeder Station, ohne ein Wort zu verlieren. Im Ort munkelte man schon, er könne gar nicht sprechen.

Von dem Mann, dem Frauke in das Wohnzimmer folgte, wurde erzählt, dass er sich bei Piet in der Schiffsanlegestelle als Iwan Iwanowitsch Iwanov, Assistent von Wladimir Wladimirowitsch Nitup, vorgestellt hatte, um sich dann über die See, die Gezeiten und die Möglichkeiten zu erkundigen, eine Jacht zu mieten. Seitdem fuhr er regelmäßig mit der Schmalspurbahn durch die Salzwiesen an die Anlegestelle der Insel, um dann manchmal etwas in ein kleines Notizbuch zu schreiben, das er aus der Gesäßtasche zog.

Als sie das Wohnzimmer betraten, hörte die am Esstisch sitzende Frau kurz auf, mit spitzen Fingern in ihrer Zeitschrift zu blättern, und wedelte den in der Luft liegenden Geruch von frisch lackierten Nägeln beiseite. Iwan lächelte ihr zu, blickte dann ertappt auf Frauke und sagte: »Sergej, mach den Fernseher leiser. Unser Besuch ist da.«

Sergej hatte auf der Couch sitzend gespannt eine Animationsserie verfolgt, in der ein kleiner, ständig quäkender Junge von zwei aufsässigen Zwergen immer wieder vor herabfallenden Zementsäcken, sich auftuenden Löchern mit zähnefletschenden Monstern oder fliegenden Riesenschildkröten gewarnt wird, stand nun aber auf, drückte den Ton des Fernsehers auf stumm und rückte einen Sessel zurecht.

»Ich sage Wladimir Bescheid, dass Sie da sind.« Dabei deutete Iwan mit einer Armbewegung an, dass Wladimir in dem zurechtgerückten Sessel Platz nehmen solle.

Nun sollte sie endlich den Chef sehen, den Oligarchen, ihren Kunden für heute. Der war seit der Ankunft nur ein paarmal gesehen worden, als er mit dem Handy am Ohr und »Da« oder »Njet« ausstoßend um das Haus gewatschelt war. Das Grundstück hatte er nach übereinstimmenden Berichten jedoch nur ein einziges Mal verlassen: als alle vier am Tag nach ihrer Ankunft das Café Pudding aufgesucht hatten und er dort die Zeche mit einem 200-Euro-Schein bezahlt und dazu generös »So stimmt, Rest gut für Trinken« gemurmelt hatte.

Frauke stellte ihr Köfferchen ab und öffnete es, faltete den kleinen Hocker auf, auf dem sie sitzen würde, stellte die Fußauflage zurecht, damit der Patient es bequem hatte, setzte sich und begann, ihre Instrumente zu überprüfen. Misstrauisch blickte Sergej in den Koffer, nahm sogar mit dem Daumen einen Test an einem der Fräsaufsätze vor, nickte dann dem barfuß hereinkommenden Chef wie zur Bestätigung zu und setzte sich wieder auf die Couch. Bald war seine Aufmerksamkeit wieder bei den Zwergen und dem weiterhin nun stumm weiterlaufenden Drama des quäkenden Jungen.

Wladimir trug einen Trainingsanzug mit drei Streifen, presste mit der linken Hand sein Handy ans Ohr und hatte in der rechten Hand eine ledergebundene Mappe, die er mit Daumen und Mittelfinger festhielt, während sein Zeigefinger quasi als Lesezeichen für die sich in der Mappe befindlichen Papiere diente. Er ließ sich schnaufend in den Sessel fallen, blickte dann kalt in Fraukes Gesicht und legte seinen Fuß auf die vorbereitete Auflage. Er wusste, was von ihm erwartet wurde, und war ein erfahrener Gepflegter. Die Mappe legte er geöffnet auf seine Knie, während sich Iwan rittlings verkehrtherum auf einen Stuhl setzte, die Rückenlehne unter seinen verschränkten Armen.

Frauke begann zunächst mit dem Schaber. Irgendetwas schien Wladimir zu stören, denn er begann immer lauter zu sprechen, immer schneller, auf Russisch, dabei auf die Mappe vor sich starrend und darin vor- und zurückblätternd. Mit seinem Verhalten erreichte er, dass Iwan auf seinem Stuhl unruhig herumrutschte und die Frau das Journal beiseitelegte und aufmerksam herüberblickte.

Frauke hatte sich angewöhnt, die einzelnen Behandlungsschritte einen nach dem anderen durchzuführen und sich auch insbesondere nicht durch das Verhalten der Kundinnen und Kunden von ihrer Arbeit ablenken zu lassen. Aber als sie nun mit dem feinen Fräsaufsatz die Fersen bearbeiten wollte, musste sie ablassen, denn Wladimir stieß wütend die ledergebundene Mappe von seinem Schoß und sprang laut in den Hörer brüllend auf.

Erschrocken rief die Frau: »Aber Liebling!« Doch Wladimir reagierte nicht. Während er aus dem Zimmer stürmte, immer noch in das Handy brüllend, saß Frauke wie erstarrt auf ihrem kleinen Hocker, die elektrische Fräse mit der Spitze in die Höhe gereckt, die umgekippte Fußauflage vor sich und den verstreuten Inhalt von Wladimirs Mappe neben sich: einige mit kyrillischen Buchstaben bedeckte Seiten, einige Büroklammern, die nichts mehr hielten, und ein Foto eines rotgesichtigen, misstrauisch blickenden Mannes mit Zauselfrisur, das offensichtlich aus einiger Entfernung aufgenommen worden war.

So etwas hatte sie noch nie erlebt. Gerade als Frauke sich beschweren wollte, sagte neben ihr die Stimme von Iwan: »Es tut mir leid.« Vor ihren Augen tauchte nun die Hand des Mannes auf mit einem 100-Euro-Schein darin. »Das ist für Ihre Mühen. Es ist besser, wenn sie jetzt gehen.«

Ein schneller Blick überzeugte Frauke, dass eine Beschwerde zu nichts führen würde. Da das Argument in seiner Hand darüber hinaus gut war, schluckte Frauke ihren Ärger hinunter, packte ihre Sachen in ihren Koffer und klappte den Hocker und die Fußauflage zusammen.

Auf dem Weg zur Tür gab Sergej dem kleinen, quengelnden Jungen seine Stimme wieder, dann verabschiedete sich Iwan mit den Worten: »Liegt nicht an Ihnen.«

Von drüben, halb hinter dem Briefkasten von Ohm Til verborgen, blickte ein misstrauisch blickender Mann herüber und wunderte sich wohl über die quäkenden Geräusche aus der Haustür, während Frauke Hansen alles auf ihr Fahrrad lud und den Koffer festzurrte. Als sie mit dem Fuß in die Pedale trat, um loszufahren, schloss sich die Tür, und das hysterische Geplärre war nicht mehr zu hören.

Dieser Mann! Woher kannte sie den bloß?

Frauke Hansen drehte sich um. Klar, sie hatte den Mann, der hinter dem Briefkasten ganz unauffällig tat, schon einmal gesehen: Er hatte ein rotes Gesicht und eine Zauselfrisur. Es war der Mann auf dem Foto.

Unvermittelt wurde Frauke aus dem Sattel gehoben, das Fahrrad entglitt ihrer Kontrolle, vor ihr ein »AHHHH«, es schepperte und sie fand sich auf allen Vieren wieder, neben sich, halb unter sich ein Mann: kurzgeschnittene, blonde Haare, grüne, interessante Augen, markantes Kinn. Der Liegende zog zischend die Luft mit aufgeblähten Backen und zusammengelegten Lippen ein, bevor er hervorstieß: »Sie müssen schon aufpassen, wohin Sie mit Ihrem Rad fahren.«

Frauke hatte erwartet, dass der Mann ärgerlich war, aber in seinen Augen lag ein Lächeln. Wieso hatte sie nicht aufgepasst? Zu doof aber auch. Sie stand auf, klopfte sich die Knie ab, und während sich der Mann auch aufrappelte, entschuldigte sie sich: »Tut mir wirklich sehr leid. Ich, ich …« Sie verstummte, denn ein Blick aus dem Augenwinkel reichte, um festzustellen, dass der Briefkasten nun verwaist war. Also würde alles sowieso nur wie eine lauwarme, erfundene Schwindelei klingen.

»Alles gut«, sagte der Mann freundlich und wischte sich über die Hand. Blut. Er blutete. Sie hatte ihn verletzt.

Sie griff nach seiner Hand und hielt sie mit beiden Händen fest. »Das müssen wir in meiner Praxis verbinden.«

Die interessanten Augen fragten: »Sind sie Ärztin?«

»So etwas ähnliches«, erwiderte Frauke. »Kommen Sie einfach mit.«

Dann hob sie ihr Rad auf und nickte dem Mann bestimmend zu, der sich ihr gehorsam anschloss, als sie begann, ihr Fahrrad zu schieben. Auf seinem Gesicht lag ein amüsiertes Lächeln.

Frauke packte die benutzten Teetassen in der Spüle zusammen: Es war noch ein angenehmer Abend gewesen, und der Mann hatte ihr Schuldgefühl einfach weggelächelt. Er hieß Sebastian, war alleinstehend und arbeitete irgendwie als Kriminalkommissar oder so, genau hatte Frauke das nicht verstanden, und Sebastian wollte auch nicht darüber sprechen. »Geheimhaltung«, hatte er gegrinst, als sie nachgefragt hatte, und war dann im Gespräch auf Frauke, ihren Beruf und ihre Interessen übergegangen.

Sie hatten dann über dies und das gesprochen, hatten noch einmal Tee nachgebrüht, waren dabei zu den Erlebnissen mit den letzten Klienten von Frauke zurückgekehrt, ohne dass Frauke Sebastians Interesse an diesen richtig nachvollziehen konnte, aber sie war dankbar gewesen, denn so konnte sie ihren Ärger über die verkorkste Behandlung abbauen.

Je später der Abend wurde, desto mehr Gefallen hatte Frauke an dem Gespräch mit Sebastian gefunden. Sie hatte sich so wohlgefühlt und viel gelacht, denn Sebastian war nicht nur attraktiv, sondern hatte auch Humor. Das gefiel ihr. Und diese grünen Augen. Er hatte versprochen, heute wiederzukommen, natürlich nur, damit sie den Verband wechseln konnte, klar. Trotzdem freute sie sich darauf. Vielleicht …

Von dem Ping einer eingehenden Messenger-Nachricht wurde Frauke aus ihren Gedanken gerissen: Dortje berichtete, dass am Strand ein Toter gefunden worden war, ein Feriengast, offenbar ertrunken, weil er nachts ein Bad nehmen wollte. Angehängt war ein Foto des Toten, das ein blasses Gesicht, merkwürdig misstrauische, ins Nichts starrende Augen und eine nasse Zauselfrisur zeigte: Es war der Mann hinter Ohm Tils Briefkasten. Der Mann auf dem Foto in Wladimirs Mappe.

Nachdenklich spülte Frauke die Teetassen unter fließendem Wasser ab. Der Mann hatte die Russen beobachtet. Nun war er tot.

Irgendetwas stimmte nicht.

Sie wusste, was zu tun war.

Bjarne passte als Polizist genau zu Wangerooge: Stürme konnten ihm nichts anhaben, seine ruhige Natur beruhigte alle, die mit ihm zu tun hatten, und seine Erscheinung war einzigartig. Geduldig hörte er Frauke zu, fragte, ob sie ganz sicher war, dass der Mann auf dem Foto, der Mann hinter Ohm Tils Briefkasten und der Tote, dieselbe Person waren, und schlussfolgerte dann bedächtig: »Tja, denn muss ich wohl mal die Gäste befragen, nech?« Anschließend folgte er Frauke aus der Polizeiwache, griff nach seinem Fahrrad und machte sich an die Verwirklichung seines Planes.

Auf der Bank vor ihrer Praxis wartete Sebastian auf sie, lächelte und hob dann die Hand mit einer kleinen Buschröschenblüte darin, aber als er ihre Verwirrung bemerkte, fragte er beklommen: »Alles okay?«

»Jaja.« Frauke schloss auf. »Aber es ist etwas Komisches passiert.«

Während Sebastian drinnen schon ganz wie zuhause den Teekessel füllte, das Wasser aufsetzte und dann das Teeei mit Ostfriesenmischung füllte, häufte Frauke die Kluntjes, die braunen Kandiszuckerstückchen, auf einem kleinen Untertellerchen auf. Dabei erzählte sie von dem Mann auf dem

Bild, der jetzt tot war, gestern offensichtlich hinter Ohm Tils Briefkasten versteckt die Russen belauert hatte und dessen Verbindung zu den Russen Bjarne nun nachgehen wollte.

Sebastians Augen wurden bei jedem Wort Fraukes nachdenklicher, und mit jeder Antwort auf seine immer detaillierter werden Fragen wurde er sorgenvoller.

»Was ist los, Sebastian? Was verheimlichst du mir?«

Es klingelte, Sebastians Handy, das er mit einer beschwichtigenden Geste aus seiner Gesäßtasche zog. »Hallo!«

Während er wortlos zuhörte, zerrann sein gedankenverlorener Ernst zu Enttäuschung. Dann legte er auf. Draußen radelte Bjarne vorbei, er hatte wohl seine Befragung beendet.

»Mist, die Russen haben ihr Flugzeug bestellt, sie werden abreisen. Dein Bjarne hat sie aufgescheucht mit seinen Fragen und damit alles vermasselt«, fluchte Sebastian.

Frauke war nicht dumm, und mit einem Mal wurde ihr klar, warum Sebastian auf Wangerooge war: Er beobachtete beruflich die Russen! »War der Mann auf dem Foto ein Kollege?«

Verblüfft sah Sebastian sie an. »Nein, wie kommst du denn darauf?«

»Nun erzähl schon«, forderte sie ihn auf.

An ihrem Blick erkannte er, dass sie sich das Wesentliche zusammengereimt hatte, dass sie nun Mitwisser über den Grund seines Aufenthaltes war. Natürlich durfte er eigentlich nichts erzählen, aber was konnte es jetzt noch schaden? In wenigen Stunden wären die Russen weg. Wer weiß, wenn er ihr reinen Wein einschenkte, würde ihr vielleicht noch etwas einfallen, das helfen könnte, einen neuen Anlauf bei der nächsten Station der Russen zu starten. Denn es war klar, dass diese ihre Mission noch nicht erfüllt hatten und an einem anderen Ort wieder auftauchen würden, um ihren Plan zu vollenden.

Also erzählte er alles: dass er im Interesse der staatlichen Sicherheit der Bundesrepublik, der westlichen Verbündeten und der Nato arbeite; dass er mit dem Toten nichts zu tun gehabt habe und nicht erklären könne, wer das sei und warum der die Russen ebenfalls beobachtet habe, vielleicht sei der ein Kollege aus einem anderen Land, das würde sich demnächst zeigen; dass es seine Aufgabe gewesen sei, den Russen eine Abhöreinrichtung unterzujubeln, und dass er dazu in der kommenden Nacht hätte versuchen wollen, diese an irgendwelchen geeigneten Schuhen von Wladimir anzubringen.

»Im Kopf sind das Mikrofon und der Sender, so dass wir aus bis zu 700 Meter Entfernung mithören können, die Nadel ist die Antenne, das gesamte ist die Batterie. Sie reicht für rund zehn Wochen.« Zwischen Daumen und Zeigefinger hielt Sebastian ein Instrument hoch, das verblüffend in Größe und Form einer Stecknadel glich. »Schade, dass unsere Abhörnadel nicht zum Einsatz kommen wird.«

»Ich mache das.« Frauke griff nach der Abhörnadel.

Sebastian versuchte, sie ihr vorzuenthalten. Es ging hin und her, aber Frauke ließ nicht locker, sie wollte die Chance ergreifen, die sich ihr bot: die Chance, endlich etwas mit Bedeutung zu tun. Die Chance, endlich zu beweisen, was sie drauf hatte.

Iwan blickte an ihr mit verständnislosen Augen herunter, blieb für einen Moment an ihrem Koffer hängen und wandte dann den Blick wieder zu ihrem Gesicht.

»So geht das nicht. Ich habe mit meinem Steuerberater gesprochen. Damit ich keinen Ärger mit dem Finanzamt bekomme, muss ich die Behandlung zu Ende führen.«

Iwan begriff immer noch nicht, was die Frau wollte.

»Die Mehrwertsteuer, verstehen Sie? Es ist ein Problem mit der Mehrwertsteuer, wenn ich von Ihnen hundert Euro bekomme, aber die Behandlung nicht abgeschlossen habe.« Ihre Augen unterstrichen, dass sie es ernst meinte. Deutsche waren sehr korrekt, und deshalb war eine abgebrochene Behandlung für sie sicher etwas ziemlich Schlimmes. Und »Finanzamt« war so ziemlich die einzige staatliche Institution, die Russen ernstnahmen, zu viele waren im Reich des allmächtigen Präsidenten vom Finanzamt zur Strecke gebracht worden. Das Finanzamt musste man ernstnehmen, warum sollte das in Deutschland anders sein?

Ihre Gruppe konnte keinen Ärger gebrauchen!

»Kommen Sie«, sagte er also und führte sie in das Wohnzimmer, wo nun überall halbgepackte Koffer herumstanden und auf der Couch und den Stühlen Kleidungsstücke aufgestapelt waren.

Frauke begann sofort, alles aufzubauen, während Iwan im Nebenraum verschwand, in dem sich dann »ohren«-scheinlich eine intensive russischsprachige Diskussion entspann, nach deren Ende aber Wladimir fügsam den Raum betrat, sich vor Frauke in den Sessel fallen ließ und, während er seinen Fuß auf die Fußablage legte, sagte: »Kein Ärger mit Finanzamt. Machen Job fertig, dann alles okay.«

Frauke begann damit, womit sie das letzte Mal aufgehört hatte: mit dem kleinen Fräsaufsatz. Sie bewegte das Instrument ein paarmal hin und her, stieß dann ein »Oh« aus und legte es mit ernstem Gesicht zur Seite.

»Was ist?«, wollte Wladimir wissen.

Frauke schüttelte leicht den Kopf, so als wolle sie einen Gedanken verscheuchen. Dann legte sie beide Hände um den Fuß, drückte mit den Daumen die Fußsohle an einer Stelle und sagte: »Oh.« Dann wiederholte sie das »Oh« noch einmal.

»Was ist? Sagen!«

Sergej, der mit einem Stapel Kleidung auf dem Arm gerade den Raum betreten hatte, ließ diesen fallen und näherte sich, jederzeit bereit, seinen Chef zu verteidigen. Durch die Tür trat nun auch Iwan wieder zu der Gruppe, angelockt von der Lautstärke in Wladimirs Stimme.

Frauke drückte, so fest sie konnte, was ein Quieken bei dem Mann hervorrief.

»Tut das weh?«, fragte Frauke, während sie den Fuß fest umklammert hielt, damit er ihr nicht entwunden wurde, um dann noch einmal fest zuzudrücken.

»Uii«, brüllte Wladimir mit verzerrtem Gesicht. Er erinnerte sich: Er hatte schon in den letzten Tagen Schmerzen verspürt, genau an der Stelle, die die vor ihm sitzende Spezialistin identifiziert hatte. Ja, er erinnerte sich genau: Da hatte er schon etwas verspürt, hatte das aber nicht weiter beachtet. Vielleicht war das ein Fehler gewesen?

Die Schmerzensschreie hatten die Frau offensichtlich aus der Dusche getrieben, denn sie hatte nasse Haare, war barfuß und hatte sich nur notdürftig in ein Badetuch gewickelt. Mit gurrenden Lauten stellte sie sich hinter Wladimir und massierte dessen Nacken, um ihn zu beruhigen.

»Was ist los?«, presste Iwan besorgt hervor, mit Mühe das schwere Atmen von Waldimir übertönend.

Frauke drückte noch einmal, um einen weiteren Schmerzensschrei zu erzeugen, ließ dann den Fuß los, richte sich auf und setzte dazu eine bekümmerte Mine auf. »Morbus pedes russinenses, kann zur Amputation führen.«

Chaos brach aus: Wladimir kreischte angsterfüllt auf und reckte den schmerzenden Fuß mit unter dem Oberschenkel gefalteten Händen in die Höhe, Iwan schüttelte fassungslos den Kopf, und Sergej hastete im Raum herum, zauberte eine halbleere Flasche Wodka hervor und konnte nur von Iwan mit einem Faustschlag auf den Oberarm davon abgehalten werden, den Flascheninhalt über den betroffenen Fuß zu schütten: »Idiot, vielleicht macht es das noch schlimmer.«

Währenddessen hatte die Frau unter »Gospodi-Gospodi«-Rufen aus dem Nebenraum eine Ikone herbeigeholt, und nachdem Wladimir erfolglos versucht hatte, seine Fußsohle anzusehen und dabei fast aus dem Sessel gerutscht wäre, hatte die Frau die Ikone so aufgestellt, dass der Heilige darauf einen freien Blick auf die Fußsohle hatte, und dann mit zitternden Händen versucht, eine lange, dünne Kerze anzuzünden. Iwan, der durch die Vermeidung des Wodkabades für den Fuß wahrscheinlich Schlimmeres verhindert hatte, ging dazu über, den Kranken mit den Worten zu trösten, dass man ja für Sergej eine bequeme Tragekiepe bauen könne, in der man den Amputierten dann überallhin transportieren würde. Daraufhin ließ Sergej seinen Blick über die Leibesfülle von Wladimir gleiten und nahm inständig hoffend, die Heilung des Chefs zu bewirken, einen kräftigen Schluck aus der Flasche.

Die Aktionen der Besorgten zur Bewältigung der Lage waren jedenfalls einigermaßen erfolgreich, denn bei Wladimir ersetzte leises Stöhnen das Kreischen.

»Darf ich mal alle Schuhe von Herrn Nitup sehen?«, nahm Frauke die Gelegenheit wahr. »Vielleicht können wir Schlimmeres verhindern. Manchmal hilft das Tragen der richtigen Schuhe.«

Stille. Dann setzte Wladimirs »Dawai, Dawai« die ganze Gesellschaft in Betriebsamkeit, und schon bald türmten sich neben Frauke Berge von Schuhen: Bootsschuhe, zwei paar Slipper, Sneaker, Budapester Halbschuhe, drei Paar und eine einzelne Sandale sowie Pantoffeln.

Atemlos von allen beobachtet, nahm Frauke das ein oder andere Paar in die Hand, presste hier und zog da und stieß dazu nachdenkliche Laute aus. Bei den Sneakern machte sie: »Hm, hm«, während sie die Abhörnadel unbemerkt zwischen Obermaterial und Unterfutter drückte, bevor sie abschließend die Pantoffeln prüfte, um dann wieder die Sneaker zur Hand zu nehmen und diese vor Wladimir zu stellen, der immer noch mit hochgerecktem Fuß in seinem Sessel saß.

»Die sind gut«, sagte Frauke. Als sie die leichte Entspannung auf Wladimirs Gesicht sah, legte Frauke nach: »Die werden Sie heilen. Aber sie müssen sie immer tragen, hören

Sie? Immer. Egal, was Sie gerade machen. Sie dürfen sie nur zum Schlafen ausziehen.«

Wladimir sprang auf, schlüpfte unter den gespannten Blicken seiner Begleiter in die Schuhe, knotete sie zu und stapfte mit erleichtertem Gesicht mit dem kranken Fuß auf: Der Schmerz war weg. »Gut, sehr gut«, sagte er in die freudigen Gesichter der Umstehenden und rief damit bei der Frau einen dankbaren Blick auf die Ikone hervor, während Iwan und Sergej sich abklatschten. Dabei plemperte etwas aus der Wodkaflasche, die der Leibwächter immer noch in der Hand hielt, und ermunterte ihn somit, noch einen kräftigen Schluck zu nehmen: Man konnte nie wissen, welchen Anteil das an der Heilung seines Arbeitgebers haben konnte.

»Bezahle gut«, wandte sich Wladimir an seinen Assistenten, der fünf 200-Euro-Scheine hervorzauberte und Frauke hinhielt, woraufhin der Chef verlangte: »Mehr. Ist mehr wert.«

»Wir haben nicht mehr Bargeld.«

Die Enttäuschung in Wladimirs Gesicht währte nicht lange, denn er fand schnell eine Lösung: »Danke. Gute Job. Ich werde empfehlen Sie! Empfehlung viel Geld!« Damit entließ Wladimir Wladimirowitsch Nitup Frauke, die tief durchschnaufte, als sich die Tür hinter ihr geschlossen hatte.

Der erste aufgrund der Empfehlung durch Wladimir Wladimirowitsch Nitup zustande gekommene Job war gut drei Wochen später eine Hühneraugenentfernung in Lagos: Sie wurde von einem Privatjet auf Wangerooge abgeholt, logierte in einem Luxushotel und reiste nach fürstlicher Entlohnung in demselben Privatjet wieder zurück auf die kleine Insel.

Auch dieser Auftraggeber war hochzufrieden, und so ließ die Mund-zu-Mund-Propaganda in den nächsten Wochen und Monaten den Kundenkreis der Frauke Hansen um religiöse Führer mit erlesenen Turbanen, Militärattachés von unbekannten Staaten, südamerikanische Drogenbarone, schweigsame, aber offensichtlich reiche Asiaten, Söldnerführer, Putschisten und Revolutionäre undefinierbarer Provenienz sowie um Direktoren von karibischen Geldwäschebanken, kalabrische Dons, Mitglieder des Clubs afrikanischer Potentaten, Waffenschmuggler und allerlei andere illustre Persönlichkeiten wachsen.

Ihr gefiel das: ab und zu von einem Flieger auf Wangerooge abgeholt werden, eine Behandlung in Aman, ein Sohlenpeeling in Miami oder ein Beauty-Package in Quito, gutes Geld und Luxus. Dann wieder der Ausgleich mit ihren geliebten Wangerooger Sonnenuntergängen, dem Schnack mit der alten Frau Jensen beim Einkaufen im KaufDA und den dankbaren Augen ihrer Stammkunden, wenn sie ihren kleinen Koffer anschließend wieder auf ihr Fahrrad schnallte.

Es war ein erfüllendes und spannendes Leben, das sie genoss, auch wenn aus ihr und Sebastian nichts Dauerhaftes wurde, sondern es nur zu einem leidenschaftlichen, gemeinsamen halben Jahr reichte.

Etwa sechs Wochen nach ihrem Job in Lagos trug eine große Boulevard-Zeitung die Schlagzeile: »Russenkiller an Enthüllungsjournalisten plante auch Daten-GAU«. Das »an Enthüllungsjournalisten plante auch« war sehr klein geschrieben zwischen dem massigen »Russenkiller« in Großbuchstaben über die gesamte Zeitungsbreite und »Daten-GAU« mit einem dahinter prangenden Blitz-Symbol in einer weiteren zeitungsbreiten Zeile.

Aus den überregionalen Tageszeitungen konnte man entnehmen, dass der BND durch neuartige Ermittlungsmethoden und eine Kommunikationsüberwachung die Aktivitäten einer Gruppe russischer Staatsangehöriger rund um Wladimir Wladimirowitsch N. aufdecken konnte. Die Gruppe habe in den letzten Wochen verschiedene Nordseehäfen und

Inseln frequentiert, um eine Sprengung an den in der Nordsee verlaufenden Datenkabeln auszukundschaften und vorzubereiten. Ob hinter der Gruppe russische Geheimdienstkreise stehen, wollte der Sprecher der Bundesanwaltschaft nicht kommentieren.

Eine Sprengung der Datenkabel hätte erhebliche Auswirkungen auf die zivile und militärische Infrastruktur in Europa, die Kommunikation zwischen den NATO-Staaten dies- und jenseits des Atlantik und würde im schlimmsten Fall zum wochenlangen Erliegen der Versorgung der europäischen Bevölkerung mit Energie, Lebensmitteln und Kleidung führen, wenn durch den Ausfall der Datennetze das öffentliche Leben zusammenbrechen würde.

Sergej Sergejewitsch S., der in der Gruppe als Personenschützer fungierte, sollte auch für einen Mord auf Wangerooge an einem Investigativ-Journalisten, der der Gruppe auf der Spur war, verantwortlich sein.

Niemand, wirklich niemand in Geheimdienstkreisen konnte sich die Erfolge der Deutschen in den folgenden Jahren gegen organisierte Kriminalität, Terrorismus und Spionage erklären, nicht einmal die Amerikaner. Das Einzige, was man wusste, war der Deckname des offensichtlich dafür verantwortlichen Agenten: Dr. Foot.

Eine mysteriöse Fußerkrankung, die sich ganz unerklärlich in Kreisen der globalen Hautevolee ausgebreitet hatte und über die auf jeder Champagnerparty hinter vorgehaltener Hand geraunt wurde, war nur ganz langsam durch unermüdliches Handeln der hochgeschätzten Frauke Hansen auf dem Rückzug.

HENRIETTES RUHESITZ

von Reinhold Friedl

Henriette ging wie an jedem Morgen die wenigen Schritte vom Hotel bis zum Geschäft mit Souvenirs, Strandbedarf und Zeitungen. Sie kaufte bei einem kurzen Schnack mit der Verkäuferin die zurückgelegten Nordwest-Zeitung und Die Welt.

Anschließend überquerte sie den Marktplatz und betrat die Bäckerei mit Café, wo sie mit einem Moin und der rhetorischen Frage: »Wie immer, Frau Hartmann?«, begrüßt wurde. Sie nickte und erwiderte den Gruß.

Ihr Stammplatz im Café war besetzt, was sie gar nicht leiden konnte. In früheren Zeiten wäre dieser Platz sehr schnell für sie frei gewesen, aber sie war ja in diese ruhige Gegend auf der Ostfriesischen Halbinsel an Nordsee und Jadebusen gezogen, um es ruhiger angehen zu lassen. Der freie Tisch neben ihrem Stammplatz war zur Not auch akzeptabel. Nach Kaffee, Croissant und je einer Hälfte eines Vollkornbrötchens mit Himbeermarmelade und Käse griff sie zu den Zeitungen.

Zunächst las sie den Jeverland-Boten, die hiesige Regionalausgabe der Nordwest-Zeitung. Es interessierte sie, was hier vor Ort geschah, auch konnte man es möglicherweise einmal gut gebrauchen. Die überregionale »Welt« berichtete mit konservativem Grundton über Deutschland, aber eben auch über die Welt. Das führte sie zu zahlreichen Orten in etlichen Ländern, in denen sie früher beruflich tätig war.

Nach diesem Morgenritual betrat sie das Strandhotel und stieg die Treppen ins Obergeschoss hinauf. Den Fahrstuhl ließ sie links liegen, denn sie wollte sich bewegen, um ihre

Fitness zu erhalten, die trotz fortgeschrittenen Alters noch in guter Form war.

Oben kontrollierte sie Schloss und Tür, was beides einen unverdächtigen Eindruck machte. Sauber machen durfte nur eine von ihr persönlich angestellte Servicekraft. Sie hatte eine Suite und eine Juniorsuite zu einem großzügigen Penthouse zusammenlegen lassen und dies auf Dauer gemietet. Das konnte sie sich leisten und hatte es verdient, wie sie sich zugestand. Zugestanden hatte sie sich auch eine unauffällige Überwachungskamera als technische Spielerei und aus Vorsicht, da man heutzutage nie wusste, was passieren konnte.

Vor acht Monaten war eine langhaarige blonde Frau in legerer Freizeitkleidung an ihren Tisch im Garten des Restaurants Leuchtfeuer getreten, wo sie zu Mittag eine Fischsuppe bestellt hatte. Trotz der übergroßen Ray-Ban-Sonnenbrille erkannte sie sofort Jennifer, die ihr in verschiedenen Ländern in die Quere gekommen war, zuletzt in Chicago, Prag und Buenos Aires. Jennifer war ihr professionell nahezu ebenbürtig, aber nur fast.

Jennifer sagte, ohne es in eine Frage zu kleiden: »Ich darf mich sicher setzen.«

Henriette wies mit der linken Hand auf einen freien Stuhl. Nun wirkten sie wie zwei attraktive Frauen in fortgeschrittenem Alter, die immer noch begehrliche Blicke auf sich zogen. Eine mit rotbraunen kurzen Haaren, die andere mit langen blonden, offenbar in entspannter Plauderei.

»Ich erspare mir die Frage, wie du mich gefunden hast. Es ist ja in der feinen kleinen Szene bekannt, dass du alle deine Auftragssubjekte in abgelegendsten Regionen der Welt aufgespürt hast. Fast alle, soweit ich weiß.«

»Thanks für das Lob der Top-Kollegin, die ihre Zielobjekte immer spurlos entnommen hat, wie man hierzulande beschönigend das Eliminieren von Problemwölfen nennt. Aber ich will hier keinen langen Smalltalk veranstalten, meine Liebe.

Wir wissen beide, worum es geht. Es ist ja schön für dich, dass du als angebliche Frau Hartmann einen Ruhesitz in diesem Kaff gefunden hast, das unter deinem Niveau liegt. Du weißt, dass ich dich auffliegen lassen kann, was sehr unangenehm für dich wäre. Das könntest du umgekehrt wohl auch, aber ich kenne deinen Rückzugsort, du meinen nicht. Machen wir es kurz und preiswert: Ich bekomme von dir eine Million Euro in bar, und du siehst mich nie wieder. Und du kannst hier deinen Ruhestand weiter genießen. Ich weiß aus alten Zeiten, dass du nur gegen Cash gearbeitet hast und immer genug Bargeld gebunkert hattest. Es kann also alles sehr schnell gehen.«

»Du hast dich kaum verändert in deiner unverschämten Art, meine liebe Jennifer. Aber du hast Recht, ich habe mich aus dem Geschäft zurückgezogen und habe hier in Horumersiel einen schönen und attraktiven Ruhesitz abseits aller Hektik gefunden. Das soll so bleiben, daher gehe ich auf deinen Vorschlag ein.«

»Okay, ich hatte eine längere Verhandlung erwartet. Aber ja, wir werden nicht jünger und brauchen keinen großartigen Stress mehr. Wie machen wir es?«

»Ich habe eine Motoryacht im Hafen liegen. Darauf ist ein Tresor. Dort gehen wir hin, ich gebe dir das Geld, und du verschwindest für immer aus meinem Leben. Okay?«

»Das ist kurz und schmerzlos. Okay. Let's go.«

Sie gingen am Kurmittelhaus vorbei, ließen Schwimmbad und Therme hinter sich, stiegen die kleine Deichauffahrt hinauf und gingen über das Sperrwerk zum Yachthafen hinunter. Sie passierten einen Seenotrettungskreuzer, den Anleger eines Ausflugsschiffes, und Henriette betrat als erste die schnittigste und eleganteste Motoryacht zwischen Segelbooten und anderen Yachten. Sie reichte Jennifer die Hand, die ihr auf die »Fair Lady« folgte.

Unter Deck öffnete Henriette eine unauffällige Holzvertäfelung, die den Blick auf einen Tresor freigab.

Jennifer zog eine Pistole und befahl: »Jetzt öffne mal schön, und dann nehm ich alles mit, damit du mit dem schmutzigen Liquidierungslohn keinen Unsinn anfängst.«

»Du unterschätzt mich, meine Liebe. Fass den Tresor an, das ist eine Attrappe für unredliche Geschäftspartner. Der Tresor ist woanders, my dear.«

»Schluss mit den Spielchen«, geiferte Jennifer, nun gar nicht mehr vornehm und entspannt spielend. Sie legte zur Schalldämpfung eine Decke von der Sitzecke über die Pistole und feuerte einen Schuss in Henriettes Scheintresor ab. »Der nächste trifft dich.«

»Unangenehm für mich. Und dann hast du immer noch kein Geld. Aber ich will das jetzt abschließen und meine Ruhe haben. Geh mal etwas zur Seite, damit ich an die Bodenluke unter dem Teppich komme.«

Sie bückte sich blitzschnell und zog Jennifer den Teppich unter den Füßen weg. Die Pistole fiel zu Boden, und ehe ihre Gegenspielerin sich fangen konnte, hatte Henriette die Waffe weggeschleudert und ihr routiniert ein fingerdickes Seil von hinten um den Hals geworfen. Sie zog es im gleichen Augenblick mit aller Kraft zu. Jennifer schlug mit den Armen um sich, zappelte noch eine Weile und gab dann den letzten Atemzug von sich.

Wenige Augenblicke später verließ eine schnittige und elegante Motoryacht den Hafen von Horumersiel. Nach drei Stunden lief die »Fair Lady« wieder ein, und Henriette machte sie an ihrem Liegeplatz fest. Zwanzig Minuten später nahm sie auf der überdachten Außenveranda des Alten Zollhauses Platz, bestellte einen Kaffee mit einem doppelten Grappa und zündete sich ein Zigarillo der Marke Davidoff an. Dann führte sie ein kurzes Telefongespräch.

Etwas später setze sich Onno Onken zu ihr an den Tisch in der geschützten hinteren Ecke. Onno war gut zwanzig Jahre jünger als Henriette, charmant und blendend aussehend.

Sportlich, braungebrannt mit längerem dunkelblonden Haarschopf. Sie hatten sich vor zwei Jahren an der Bar neben dem Fischrestaurant kennengelernt. Sie fühlten sich voneinander angezogen, und der Altersunterschied spielte keine Rolle.

Bald hatten sie eine Affäre begonnen, und das Feuer war bis heute nicht erloschen. Henriette wollte zwar die Ruhe in diesem Seebad genießen, aber nur Kaffee und Grappa trinken und mit der Yacht auf die See hinausfahren, erfüllte sie nicht vollständig. So aber gefiel ihr das Leben hier sehr gut, Entspannung und prickelnde Erotik. Auch wurden ihre Gespräche nie langweilig.

Onno betrieb das kleine Hotel »Zum Strandpiraten«, das er von einem Geschäftsmann aus Bonn gekauft hatte, den er bei einem Urlaub auf Sizilien kennengelernt hatte. Sie hatte ihm erzählt, dass sie früher erfolgreich im Im- und Exportgeschäft tätig gewesen sei. Vor einem Jahr war Onno niedergeschlagen gewesen. Der nordrheinwestfälische Geschäftsmann hatte ihm beim Kauf mit einem Privatvertrag einen Kredit ohne Bank gewährt. Zu Onnos Verblüffung hatte ihm der Bonner das Geld in bar gezahlt. Warum das alles? Es kam ihm zwar ungewöhnlich und verdächtig vor, da Immobiliendeals in bar häufig auf Geldwäsche hindeuteten. Aber es war eine einmalige Chance für ihn gewesen.

Nun war er mit den vereinbarten Rückzahlungsraten während der Pandemieflaute in Verzug geraten, und der Geschäftsmann kannte kein Erbarmen. Er hatte Onno gedroht, dass er in den nächsten vier Wochen seine Existenz verlieren würde und das Hotel zu verlassen hätte. Henriette hatte ihn beruhigt und zum Abwarten bei einer guten Tasse Ostfriesentee geraten. Sie müsse erst mal für einige Tage nach Hamburg fahren, was aber nicht ihr tatsächliches Ziel war.

Der Bonner Generalanzeiger erschien mit der Schlagzeile: »Bekannter Geschäftsmann vom Langen Eugen gestürzt«.

Das Hochhaus mit ehemaligen Abgeordnetenbüros war heute ein UNO-Zentrum, was die Angelegenheit noch unerklärlicher machte. Es folgte ein Nachruf, in dem seine Rolle als Wohltäter vom Rhein hervorgehoben wurde, aber auch windige Geschäfte des Verstorbenen diskret, aber verständlich erwähnt wurden. Nach dem Motto: »Nur Gutes über die Toten«. Aber nur so viel Gutes, wie es journalistisch noch vertretbar war.

Die sorgfältigen Untersuchungen der Polizei verliefen im Sande, auch über die Motive eines mysteriösen Selbstmordes. Es blieben nur haltlose Spekulationen ohne Belege. In der Nordsee vor Wangerooge erhielt die Asche eines Privatvertrages eine Seebestattung. Onno hatte erfahren, dass Henriette von ihrem Krankenbesuch in Hamburg zurück war.

Henriette bestellte eine Flasche Grauburgunder, und sie nahmen die Speisekarte entgegen. Sie ließen sich den Seeteufel und das Steak schmecken und unterhielten sich anregend.

»Kennst du eigentlich«, fragte Onno, »das Geheimnis des Strandhotels?«

»Nein, erzähl. Ich mag Geheimnisse.«

»Eigentlich ist es kein richtiges Geheimnis, aber es wird hier gerne verschwiegen. Weißt du, wer in den Dreißigerjahren häufig in Horumersiel war?«

»Nein, so alt bin ich auch noch nicht«, schmunzelte Henriette.

»Adolf Hitler hat häufiger Urlaub in Horumersiel gemacht und dabei immer im Strandhotel gewohnt. Es war sein Hauptquartier für Wahlkämpfe im Jeverland und im Oldenburger Land. Aber er hat hier auch Boots- und Segeltouren unternommen und gerne Strandspaziergänge gemacht. Er traf sich hier auch mit Leni Riefenstahl, da er von ihrem Tanz am Meer im Film »Der Heilige Berg« total fasziniert war.«

»Interessant, das wusste ich wirklich nicht. Der Ort birgt ja echte Geheimnisse. Kann ich mir gut vorstellen, dass diese historischen Geschichten vom Touristikmarketing verschwiegen werden. Wir sollten mal mein Penthouse Appartement und alle Nebengebäude des Strandhotels durchsuchen«, lachte Henriette. »Vielleicht finden wir da noch die echten Hitler-Tagebücher.«

»Kann sein«, nahm Onno den Faden auf, »denn der damalige Besitzer des Strandhotels war ein Freund von Hitler und hatte sogar ein Hitler-Zimmer eingerichtet. Das war dann aber nach 1945 ganz schnell verschwunden.«

Nun amüsierten sie sich bei der Vorstellung, wie sie bei der Chefredaktion des »Stern« in Hamburg vorstellig werden mit dem Angebot:

»Wir haben die echten Hitler-Tagebücher entdeckt und möchten sie Ihnen aus gutem Grund als Erste anbieten.«

Und wie sie dort sofort hochkantig rausfliegen. Da kam gute Laune auf beim Grauburgunder auf der Terrasse des Alten Zollhauses.

Als Onno gegangen war, ließ Henriette bei einem Espresso und Grappa als Absacker ihre Gedanken Revue passieren. Ein Höhepunkt ihrer Berufstätigkeit hatte sie nach Genf geführt. Sie war im Auftrag des Syndikats 1987 einem Ministerpräsidenten verdeckt nach Gran Canaria und von dort nach Genf gefolgt. Dieser war nach einem der spektakulärsten Politskandale der Nachkriegszeit zurückgetreten.

In Genf hatte sie sich im Hotel Richemont neben dem Hotel Beau Rivage einquartiert. Sie verdrängte den Gedanken, dass im Beau Rivage 1898 Elisabeth, Kaiserin von Österreich, genannt Sisi, nach einem Attentat am Seeufer gestorben war.

Mit ihrer unerreichten Professionalität hatte sie in Erfahrung gebracht, dass der langjährige Ministerpräsident in

Genf einen Zeugen für seine Unschuld treffen wollte. Anschließend beabsichtigte er, geheime Hintergründe zu seiner Entlastung öffentlich bekanntzugeben. Das hätte mächtige internationale Kreise in Ost und West in arge politische Bedrängnis bringen können.

Es war eine nicht zu toppende Spitzenleistung gewesen, wie sie sich im Hotel Beau Rivage die Kleidung einer weiblichen Servicekraft besorgt und angezogen hatte. Die Genfer Polizei und Justiz ging von Selbstmord aus, nachdem der Politiker am nächsten Tag tot in der Badewanne seines Hotelzimmers aufgefunden worden war. Dies Ergebnis wurde von vielen Ermittlern und Gerichtsmedizinern stark in Zweifel gezogen.

Was am 11. Oktober 1987 am Abend und in der Nacht in und um Zimmer 317 des Genfer Luxushotels tatsächlich geschehen war, würde ihr im Falle einer Enthüllung eines der höchsten jemals gezahlten Zeitungs- und Buchhonorare einbringen. Sie könnte auch mit diversen Details aufwarten, wo beispielsweise die vielgesuchte Flasche 1985er-Beaujolais Le Chat-Botté abgeblieben war, die Uwe Barschel beim Hotelservice des Beau Rivage bestellt hatte.

Aber sie verzichtete auf diese Honorare, die ihr einen baldigen Ruhesitz oder eine Ruhestätte einbringen würden, die sie um nichts auf der Welt beziehen wollte. Sie würde einen Bericht jedoch an einem bestens geschützten mystischen Ort hinterlassen, wo er nach ihrem Tod veröffentlicht werden dürfte. Nach einem langen und erfüllten Leben an ihrem Ruhesitz an der Nordsee.

SAND ZWISCHEN DEN ZEHEN

Von Heike Gerdes

Finn O'Daileigh kniff die Augen zusammen, als er durch die Glastür auf den Treppenabsatz trat. Ein scharfer Wind blies ihm Sand ins Gesicht, und O'Daileigh lächelte zufrieden. Wo so viel Sand die Wangen schmirgelte, war der Strand nicht fern. Wunderbar. Finn O'Daileighs Auftraggeber hatte eine klare Ansage gemacht: »Ich will Sand zwischen den Zehen spüren!« Und wenn Rory Culmullin eine Ansage machte, tat man gut daran, zu liefern, was er bestellte. In diesem Fall also die Geschäftsimmobilie mit Strandblick.

So schwer war dieser Auftrag nicht, jedenfalls für einen Finn O'Daileigh. Er hatte sich in den vergangenen Wochen gründlich über sein Zielgebiet informiert und sich mit Fernsehdokumentationen auf den Einsatz vorbereitet. Einige Orte konnte er schnell ausschließen: Vor der Küste Ostfrieslands lagen ein paar Inseln. Sand gab es dort genug, da hätte Culmullin nichts zu meckern. Dafür war die Infrastruktur eine Zumutung. Die Fähren fuhren nicht regelmäßig, sondern nur bei Hochwasser und auch dann nur, wenn kein Ostwind war. Auch bei Nordwestwind fielen sie oft aus, wenn der zu stark wehte. Und war man tatsächlich auf einem der Sandhaufen angekommen, durfte man nicht einmal mit dem Auto fahren. Überhaupt, Insel. Was für eine größenwahnsinnige Bezeichnung für diese Fransen am Küstensaum des deutschen Festlandes. Was kleiner als Irland war, verdiente den Namen Insel gar nicht, fand O'Daileigh. Und deshalb hatte er sich die Schmach und Culmullins Ärger erspart und die sieben Sandbank-Namen von Borkum bis Wangerooge auf der Liste gleich ausgestrichen.

Wenn O'Daileigh ehrlich war, und das war er zumindest sich selbst gegenüber bisweilen, hätte er es gehasst, auf einen dieser Sandhaufen reisen zu müssen. Also blieb das Festland. Rory Culmullin hatte in der Vergangenheit bis auf ein paar Ausnahmen vor allem in den Metropolen investiert. Millionenstädte hatten es ihm besonders angetan. In Berlin hatte er ganze Straßenzüge aufgekauft. In Hamburg warteten Dutzende von Stadtvillen auf ihre Sanierung und die lukrative Vermietung. Allerdings hakte es seit einer ganzen Weile bei der Sanierung. Der Fachkräftemangel war auch im Handwerk ein Problem, und die Preise zu hoch für einen anständigen Schnitt. Da kam es Culmullin billiger, wenn er die Häuser nach der Entmietung leerstehen ließ und ab und zu mal ein Zwangsgeld abdrückte. Trotzdem war es ärgerlich, wenn da Millionen brach lagen und nur zur Steuerabschreibung taugten.

In der Immobilienbranche waren deshalb findige Köpfe gefragt. O'Daileigh grinste und hatte sofort Sand zwischen den Zähnen. Er verstand sich als Locationscout der Extraklasse. Er vermittelte Investoren genau das, von dem sie vorher noch gar nicht gewusst hatten, dass sie es haben wollten. Als Culmullins Auftrag für etwas Sandiges kam, hatte er über Sylt nachgedacht. Aber dort war längst kein Schnäppchen mehr zu schlagen. Auf verschiedenen Internetportalen hatte er weiterrecherchiert und endlich sogar eine Suchanzeige aufgegeben. Es hatte gar nicht lange gedauert, bis die ersten Fische nach dem Köder mit dem Etikett »solvent« schnappten. Die meisten waren untermassig, und O'Daileigh machte sich nicht einmal die Mühe, sie in den Teich zurückzuwerfen.

Er rückte den Knoten der weinroten Krawatte zurecht, schnippte einen Fussel vom Ärmel seines dunkelgrauen Anzugs und stieg die Stufen vom Bahnhofseingang hinab. Seinen kleinen Rucksack mit der Reisekleidung hatte er in einem der Schließfächer verstaut und nur den Pilotenkoffer bei sich. Das Ding machte was her, keine Frage. Die perfekte

Ergänzung zum edlen Zwirn, den er sich für diese Geschäftsreise gegönnt hatte. Aber aus Angst vor Dieben hatte er im Zug kein Auge geschlossen.

Rory Culmullin hatte bei der Nachricht, dass das Geschäft in Ostfriesland bar abgewickelt werden sollte, keine Miene verzogen. Alle Verträge waren längst unterzeichnet und digital beurkundet. Es wäre ein Leichtes gewesen, den Kaufbetrag auf das Konto des Käufers zu transferieren, aber bitte schön – was verstand er schon davon. Vermutlich war das so ein Ostfriesending, Kauf per Handschlag und so. Auf den Viehmärkten machten die Eingeborenen das wohl heute noch so. O'Daileigh hatte es als großen Vertrauensbeweis bewertet, dass er das Geld übergeben sollte.

Dann hatte er versucht, den Flug zu buchen und zum Glück im letzten Moment die Obergrenze fürs Handgepäck überprüft. Fünfzig Kilo tauchten in der Preisliste für Übergepäck erst gar nicht auf. O'Daileigh hatte außerdem schon zu viele Schauergeschichten von Reisenden gehört, die am Ziel ohne Gepäck dastanden, weil der Koffer ins falsche Flugzeug geladen worden war. Bei ihm ging es nicht um Badehose und Schlafanzug, sondern um fünf Millionen Papiergeld.

Die 18 Stunden auf der Fähre nach Cherbourg hatte er in seiner Captain's-Class-Kabine mit Meerblick genossen wie eine Kreuzfahrt und dabei gewusst, dass sein kostbares Gepäck in Sicherheit war. Die Hoffnung, in Cherbourg einen Mietwagen zu finden, zerschlug sich schnell, der Zug brachte ihn zumindest nach Brüssel, wo er ein passables Hotelzimmer fand. Aber seit heute früh um neun schlug er sich mit dem deutschen Eisenbahnnetz herum inklusive Stellwerksfehler, Umleitungen, Verspätungen und randalierenden Fußballfans. Und das Ganze mit einem zentnerschweren Rollkoffer auf quietschenden Rädern. Finn O'Daileigh wollte nur inzwischen noch eins: diesen verdammten Koffer mit dem verdammten Geld loswerden, die Schlüssel für die Objekte in die Tasche stecken und dann in einer Hotelbar mit einem guten Whiskey versacken. Finn O'Daileigh verbarg sein Gähnen, als er bemerkte, dass die beiden Anzugträger, die gerade die Straße überquert hatten, direkt auf ihn zusteuerten.

* * * *

Niklas Conradi hatte bisher nicht darüber nachgedacht, wie sein Kunde die Kaufsumme transportieren würde. In eine Brieftasche passte die Knete nicht, so viel war ihm klar. Aber in einen Aktenkoffer? In seinem früheren Nebenjob bei der niederländischen Käsa Nostra hatte er es ausschließlich mit Daten zu tun gehabt. Diskrete Informationsbeschaffung und natürlich künstlerische Datenkorrekturen. Mit der Ware, die Don Mascarpone über die Grenze nach Deutschland schaffen ließ, hatte er so gut wie keinen Kontakt bekommen. Noch viel weniger mit dem Geld, das dafür in die Gegenrichtung floss. Fünf Millionen Euro in Scheinen überstiegen seine Vorstellungskraft.

»Meinst du, das ist er?« Okko Wildeboer zupfte an seiner gestreiften Anzughose, die im Schritt ungewohnt zwickte. Vermutlich war es das erste Mal, dass der glücklose Kleindealer so ein Kleidungsstück trug. Leider sah ihm das jeder an. Conradi verfluchte seine Entscheidung, ihn mitzunehmen. Aber Wildeboer hatte ihm etwas voraus: mehrere Jahre Eisenpumpen in billigen Fitness-Studios.

»Klar ist er das. Schau dir seine Haltung an. Den Anzug. Die Orientierungslosigkeit. Alle anderen sind aus dem Bahnhof gekommen und gleich zum Parkplatz oder zu Fuß Richtung Innenstadt losgelaufen. Nur der da steht rum wie bestellt und nicht abgeholt. Außerdem ist er eindeutig Ire mit seinen roten Haaren und den Sommersprossen.«

Wildeboer musterte Conradi, als sähe er ihn zum ersten Mal. »Du bist Ire?«, fragte er überrascht. »Ich dachte immer, du kommst aus Greetsiel.«

Niklas Conradi schnaubte ungeduldig und steuerte auf den Rothaarigen mit dem dunkelgrauen Business-Outfit zu. »Mister O'Daileigh, I presume?«

* * * *

Die beiden aufpolierten Landeier, die jetzt vor ihm standen – das eine mit hasenzähnigem Grinsen, das andere mit einem etwas leeren Gesichtsausdruck – übertrafen Finn O'Daileighs Erwartungen. So etwas verkaufte also in Ostfriesland Immobilien in Bestlage. Kein Wunder, dass das Geschäft so schnell und ohne zähes Feilschen über die Bühne gegangen war. Das sommersprossige Frettchen wirkte durchaus gerissen, aber der kurzgeschorene Kugelkopf daneben konnte vermutlich nicht einmal einen Vertrag lesen. Oder eine Speisekarte. Umso besser. So würde Finn O'Daileigh noch heute Abend die Schlüssel zu zwei Objekten in der Hand halten, die nach einigen kosmetischen Operationen ihren Preis mehrfach wieder einspielen würden. O'Daileigh wusste gar nicht, worauf er neugieriger war: auf die Strandbar mit Blick auf den idyllischen Fischereihafen oder auf das stilvolle Restaurantschiff.

Der Smalltalk mit seinen Geschäftspartnern gestaltete sich zäh. Kugelkopf hatte seit einem »Moin« die Zähne gar nicht mehr auseinanderbekommen. Hasenzahn antwortete auf O'Daileighs Fragen immer nur mit breitem Grinsen oder eifrigem Nicken, gestikulierte unbestimmt in die Gegend und lotste ihn weiter durch den scharfen Wind, bis sie endlich an einem Hafenbecken standen. Die Straße war erstaunlich unbelebt für einen so beliebten Touristenmagneten. Aber Jahreszeit und Wetter waren auch verdammt ungemütlich. Finn O'Daileigh versuchte, den Anblick mit den Filmausschnitten übereinanderzubringen, die er auf der Internetseite des Verkäufers gesehen hatte. Es wollte ihm nicht gelingen.

»Wo ist meine Strandbar?«, fragte er gereizt, während er zwischen den beiden Ostfriesen am Ufer entlangtrottete, vom Wasser durch einen stählernen Bauzaun getrennt. »Und wo ist die Uferpromenade?«

»Da.« Hasenzahn wies Richtung Wasserkante. »Wird gerade renoviert. Bald ist alles wieder fertig, noch viel schöner als vorher.«

»Und die Strandbar?« O'Daileigh ließ den Blick über das Hafenpanorama schweifen. Auf der einen Seite sah er charmante alte Bausubstanz und alten Baumbestand, gegenüber am jenseitigen Ufer lag ein moderner Stadtteil mit architektonischen Anklängen an hanseatische Speicherhäuser. Wo genau stand das Prestigeobjekt, das er für Rory Culmullin erworben hatte? Das Exposé war ein Traum, die Innenaufnahmen zeigten einen etwas altmodischen Charme. Das Gutachten, das der Verkäufer vorgelegt hatte, verhieß eine gute Bausubstanz und Erweiterungsmöglichkeiten. Wie herrlich der Sandstrand und die Dünen waren, hatte er in den Filmaufnahmen selbst gesehen.

»Hier ist sie schon.« Hasenzahn war neben einem Spielplatz stehen geblieben und wies über die Sandfläche auf einen flachen Container mit Veranda, vor dem Sonnenschirme mit Werbeaufdruck im schmutzigen Sand steckten. »Eine Goldgrube. Aber das sehen Sie ja selbst.« Er musste O'Daileighs fassungslosen Gesichtsausdruck bemerkt haben. »Ein oberflächlicher Betrachter ohne Vision erkennt das nicht auf den ersten Blick. Aber einem Experten wie Ihnen entgeht nicht, welches Potenzial in diesem wunderbaren Objekt steckt. Deswegen haben wir ja auch an Sie verkauft, obwohl wir noch deutlich höhere Gebote hatten. Wir trennen uns nur ungern davon. Aber Sie wissen, wie Sie das Beste zum Vorschein bringen.«

Finn O'Daileigh hatte das Gefühl, die Bretter der Uferpromenade müssten jeden Augenblick unter ihm nachgeben. Er bemerkte kaum, dass Eierkopf ihm den schweren Koffer aus der Hand genommen hatte und vorging.

»Den Schlüssel bekommen Sie nachher. Dann können Sie morgen alles in Ruhe von innen besichtigen. Jetzt kommen wir zum Hauptteil Ihrer Neuerwerbungen«, versprach Hasenzahn. Er griff O'Daileighs Arm und dirigierte ihn zu einem Parkplatz. Eierkopf lud gerade den Geldkoffer in den Kofferraum eines Autos, schloss die Klappe und kam herüber. »Wir fahren mit dem Wagen hin«, verkündete Hasenzahn. »Es ist ein bisschen weiter. Und es wird ja auch zügig dunkel.«

Kugelkopf nahm O'Daileighs anderen Arm, und ehe er widersprechen konnte, saß er auf dem Rücksitz. Kugelkopf drückte ihm eine Flasche Apfelschorle in die Hand, und O'Daileigh trank sie in wenigen Schlucken leer.

* * * *

Der Blick dieses Anzugheinis war die Mühe allein schon wert, fand Niklas Conradi. Na gut, die beste Entschädigung für die viele Arbeit lag hinten in dem mörderisch schweren Koffer, den Okko Wildeboer ächzend ins Auto gewuchtet hatte. Fünf Millionen Euro, die sie gerecht teilen würden. Zum Glück war Conradi ein echter Profi bei der Gestaltung von Webpräsenz und Digital Content. Das schwierigste Stück Arbeit war es gewesen, die Sequenzen aus der Fernsehkrimiserie mit den verschiedenen Aufnahmen von Strandleben und Sommerpartys so zu verbinden, dass niemand daran zweifeln konnte, dass diese tropische Strandbar am Hafen der ostfriesischen Kleinstadt Leer stand. Aber die Fernsehleute hatten ja prima vorgelegt. Ständig stolperte man in Leer über Touristen, die mit Listen in der Hand die Schauplätze ihrer Lieblingsserie abklapperten. Sie suchten die Fischkutter, die in Wirklichkeit zwanzig Kilometer entfernt im Hafen von Ditzum lagen. Sie hofften, einen Blick in die idyllische Polizeistation werfen zu können, und standen dann überrascht zwischen den Regalen der Stadtbibliothek. Und natürlich suchten sie die Dünen und den Strand, an dem die Serienhelden immer wieder chillten. Der allerdings lag mehr als achtzig Kilometer entfernt auf Norderney. Die Täuschung war so perfekt, dass Conradi sie nur etwas anreichern musste, um Finn O'Daileigh seinen Traum vom Schnäppchen am Strand zu erfüllen.

Im Dämmerlicht ragten die riesigen Stahlberge bedrohlich über ihnen auf, als sie aus dem Wagen stiegen. Der Ire taumelte, als Okko Wildeboer ihn grob aus dem Auto zerrte und auf die Füße stellte. Die Drogen in der Schorle wirkten zuverlässig. Niklas Conradi grinste. Seine Zeit in den Niederlanden hatte sich gelohnt.

»Das Restaurantschiff?«, fragte der Ire. »Wo liegt es?« Er machte ein paar unsichere Schritte in Richtung Ufer, und Conradi packte ihn am Anzugärmel. O'Daileigh hatte es verdient, auch dieses zweite Schnäppchen zu würdigen, das er in seiner Gier unbesehen gekauft hatte.

»Ja, die gute alte Sirius«, sagte Conradi mit ehrlichem Bedauern in der Stimme. »Sie war ein feines Schiff. Das Essen hat auch geschmeckt. Ein bisschen fettig, aber nicht übel. War immer wieder gut für einen Imbiss am Hafen.«

O'Daileigh sah ihn verständnislos an. »Wo liegt das Schiff?« Er riss sich los und sah sich mit großen Augen um. »Das ist doch ...«

»... ein Schrottplatz. Ganz richtig«, bestätigte Conradi. »Ihr Schiff hatte eine gute Zeit im Hafen. Leider ist es dann irgendwann gesunken. Ist schon ein Weilchen her. Bis es gehoben wurde, sind auch ein paar Jahre vergangen. Aber hier ist es nun.« Er wies mit großer Geste auf eine rostige Eisenstruktur. »Und es gehört ganz Ihnen.« Er zog zwei Schlüsselbunde aus der Tasche und warf sie dem Iren zu. »Wir sind ja keine Ganoven. Sie haben den verbrieften Anspruch auf die Strandbar und das Schiff. Natürlich nicht auf den Grund und Boden, auf dem die stehen. Aber das steht ja auch so in den Verträgen.«

Er wich zurück, als O'Daileigh sich schimpfend und fluchend auf ihn stürzen wollte, das Gesicht wutverzerrt. Der Ire stolperte, fiel und schlug mit dem Kopf auf einem Eisenträger auf.

»Machen Sie sich keine Sorgen. Ihr Geld ist bei uns in guten Händen.« Niklas Conradi trat einen Schritt zurück und betrachtete den blutenden Mann, der röchelnd am Boden lag. »Hat Ihnen niemand beigebracht, dass Gier schädlich ist?«, fragte er mit mildem Interesse. »Sie selbst sind gierig, und Sie arbeiten für Leute, die noch gieriger sind. Erinnern Sie sich an das Geschäft, das Sie Ihrem Auftraggeber vor anderthalb Jahren vermittelt haben? Nein? Dachte ich mir fast. Es war eine Seniorenresidenz, ganz schnuckelig eigentlich. Culmullin hat den Mietvertrag mit dem Betreiber nicht verlängert. Die alten Leutchen mussten raus, mit Sack und Pack, mit Rollstühlen und Pflegebetten. Und die Leute, die dort gearbeitet haben, natürlich auch. Meine Freundin Melina hat es so gleich doppelt getroffen. Sie hat ihren Job verloren und musste als einzige Verwandte auch noch ihre Tante aufnehmen. Wir wollten zusammenziehen, wussten Sie das?«

O'Daileigh versuchte, sich an dem nächstgelegenen Eisenstapel hochzuziehen, und jaulte auf, als er sich die Hände am rostigen Stahl zerschnitt.

Niklas Conradi schnalzte tadelnd mit der Zunge. »Das macht man doch nicht. – Jedenfalls, das Geld, das können wir gut gebrauchen. Sehen Sie es als kleine Wiedergutmachung.«

O'Daileigh robbte davon, packte mit seinen blutenden Händen den Kotflügel eines Autos, das aus einem der Schrotthaufen ragte. Es ächzte und quietschte, als der Eisenberg langsam, aber unaufhaltsam ins Rutschen geriet und erst an der Kaimauer zum Stillstand kam. Von Finn O'Daileigh war nichts mehr zu sehen.

Als Niklas Conradi zum Auto zurückkehrte, saß Okko Wildeboer auf dem Beifahrersitz und daddelte auf seinem

Handy. Er sah kaum auf und zog nur kurz die Kopfhörer ab, als er fragte: »Wo ist der andere Ire?«

Niklas Conradi seufzte. »Der wollte beim Schiff bleiben«, sagte er und öffnete die Autotür.

Als sie auf das Tor des Schrottplatzes zurollten, blendeten die Scheinwerfer eines bulligen SUV auf. Niklas kniff kurz die Lider zusammen. Als er sie wieder öffnete, sah er in ein Paar Augen, blau und kalt wie Eisbonbons.

»Es ist nichts Persönliches«, sagte Pecorino, als er Conradi mit eisernem Griff aus dem Wagen zerrte. Natürlich nicht. Bei Pecorino gab es nichts Persönliches. »Don Mascarpone sagt, ihr habt etwas im Auto, das seinem Geschäftspartner gehört.«

Niklas Conradi spürte, wie ihm kalt wurde.

»Der Don bedankt sich«, sagte Pecorino. Er schnippte mit den Fingern. Ein zweiter Mann öffnete den Kofferraum und wuchtete den schweren Koffer heraus. »Don Mascarpone vergisst nicht, wenn man etwas für ihn tut. Er sagt, wenn du mal Geld brauchst, hat er immer Arbeit für dich.«

Der SUV setzte zurück, wendete und röhrte davon. Der Wind pfiff kalt durch die Nacht und wehte über das Gelände des Baustofflagers herüber.

Niklas Conradi lachte verzweifelt auf und spürte den Sand zwischen seinen Zähnen.

HERZ UND SEELE

Von Peter Gerdes

Der Hubert und seine Adele
waren arm – doch ein Herz und auch Seele.
Auf dass der Adele nichts fehle,
beschloss einst der Hubert: Ich stehle!

Adele jedoch wurde kesser;
sie wünschte das Leben sich besser.
Juwelen und goldene Messer!
So wurde ihr Mann zum Erpresser.

Adele hat Luxus genossen,
doch nie genug Geld in den Flossen.
Das hat ihren Hubert verdrossen;
drum er hat 'nen Bänker erschossen.

Es blieb dann nicht bei dem einen.
Da gab's keine Gründe zum Weinen,
das tat die Adele verneinen!
Auch Hubert war mit sich im Reinen.

Nun konnten sie sich alles leisten
sie prassten und schlemmten und reisten
genossen von allem am meisten
verkehrten mit Reichen und Dreisten.

Doch die Leute begannen zu fragen
und Zweifel begannen zu nagen.
Adele sprach: Eh die uns jagen,
muss Hubert sie alle erschlagen!

Da hat sich der Hubert erschrocken,
denn das war ein zu dicker Brocken!
Jetzt tat ihn die Ferne doch locken.
Und so machten sie sich auf die Socken.

Sie flohen hinauf in den Norden,
Strandurlaub bei friesischen Horden.
Doch bald sind sie pleite geworden.
So fuhren sie fort mit dem Morden.

Doch dann traf Adele den Heiner
der ihr so gefiel wie sonst keiner.
Sie wusste: Der Heiner wird meiner!
Tja, das war Verrat, und kein kleiner.

Das konnte der Hubert nicht leiden;
schon krachte es zwischen den beiden.
Zwei Schüsse, die mussten entscheiden!
Sie brachten den Tod allen beiden.

So hat sie das Grab dann verschlungen
bei der Feier hat niemand gesungen.
Doch kaum war'n die Glocken verklungen,
ist es leis' aus der Erde gedrungen:

Der Hubert und seine Adele
waren arm – doch ein Herz und auch Seele ...

STAHNKE UND DER TOD DER WITWE

Von Peter Gerdes

Die Diele knarrt. Die Scheibe klirrt.
Die Hand erstarrt. Das Herz vibriert.
Ein schriller Schrei, ein dumpfer Knall -
schon haben wir den nächsten Fall.

Hat man die Witwe massakriert?
Hat man die Brust ihr perforiert?
Hat man den Schädel ihr gespalten?
Ihr Mund und Nase zugehalten?

Der Inseldoktor prüft genau,
wird aus der Sache nicht gleich schlau.
Rein äußerlich scheint alles gut –
sie hat noch nicht mal Gift im Blut.

Ermittler Stahnke tritt ins Zimmer.
Der findet doch den Täter immer!
Doch diesmal weiß auch er nicht weiter.
Kein Schuss? Kein Hieb? Kein Blut? Kein Eiter?

Sein scharfer Blick schweift durch den Raum:
Frisierkommode, Gummibaum,
das Bett, in dem die Frau genächtigt –
daran ist nichts, gar nichts verdächtig!

Und doch ist Stahnke eines klar:
Die Lösung ist zum Greifen nah!
Er spürt es schon im großen Zeh.
Den stieß er sich. Jetzt tut er weh.

Er bückt sich, hebt es auf, das Ding
an dem sein Fuß sich da verfing.
Ein großes, dickes, schweres Buch!
Es rutschte von des Bettes Tuch.

Ist dieses Buch des Pudels Kern?
Die Witwe las doch Krimis gern!
Hat dieser eine letzte Nacht
der Dame den Garaus gemacht?

Er liest den Titel. Und erschrickt.
»Ein Stahnke-Fall: Die Bombe tickt«!
Da *muss* ein schwaches Herz versagen!
Die Schuld darf Stahnke selber tragen.

Und nun? Er löst doch alle Fälle!
Seine Bilanz kriegt eine Delle!
Wie soll sein Ruf das nur verkraften?
Ganz klar. Er muss sich selbst verhaften.

TREFFEN IN DANGAST

von Volker Heigenmooser

Wenn du heute Abend Interesse an sexueller Dienstleistung hättest, würde mich das freuen. Die Signalnachricht kam am frühen Nachmittag. Da wusste ich, er hatte während seiner Arbeitszeit aus Langeweile wieder Pornos im Netz angeschaut. Dann war er immer ein wenig angefixt und konnte es kaum erwarten, mit mir zu schlafen. Ob ich wollte oder nicht, spielte für ihn keine Rolle, Hauptsache, er konnte sich erleichtern. Es war ja meist nur ein relativ kurzes Rein und Raus, dann war die *sexuelle Dienstleistung* erledigt. Ob ich was davon hatte, war ihm egal. Wenn ich keine Lust hatte, und nach einer solchen Ankündigung hatte ich nie Lust, sagte ich mir immer, dass es keine große Sache sei, die der weiteren Rede wert gewesen wäre. Das ging schon seit Jahren so. Alle zwei, drei Wochen kam so eine Sprachnachricht. Ich stellte mich darauf ein, indem ich das Badezimmer schon schön warm machte und meine Waschutensilien bereitlegte. Ein wenig Gleitcreme, damit es nicht wehtat. Nach dem Gerubbel konnte ich mich wohlig in die Badewanne legen und mich entspannen. *Um wie viel Uhr?*, signalte ich zurück. *19.00 Uhr* schrieb er und schickte dazu ein Zwinkersmiley. Wie ich das hasste! Dieses blöde Zwinkersmiley war einfach nicht nötig.

Nur, seit kurzem war etwas anders. Ich hatte einen Mann kennengelernt, der bei jeder Begegnung ein so angenehmes Gefühl in mir erzeugte, dass ich ihm am liebsten um den Hals gefallen wäre. Doch das war nicht so einfach. Denn ich wusste, dass er verheiratet war. Ob glücklich oder nicht, wusste ich allerdings nicht. Und das Gespräch in diese Richtung zu lenken, traute ich mich nicht. Als Hans dann mal wieder seine Signalnachricht schrieb, antwortete ich nicht mit der üblichen Frage nach der Uhrzeit, sondern mit *Kein Bedarf.* Dann klingelte mein Telefon. Es war Hans. *Was ist mit dir los, keine Lust auf Sex? Hast du deine Tage? Das ist doch sonst kein Hindernis.* Ich versuchte ihm klarzumachen, dass ich derzeit überhaupt kein Interesse an Sex mit ihm hatte. *Mit dir* betonte ich leicht, aber das merkte er nicht. Er war viel zu aufgebracht. Dass seine liebe kleine Hanna einmal nicht machte, was der große Hans wollte, kannte er nicht. Ich hörte mir sein Lamento an, das darauf hinauslief, dass er sagte, er werde dann den Abend eben nicht nach Hause kommen, sondern auswärts essen, vielleicht finde er ein paar Kumpel, die mit ihm einen netten Abend verbringen wollten. Außerdem sei Weihnachtsmarkt, da werde sich schon was finden. Ich hielt das für eine prima Idee und sagte es ihm auch. So endete das Telefonat immerhin ein wenig versöhnlich. Ob er tatsächlich mit seinen Kumpels über den Weihnachtsmarkt bummeln und danach zum Essen gehen würde, hielt ich für wahrscheinlich; dass er danach in ein Bordell gehen würde, schloss ich aber eher aus, dazu war er einfach zu knickrig. Für das bisschen Rein und Raus auch noch bezahlen, nö, das war nicht sein Ding. Gemeinsam mit den Kumpels dem Alkohol zuzusprechen, war in seinen Augen mit Sicherheit rentabler. Ich glaubte ihm also und freute mich auf einen ruhigen, entspannten Abend, den ich, auch ohne vorher Sex mit ihm gehabt zu haben, im warmen Badewasser verbringen würde. Dabei konnte ich von Franz träumen, den ich, je öfter wir uns trafen, desto anziehender fand.

Er war erst seit kurzem an unserer Schule, einer dieser Quereinsteiger, die heute die fehlenden ausgebildeten Lehrerinnen und Lehrer irgendwie ersetzen sollen. Die meisten dieser neuen Leute waren ja ganz bemüht, aber ehrlich gesagt ist mir schleierhaft, wie viele von ihnen vor einer Klasse bestehen wollen. Sie wirken irgendwie maulfaul oder gehemmt, unsicher. So darf man doch nicht vor eine Klasse mit vierzehn- oder fünfzehnjährigen Mädchen und Jungen treten. Bis auf die zwei oder drei Kinder, die mit so einem Lehrer Mitleid haben, machen ihn die meisten einfach fertig. Schon mehrmals habe ich vor dem Klassenzimmer einen im Flur stehen sehen, der verschämt seine verheulten Augen zu verbergen versuchte. Ich habe einen Blick für so was. Das entgeht mir nicht. – Franz war da ganz anders. Oberflächlich betrachtet konnte man ihn für einen echt smarten Typ halten. Gutaussehend, gut trainierter Körper, sehr gepflegter Bart, sehr eloquent, sehr höflich. Keiner von der verdrucksten Sorte, die wir seit Neuestem im Kollegium haben. Ja, klar, auch meine Kolleginnen waren von ihm begeistert. So ein Mann findet sich in unserem Umfeld schließlich eher selten. Wie es der Zufall so wollte, bekam er am großen Tisch im Lehrerzimmer einen Platz direkt mir gegenüber. Und praktischerweise unterrichtete er das gleiche Fach wie ich: Deutsch. Er kam aus einer IT-Firma, bei der er dafür zuständig gewesen war, Anleitungen in passablem, das heißt verständlichem Deutsch zu verfassen und Texte des technischen Personals so umzuschreiben, dass auch technische Laien etwas damit anfangen können. – Tja, schließlich hat es mich regelrecht erwischt, und ihn genauso.

Nach Schulschluss sind wir zusammen die Treppe zum Ausgang hinunter- und zum Parkplatz gegangen. Dort bin ich gestolpert, und er hat mich ganz sanft aufgefangen, mich einen kurzen Moment festgehalten und mir in die Augen gesehen. So ein Gefühl hatte ich seit Teenagerzeiten nicht mehr! Ganz spontan habe ich ihn zum Dank für meine Rettung zum Essen eingeladen. Er hat nicht nein gesagt. Und so sind wir zusammen essen gegangen. Es war wunderschön. Das Problem war nur, dass er, ebenso wie ich, verheiratet war. Wir haben bei dieser Gelegenheit herausgefunden, dass seine Frau genauso wie mein Mann beim Marinestützpunktkommando in Wilhelmshaven arbeitet. Beide in der zivilen Verwaltung. Das fanden wir echt lustig. Womöglich kennen sich die beiden sogar, flachsten wir. Es erschien uns zumindest nicht unwahrscheinlich, da diese Bundeswehreinrichtung nicht so groß und unübersichtlich ist, als dass man sich nicht über den Weg laufen könnte. Aber eigentlich war uns das egal.

»Wie kam es dann zu dem Treffen in Dangast«, fragte die Polizeihauptkommissarin.

Ach wissen Sie, ich liebe Dangast. Ich kann gar nicht mehr zählen, wie oft ich schon dort war. Seit meinem Studium in Oldenburg bin ich immer wieder mal am Wochenende ans Meer und natürlich ins Kurhaus in Dangast gefahren, das war sozusagen ein Muss. Nicht nur wegen des Rhabarberkuchens, sondern einfach wegen der lebendigen Kunst und der Leute, mit denen man so untypisch norddeutsch gut ins Gespräch kommen kann. Mich hat auch Franz Radziwill interessiert, seine Malerei, sein mystischer Realismus und sein Verhältnis zum Nationalsozialismus. Es war ja so, dass die Nazis sich auf merkwürdige Weise an allem berauschten, was sie für besonders deutsch, für kerndeutsch hielten. Und die Friesen waren für sie kerndeutsch. Dass die Friesen gar nicht so deutsch sein wollten, sich von allerlei volkstümlich aufgemotzten Veranstaltungen aber doch gebauchpinselt fühlten, ist ja so eine Tragik. Und in Dangast, wo sich schon seit der Zeit um 1900 viele Künstler und, nicht zu vergessen, viele Künstlerinnen wohlfühlten, gibt es diese, wie soll ich sagen, künstlerische Atmosphäre bis heute. Die Jade vom Beuysschüler Anatol, der Kaiserstuhl Buthjada und natürlich der Phallus von Eckard Grenzer aus Oldenburg, von dem auch der Friesendom und das Dorf in Dangast stammen, sind einfach schöne Werke, an denen sich besonders Kinder immer wieder erfreuen, weil sie darauf herumklettern können. Der Phallus ist natürlich das spektakulärste Kunstwerk in Dangast, das dort nur deshalb steht, weil dieser Strand privat ist, zum Kurhaus gehört. Die Kurhausleute haben dem Grenzer erlaubt, dort seine Skulptur aufzustellen. Das gab damals eine Mordsaufregung, es muss so Anfang, Mitte der Achtzigerjahre gewesen sein. Ich war noch Schülerin, aber dass sich die Leute darüber wahnsinnig aufgeregt haben, das habe ich schon mitbekommen. Irgendjemand hat damals geschrieben, der Phallus sei *eine Schand fürs ganze Oldenburger Land.* Das fanden wir lustig. Kein Mensch hat doch Phallus gesagt, sondern Pimmel, allenfalls Penis, und dann auch noch Jadebusen! Penis und Busen, das war schon interessant für uns in dem Alter, sag ich mal. Wissen Sie was, ich weiß gar nicht mehr genau, wann das war, aber als die Nordwestzeitung sich viel später einen Aprilscherz erlaubt hat und geschrieben hat, dass der Künstler Eckart Grenzer gemeint hat, an seine Skulptur habe sich schon jeder in Dangast gewöhnt und keiner rege sich mehr auf, haben sich die Dangaster sofort aufgeregt, weil es in dem Artikel hieß, er wolle den Pimmel in Dangast abbauen und nach Wangerooge transportieren lassen, wo er sie vor dem Café Pudding – den Namen habe ich mir gemerkt – aufstellen wollte, damit sich die Wangerooger und die Touristen, die dorthin kommen, aufregen können. Ein Kunstwerk sei nur gut, wenn man sich darüber aufrege, fand Grenzer. War natürlich nur ein Aprilscherz, aber die Dangaster haben sich tatsächlich gleich tierisch darüber aufgeregt, dass man ihnen ihre schöne Skulptur wegnehmen wollte.

»Sie schweifen ab«, sagte die Polizistin mit einem Unterton zwischen leicht streng und gelangweilt. Die Dangaster Phallusgeschichte hatte sie in den verschiedensten Versionen schon tausendmal gehört. Dabei gefiel es ihr an diesem Ort, wenn sie dorthin kam, im Grunde ganz gut, allerdings nicht in der Hochsaison. Dangast war eine Region, die außer Tourismus eigentlich keine Existenzmöglichkeiten bot. Mit den wenigen Fischern und Bauern wäre der Ort auf wenige Häuser beschränkt. Dangast ohne Tourismus ist vergleichbar mit den Gebieten der Welt, aus der die Menschen fliehen, weil sie keine Perspektive haben. Nun gut, vor allem Künstlerinnen und Künstler sind auch deshalb dorthin gezogen, weil das Leben, das Überleben dort billig war und weil man dort nicht im öffentlichen Blickfeld stand, sondern Bilder malen konnte, die bei größerer Aufmerksamkeit nur Ärger gebracht hätten. Sie dachte an Siegfried Lenz und seinen Roman Deutschstunde, in dem der Maler Emil Nolde verschlüsselt eine wichtige Rolle spielte, auch im Nirgendwo am Meer. *Merkwürdig, dass mir ausgerechnet das jetzt einfällt*, dachte die Polizistin, mitten in der Vernehmung der Deutschlehrerin.

Entschuldigen Sie, sagte Hanna, aber wenn ich an Dangast denke, komme ich immer ins Schwärmen. Ist es doch mein Seelenort.

»Aber jetzt nicht mehr«, bemerkte die Polizistin in leichter Frageform.

Doch, natürlich, ich lasse mir diesen Ort, mit dem ich so viele positive Dinge verbinde, doch nicht von so einem blöden Ereignis kaputtmachen.

»Nun, können wir vielleicht zu diesem, wie Sie sagen, blöden Ereignis kommen?«

Ja, wissen Sie, das Verhältnis zu Franz hat sich ganz platonisch entwickelt, wir haben uns wunderbar verstanden, aber irgendwie war da eine Hemmschwelle, die wir nicht überschritten. Körperliche Nähe ja, aber mehr nicht. Kein Sex. Das wollte ich nicht. Noch nicht. Wir haben uns zu Spaziergängen verabredet, allerdings nicht in Oldenburg, sondern immer im Umland. Nach der Schule sind wir rausgefahren und spazieren gegangen, manchmal auch in ein Café eingekehrt. Alles war immer respektvoll und sehr angenehm. Merkwürdigerweise, aber das habe ich erst gar nicht gemerkt, kamen die Signalnachrichten von Hans wegen der sexuellen Dienstleistungen, mit denen er mich beglücken wollte, immer seltener. Gut, habe ich gedacht, vielleicht hat er was kapiert.

»Haben Sie nie darüber gesprochen?«

Nein, wir haben nie über unsere Sexualität oder unsere erotischen Bedürfnisse gesprochen. Wir mochten uns, wir lebten zusammen, und das war richtig so. Ändern wollen hätte ich nichts. Ja, bis eben Hans, oh, äh, ich meine natürlich, bis Franz in mein Leben trat. Mit einem Mal habe ich gemerkt, dass mich doch was störte, dass es einfach Routine war, mit Hans zusammenzuleben. Mehr nicht. Und ich stellte mir vor, mit Franz zusammenzuleben, auch wenn ich ihn gar nicht näher kannte und wusste, wie er überhaupt lebte. Ich habe mir ernsthaft überlegt, ob ich Hans erzählen sollte, dass ich einen neuen Kollegen hatte, dessen Frau ebenfalls in Wilhelmshaven bei der Marine arbeitete, und ihn fragen, ob er sie kenne. Aber ich habe es dann doch sein lassen, denn ich fürchtete seine Reaktion. Er wurde immer jähzornig, wenn ihm etwas nicht passte.

»Wurde er dann auch übergriffig?«, fragte die Polizistin.

Was heißt übergriffig, na ja, er konnte mich schon wegstoßen, er konnte auch mal ein Glas oder einen Becher oder einen

Teller nach mir werfen, aber ob das jeweils auf mich gezielt war oder einfach nur auf die Wand, dass es krachte, um sich eben abzureagieren, weiß ich nicht. Getroffen hat er mich auf jeden Fall nie. Hinterher tat es ihm immer fürchterlich leid, und er war dann superfreundlich. So schlimm war es ja auch nicht. Nein, ich habe ihm nichts von Franz und dessen Frau, die mit ihm auf einer Dienststelle arbeitete, erzählt. Womöglich war sie eine dieser Idiotinnen, von denen er mir praktisch täglich berichtete, die faul, dumm und unfähig seien, ständig miteinander tuschelten, sich über irgendwelche Modefragen austauschten, ihre neuesten Fingernagelkreationen bekakelten oder sich ihre neuesten Tattoos zeigten. Hans war der Einzige in der Behörde, der den Durchblick hatte. Meinte er. Dabei war es ihm oft langweilig, und dann schaute er sich auf seinem Smartphone irgendwelche Pornoclips an. Und schickte mir einschlägige Signalnachrichten. Das fand ich auf Dauer sterbenslangweilig.

»Aber gesagt haben Sie ihm das nicht?«

Nein, um Gottes Willen, das hätte die Atmosphäre doch stark verändert. Wir hatten ja viele gemeinsame Interessen, wir mochten die gleichen Fernsehsendungen, wir lasen die gleichen Bücher, und wir mochten den gleichen Wein. Weißwein, trocken, gerne von der Mosel oder aus Rheinhessen. Hans kümmerte sich um die Bestellungen und ließ sich immer wieder von verschiedenen Weingütern Probepakete schicken. Das war wirklich angenehm.

»Können wir wieder auf Dangast zurückkommen?«

Dangast, ja, mein Seelenort. Den wollte ich Franz einmal zeigen. Er kam ja aus Bremen und kannte witzigerweise Dangast nicht. Der Künstlerort für die Bremer ist ja eher

Worpswede. Und wenn sie ans Wasser fahren wollen, fahren sie nach Bremerhaven oder noch lieber nach Cuxhaven. Deswegen kannte er Dangast gar nicht. Lass uns doch mal nach Dangast fahren, sagte ich, als wir nach Schulschluss zum Parkplatz gingen. Franz war einverstanden. Hans hatte mir gesagt, dass es heute etwas später werden könnte, irgendeine Versammlung oder Besprechung, was weiß ich. Das treffe sich gut, sagte Franz, Karla, seine Frau, nehme wohl auch an dieser Versammlung oder Besprechung teil, weil sie auch gesagt habe, dass es später werden könnte. Na prima, dann fahren wir nach Dangast, sagte ich und freute mich. Es war das erste Mal, dass ich bei ihm im Auto saß. Von Oldenburg nach Dangast dauert es ja ungefähr eine Dreiviertelstunde. Es war sehr angenehm, so nah bei ihm zu sitzen. Er ist ein ruhiger und sicherer Fahrer, ich fühlte mich sofort geborgen bei ihm. Wenn Hans fuhr, schimpfte er ständig über die Schwachköpfe, die ihren Führerschein im Lotto gewonnen hätten, alle machten irgendetwas falsch. Das war bei Franz ganz anders, die anderen Verkehrsteilnehmer interessierten ihn offensichtlich nicht. Wir unterhielten uns prächtig, erst über die Schule, dann über uns.

Und schon waren wir in Dangast. Ich schlug vor, bis zum Kurhaus zu fahren, wo es beim Kiosk einen kleinen Parkplatz gibt, der nichts kostet. Eigentlich ein Unding, so ein kostenloser Parkplatz, aber was soll's. In diesem Fall praktisch. Es gab auch tatsächlich eine Parklücke, wo Franz zielsicher einparkte. Ich deutete auf das Auto neben uns und sagte lachend, dass Hans auch so ein Auto habe. Wir stiegen aus. Es ist jetzt im Dezember schon ziemlich frisch, aber noch nicht richtig kalt, trotzdem war ich froh, dass ich meinen Dufflecoat anhatte und einen dicken Schal. Nachdem wir ausgestiegen waren, drehte ich mich nochmal zu dem Auto um, das neben uns parkte, und mich durchfuhr ein Schreck. Es war nicht nur das gleiche Auto, wie Hans es hatte, es war das Auto von

Hans. *Oh nein,* ich blieb stehen, mir wurde heiß und kalt. Da nahm Franz mich in den Arm und fragte, was denn sei. *Das ist das Auto von Hans*, sagte ich. *Oh*, ich merkte, dass er unsicher wurde. *Was machen wir denn jetzt*, fragte ich. *Wir können ja woandershin fahren*, sagte er, *irgendwoandershin an der Küste*. Doch ich hatte mich schon wieder gefangen. Nein, das wollte ich nicht, Hans hatte schließlich gesagt, dass er zu einer Versammlung oder Besprechung müsse, wie konnte dann sein Auto hier stehen? Vielleicht war diese Besprechung hier in Dangast? Dann doch sicher nicht am Strand! *Lass uns doch woandershin fahren*, sagte Franz, *sonst gibt's womöglich nur Ärger*. Da merkte ich, dass er ein ganz Sanfter ist, was mir gut gefiel, vielleicht ein Softie, was ich nicht so toll gefunden hätte, mir in dem Moment aber egal war. Ich sagte, *wir gehen jetzt zum Strand, ich muss dir doch noch den Kaiserstuhl, den Friesendom und natürlich den Phallus zeigen.* Franz war unsicher, das merkte ich, doch ich wollte mir den Tag nicht verderben lassen, und so stapften wir los, eigentlich hinunter. Dangast liegt ja auf einem Geestrücken; wenn man zum Strand will, muss man also hinuntersteigen, Sie kennen das bestimmt. Wir gingen also zuerst zum Kaiserinnenstuhl. Und dann am Strand zurück zum Phallus.

Da sah ich sie. Hans und eine Frau. *Schau, da kommt mein Mann,* sagte ich zu Franz. Und er sagte: *O Gott, da kommt ja auch meine Frau.* Wir waren einen Moment sprachlos und starrten auf das Paar, das Arm in Arm vom Hafen kommend auf den Phallus zulief. Ein ganz verliebtes Paar, wie es schien. *Komm, lass uns zu ihnen gehen,* sagte ich. Franz war regelrecht erstarrt und wollte umkehren. Ich zerrte ihn am Ärmel und drängte ihn, mitzukommen. Wir trafen auf die beiden direkt auf Höhe des Phallus. Wir hatten ablaufendes Wasser, so dass sich gerade der männliche Phallus und das weibliche Meer getrennt hatten. Sich genau hier zu treffen, bei diesem Symbol der immerwährenden Vereinigung und der immerwährenden Trennung, mit dem der Künstler seine Figur genau an diesem Ort platziert hatte, fand ich interessant. Denn nun trafen zweimal eine Frau und zweimal ein Mann an der Wasserseite, also unterhalb der Skulptur, aufeinander. *So ein Zufall,* sagte ich ziemlich laut zu Hans. Er stand überrumpelt wie angewurzelt vor mir, er hatte mich nicht kommen sehen, und die Frau in seinem Arm guckte irgendwie verzerrt. Wie Franz reagierte, habe ich nicht gemerkt, weil ich ganz auf Hans konzentriert war. Er löste sich von der Frau und stemmte die Arme in die Seiten. *Du hier mit einem Macker, das hätte ich mir ja denken können, du Schlampe.* Er lachte lauthals. Da bin ich auf ihn zugelaufen, habe mit der Hand ausgeholt, um ihm eine zu scheuern, doch er ist zurückgewichen und kam in Rückenlage, strauchelte und ist rückwärts gefallen und mit dem Kopf direkt an den Phallus gedotzt. Ich habe ihn nicht berührt, er ist einfach über irgendwas gestolpert.

Dann lag er da, die andere Frau hat aufgeschrien, auch Franz hat einen Laut von sich gegeben, so eine Art *Oooh!* Ich habe mich zu Hans hingekniet, um zu schauen, ob er sich verletzt hatte. Da sah ich das Blut, das hinter seinem Kopf hervorsickerte. Er war direkt an die scharfe Granitkante der Skulptur gefallen und musste sich den Kopf aufgeschlagen haben. Ich versuchte, seinen Oberkörper hochzuziehen, aber er war bewusstlos und deshalb einfach zu schwer, ich schaffte es nicht. *Franz, hilf mir doch bitte!* Erst jetzt bückte sich Franz und mühte sich mit mir, Hans aufzurichten. Die Frau, die Hans begleitet hatte, fing zu heulen an und rief immer wieder schluchzend, *nein, nein, nein.* Ich blieb ganz ruhig, sah, dass dies ein Notfall war. Wissen Sie, ich bin Erste-Hilfe-Beauftragte in unserem Kollegium und einigermaßen darin geschult, in solchen Situationen nicht den Kopf zu verlieren. *Haben Sie ein Telefon? Wählen Sie den Notruf, 112, bitte schnell!* Währenddessen versuchte ich, mit meinem Schal die Wunde abzudecken, damit sie nicht mehr so blutete. Ich habe wirklich alles getan, um ihn zu retten.

Es hat verdammt lang gedauert, bis der Rettungswagen endlich da war, die konnten mit dem Fahrzeug ja nicht direkt auf den Strand fahren, da wären sie schließlich nur eingesackt. Hans hat sich weiter nicht geregt, aber er lebte noch, das habe ich genau gespürt. Dann haben sie ihn abtransportiert. Ich war immer noch auf den Knien und ziemlich leer im Kopf. Als ich aufstand – es war jetzt schon etwas dämmrig –, sah ich, dass Franz zu seiner Frau gegangen war, sie in den Arm genommen und fest an sich gedrückt hatte. Ich habe mich umgedreht und kein Wort gesagt. Bin zum Auto von Hans gegangen, ich habe den Zweitschlüssel für seinen Wagen an meinem Schlüsselbund und bin nach Hause gefahren. Dann kamen Sie.

VERSCHWUNDEN IN GREETSIEL

Von Bernd Köstering

Johann Kellermann sitzt auf einer Bank im Hafen von Greetsiel. Die Julisonne scheint von einem friedlichen wolkenlosen Himmel. Eine leichte Brise weht ihm, vom Meer kommend, um die Nase, seine Smartwatch zeigt 27 Grad Celsius, eine Regenwahrscheinlichkeit von zwei Prozent und 68 Herzschläge pro Minute.

Während seiner Dienstzeit im Kommissariat 11 schlug sein Herz deutlich schneller – kein Wunder bei all der nervenaufreibenden Arbeit mit Vernehmungen und Festnahmen, mit Blut, Schweiß und Tränen. Schon lange hatte er diesen ersten Urlaub nach seiner Pensionierung geplant. Am Meer. Den Blick auf dem Horizont ruhend. Allein. Seine Frau wollte das zunächst nicht verstehen, doch zielsicher erklärte er ihr, dass nur das Alleinsein ihn wieder ins normale Leben bringen könne. Und vielleicht würde dann auch sein Humor zurückkehren, den sie so sehr an ihm geliebt hatte.

Nach drei Tagen des absoluten Solo-Urlaubs in seiner Pension mit einem gediegenen Schlafen-Essen-Schlafen-Rhythmus wagt er sich heute dorthin, wo alle sind: an den Hafen. Es ist viel Betrieb, aber die Menschen sind entspannt und gutgelaunt. Johann lehnt sich auf einer Bank zurück und schließt die Augen. Es gelingt ihm, die Geräusche der Menschen auszublenden, er lässt nur noch das Geschrei der Möwen an seine Ohren dringen. Die Sonnenstrahlen wärmen sein Gesicht, er lässt die Urlaubsstimmung an seiner Haut hinablaufen.

Plötzlich bebt die Bank, sein Körper wird geschüttelt, er reißt die Augen auf: Neben ihm sitzt ein Mann. Nein, nein, kein Mann: eine Eiche, eine Muskelmaschine, ein Herkules. Zu allem Überfluss hält er ein Fischbrötchen in der Hand.

»Was soll das?«, knurrt Johann.

Der Kerl grinst unbedarft und hält das Fischbrötchen in die Höhe. »Matjes. Leckerschmecker!«

Vor Johanns innerer Leinwand laufen Bilder von glitschigen Tieren ab, die mit Glotzaugen auf seinem Teller liegen.

»Ich hasse Fisch!«, antwortet er.

»Ach. Und warum …?«

»Warum ich dann hier Urlaub mache?«

Der Herkules nickt.

»Jedenfalls nicht wegen des Fischs.«

»Ich … also, ich bin … Wolf.«

»Wolf?«

»Ja, wie ein … Wolf.«

»Wie das Tier?«

»Jo.«

»Hm. Ich heiße Johann. Johann Kellermann.«

Wolf reicht ihm seine Pranke. »Hallo Kelle!«

Mit der Befürchtung, eine Gelenkquetschung zu erleiden, gibt Johann ihm zögernd die Hand. Wolf greift überraschend sanft zu, offensichtlich weiß er, dass es in Greetsiel kein Krankenhaus gibt.

»Kannst Wolfi sagen!«

Johann zögert. Dann sagt er: »Wohnst du hier im Ort … Wolfi?«

»Jo«, sagt Wolf und zeigt mit dem Daumen hinter sich, in Richtung Osten.

Johann sagt: »Ich wohne in der Pension Zum Leyhörn.«

Wolf schaut ihn an. »Urlauber?«

Johann nickt.

»Rentner?«

»Prinzipiell schon, aber bei uns heißt das Pensionär!«

»Weil du inne Pension wohnst?«

Johann lächelt. Irgendwie gefällt ihm die Art seines Banknachbarn. Inzwischen hat der sein Matjes-Brötchen aufgegessen.

»Nein, ich war Beamter«, sagt Johann. »Deswegen Pension statt Rente.«

»Beamter … Beamter … innem Amt?«

»Nicht direkt, ich war bei der Polizei.«

»Polizei … Mann, Kelle, das is ja … Matthias is wech!«

»Wer ist denn Matthias?«

»Ein Freund!«

»Und was heißt: Er is wech?«

»Na, wech. Verschwunden.«

»Abgetaucht?«

»Nee, der kann nich schwimmn.«

»Wie bitte? Der wohnt in Ostfriesland und kann nicht schwimmen?«

»Du bist ja auch hier …«

»Und ich esse keinen Fisch, klar. Aber das ist nicht lebensbedrohlich. Also, warum kann Matthias nicht schwimmen?«

»Hatte ne schwere Kindheit.«

»Entschuldigung, aber was heißt das?«

»Seine Mutter hat ihn … na, weißt schon.«

»Nein, weiß ich nicht.«

»Mitgenomm …«

»Mensch, Wolfi, wohin?«

»Auf'n Raubzug … Schwimmbadkasse.«

»Ach so. Und deswegen hat er nie Schwimmen gelernt?«

»Jo. Sone Art Neurosche.«

»Neurose?«

»Sag ich doch!«

»Verstehe!«

»Verstehsde? Echt, Kelle?«

»Ja.«

»Na endlich!«, sagt Wolf und atmet kräftig pustend aus. Ein Stück Matjes fliegt dabei auf das Pflaster vor der Bank.

Johann versucht, seinen Blick abzuwenden, aber je mehr er es versucht, desto mehr muss er hinschauen, auf das Stück toten Fischs. »Hast du ihn gesucht?«

»Jo.«

»Wo denn?«

»Überall.«

»Überall geht nicht. Also, wo? Zu Hause, hier am Hafen, bei seinen Freunden?«

»Genau da.«

»Wo hast du ihn zuletzt gesehen?«

»Klappbrücke, hinterm Yachthafen.«

Johann erhebt sich. »Komm mit. Zeig mir die Stelle.«

Jetzt steht auch Wolf auf, er ist mehr als einen Kopf größer und doppelt so breit, blonde Haare und sonnengebräunt. Er dreht sich um und schreitet kräftig voran.

»Nicht so schnell«, ruft Johann. »Bin schließlich nicht mehr der Jüngste.«

Wolf dreht sich erstaunt um.

»Außerdem hatte ich letztes Jahr einen Herzinfarkt!«, schiebt Johann hinterher.

»Klar, der Fisch fehlt … also doch lebensbedrohlich!«

»So ein Unsinn!«

Wolf zeigt auf ein kleines Holzboot mit Außenbordmotor.

»Steig ein!«

»Was? Ich soll …«

»Oder willsde ne Stunde laufen.«

»Also gut!«

Wolf steigt trotz seiner zwei Zentner gelenkig ins Boot und lässt den Motor an. Johann klettert hinterher, er schwankt, setzt sich schnell, Wolf fährt los. Sie verlassen den Hafen. Nach ein paar Minuten beginnt Johann, sich wohlzufühlen, genießt den Fahrtwind, den Geruch des Salzwassers, das Plätschern der Bugwellen. Winzige Sandkörnchen werden mit dem Wind gegen seine Haut gesprenkelt, ein gutes Gefühl.

Sie passieren den Yachthafen. Wolf zeigt auf eine Brücke vor ihnen.

»Ist das die Klappbrücke?«, fragt Johann.

»Jo.«

»Hier hast du ihn zuletzt gesehen?«

»Jo.«

»Wo genau? Oben, seitlich? Links oder rechts?«

»Oben.«

»Was liegt hinter der Brücke?«

»Störtebekerkanal.«

»Okay, ich muss da hoch!«

Wolf nickt, er sucht eine Anlegestelle und macht das Boot fest. Sie gehen an Land, laufen zur Brücke. Wolf geht wieder voraus, Johann sieht seine braune Haut, die gut mit dem blauen Himmel kontrastiert. Urlaubsstimmung – wenn da nicht Matthias wäre. Oder besser, wenn er nicht nicht da wäre.

»Du bist so braun, Wolfi, bist oft hier draußen, oder?«

»Nee, das is vonne Sonnenbank.«

»Wie, du gehst ins Solarium?«

»Jo, jede Woche. War grad gestern.«

»Sogar im Juli? Bei diesem Wetter?«

»Jo, bin ich so gewohnt.«

»Und – Fitnessstudio?«

»Klar, Muckibude muss. Mach grad was fürn Bizepsch.«

»Fürn Bizeps?«

»Sag ich doch!«

Sie kommen bei der Klappbrücke an, gehen hinauf.

»Über was hast du zuletzt mit Matthias gesprochen?«

»Über Geld.«

»Mensch, Wolfi, was heißt das? Hat er zu viel Geld oder zu wenig?«

»Zu wenig.«

»Aha! War er depressiv deswegen?«

»Nee, na ja … nich so ganz …«

»Traurig?«

»Jo.«

»Verärgert?«

»Jo.«

Johann geht auf die Brücke, schaut sich den Boden genau an, dann das Geländer. In der Mitte der Metallkonstruktion an der Greetsiel abgewandten Seite entdeckt er einen dunkelroten Fleck. Blut. Johann muss schwer schlucken. Er schaut auf seine Smartwatch: 92 Schläge pro Minute. Es geht wieder los. Nach seiner Erfahrung ist das Blut schon leicht verkrustet, aber noch nicht komplett eingetrocknet.

»Wann genau hast du ihn hier oben gesehen?«

»Gestern Mittag.«

Vor rund 24 Stunden, das passt zum Zustand des Blutflecks.

»Was meinst du, Wolfi, hat der Matthias sich vielleicht umgebracht?«

»Nee. Der nich.«

»Er wollte hier vielleicht über die Reling, hat sich dabei die Nase blutig geschlagen und ist dann in den Störtebeker-Kanal gestürzt und ertrunken.«

»Nee. Das nicht.«

Nach den bisherigen Gesprächserfahrungen mit Wolf reicht Johann diese Antwort als valide Zeugenaussage. Er nimmt ein Papiertaschentuch, reibt damit etwas von der Blutkruste ab, faltet es zusammen und steckt es zurück in die Plastikverpackung. Vielleicht braucht er die Probe noch, um festzustellen, ob das Blut tatsächlich von Matthias stammt.

»Mehr können wir jetzt nicht tun«, sagt er. »Ich rufe gleich meine ehemaligen Kollegen an, die sollen die Polizeiinspektion Aurich informieren und eine Vermisstenmeldung veranlassen.«

»Jo.«

»Wie heißt Matthias mit Nachnamen?«

»Sönke.«

»Adresse?«

»Kalthörnweg 1, bei seiner Oma.«

»Hier in Greetsiel?«

»Jo.«

»Warum bei seiner Oma?«

»Er liebt sie. Außerdem … seine Mutter …«

»Was denn?«

»Im Gefängnis. Banküberfall.«

Sie schippern wieder zum Hafen, tauschen die Handynummern aus und verabschieden sich. Johann läuft zurück in die Pension Zum Leyhörn, telefoniert dabei und gibt die nötigen Informationen durch. Dann nimmt er seinen Platz in dem kleinen Speisesaal ein. Er freut sich auf das Abendessen. Hoffentlich gibt es keinen Fisch. Glück gehabt: Salat mit Rinderfiletstreifen. Er genießt das Mahl, knackige Salatblätter, frische Gurken, Kräuter, sorgsam gebratene Filetstreifen. Johann gönnt sich dazu ein kühles Jever-Pils.

Während er das Bier seine Kehle hinablaufen lässt, wehen Gesprächsfetzen vom Nachbartisch zu ihm herüber, in dem kleinen Raum kaum zu vermeiden. Doch was er da hört, zieht seine Augenbrauen fast bis zum Haaransatz hoch. Er steht auf und geht zu den beiden Damen am Nebentisch.

»Entschuldigen Sie, ich bin Johann Kellermann. Darf ich Sie etwas fragen?«

»Bitte, setzen Sie sich!«, antwortet die Blonde.

Die Brünette macht eine einladende Handbewegung:

»Kellermann? So wie die Kellermans in Dirty Dancing?«

»Ja, richtig. Allerdings bin ich ... also ... war ich Polizist, bis vor zwei Wochen. Jetzt bin ich Pensionär und hier im Urlaub.«

»Aber offensichtlich nicht wirklich im Urlaub, oder?«

»So ist es. Ich suche eine vermisste Person. Matthias Sönke. Kennen Sie ihn?«

»Nein. Nie gehört.« Beide schütteln den Kopf.

»Darf ich fragen, was Sie hier in Greetsiel machen?« Johann lächelt und versucht, den über Jahre antrainierten Polizisten-Frageton zu vermeiden.

Die Blonde antwortet: »Mirjam und ich sind seit unserer Jugend befreundet. Wir treffen uns einmal im Jahr hier, sie kommt aus Norddeich, ich aus Emden, Greetsiel liegt in der Mitte.«

»Stimmt«, sagt Mirjam, die Brünette. »Marlies hatte die Idee. Jetzt treffen wir uns hier schon zum achten Mal.«

Johann Kellermann widersteht dem Impuls, die beiden nach ihrem Nachnamen zu fragen. Er hat sowieso keinen Zugriff mehr auf die Polizeidatenbank. Er sieht Marlies an: »Entschuldigen Sie, ich habe zufällig ihrem Gespräch gelauscht, geht ja kaum anders ...«

Marlies nickt.

»Sie haben etwas von der Friesentherme in Emden erzählt. Könnten Sie das bitte wiederholen?«

Marlies sieht ihn erstaunt an: »Ja, gern, das war eine Radiomeldung, ganz witzig. Ein Mann hat versucht, die Kasse der Friesentherme auszurauben. Er hielt der Kassiererin eine Wasserpistole vor die Nase. In diesem Moment kamen zwei Kinder, die ins Schwimmbad wollten, ein Junge und ein Mädchen. Das Mädchen hat zu ihm gesagt: So was darf man nicht!«

»Ach, du liebe Zeit!« Johann schüttelt ungläubig den Kopf.

»Und der Junge hat gemeint, das sei ja sowieso nur eine Wasserpistole!«, fährt Marlies fort.

»Und dann?«

»Die Kassiererin hat zu dem Mann gesagt, er soll nach Hause gehen. Da hat er genickt und ist verschwunden. Im Radio haben sie gesagt, er habe eine Platzwunde am Kopf.«

Johann Kellermann atmet tief durch und steht auf.

»Marlies, Mirjam, Sie haben mir sehr geholfen. Vielen Dank!«

»Aber, hören Sie …«

»Entschuldigung, später!«

Johann eilt zum Ausgang. Draußen vor der Pension zieht er sein Handy aus der Tasche und ruft seine ehemaligen Kollegen an.

»Schickt eine Streife nach Greetsiel, Kalthörnweg 1. Dort findet ihr den gesuchten Matthias Sönke. Er hat auch die Friesentherme in Emden überfallen … ja, der mit der Wasserpistole.«

Ein neuer Tag, das gleiche Wetter. Johann und Wolf sitzen auf ihrer Bank am Hafen. Um ein erneutes Erdbeben zu vermeiden, hat Johann gewartet, bis Wolf sich gesetzt hat. Seinen Einwand bezüglich Fisch und Gesundheit hat er sich zu Herzen genommen und ein Fischbrötchen gekauft. Nicht gleich Matjes, eher eine milde Form: Backfisch. Er ist überrascht, wie gut das schmeckt. Er sieht Wolf in seinen Matjes hineingrinsen. Sie essen, ohne zu reden. Während Johanns Dienstzeit war das völlig unmöglich gewesen, irgendjemand hat immer dazwischengequatscht. Er merkt, dass ihm das guttut.

»Was passiert jetzt, Kelle?«, fragt Wolf.

»Du meinst mit Matthias?«

»Jo.«

»Nun, das hängt vom Richter ab. Immerhin war es ein versuchter Raubüberfall, wenn auch ein sehr dilettantischer.

Und seine Verzweiflung wird auch ins Gewicht fallen, er hat ja sogar versucht, sich zu ertränken. Auch sehr dilettantisch, aber immerhin. Er wollte sich übers Geländer werfen, hat sich dabei den Kopf gestoßen und ist wieder auf der Brücke gelandet.«

»Echt?«

»Das werde ich jedenfalls vor Gericht aussagen.«

Wolf sieht ihn an. »Und dann noch die schwere Kindheit mit dieser Mutter, das muss doch …«

Johann nickt und staunt. Das war wohl der längste Halbsatz, den Wolf jemals von sich gegeben hat. Dann muss Wolf niesen, und Johann befürchtet einen nachfolgenden Fisch- und Zwiebelregen. Aber der bleibt aus. Wolf hat ein Papiertaschentuch benutzt. Da fällt Johann das blutige Taschentuch von der Klappbrücke ein. Er zieht es aus der Hosentasche.

»Das brauchen wir nicht mehr!« Er wirft es in den Papierkorb neben der Bank. Langsam lehnt er sich zurück und schließt die Augen. Er lässt die Urlaubsstimmung an seiner Haut hinablaufen. Und er merkt, dass eine kleine Portion Humor zu ihm zurückgekehrt ist.

»Der arme Matthiasch!«, sagt Johann grinsend.

»Matthias!«, korrigiert Wolf.

»Sag ich doch!«

FRIEDLICHE FERIEN

Von Toby Martins

»Doch, ich bin mir sicher, dass der Mann Opfer eines Totschlags war.«

Schalina antwortete nicht gleich. Sie trank einen Schluck Tee. Es war so gemütlich, und sie genoss den Campingaufenthalt in Dornumersiel. Aber sie durfte sich nicht gehen lassen. Immerhin war sie im Dienst hier, wenn auch undercover. Sie lächelte ihr Gegenüber an. »Nun, das wird die Polizei hier sicherlich feststellen und entsprechend handeln, denke ich, Dirk.«

Der ältere Mann mit dem schütteren, grauen Haar und der Brille schüttelte den Kopf, sagte aber nichts.

Obwohl sie vor ein paar Tagen angekommen war und ihn bereits als Nachbarn »vorgefunden« hatte und auch alsbald ins Gespräch gekommen war, konnte sie sich immer noch keinen Reim auf diesen Rentner machen. Meistens plauderten sie Belangloses, wenn sie sich vor ihren Campern trafen. Aber über die Leiche wollte sie nicht mit dem Fremden reden. »Sie haben erzählt, dass sie hier zum ersten Mal sind, Dirk. Waren Sie früher schon campen?«

»Ja, wir waren öfter im Urlaub zelten, als ich noch klein war. Meine Eltern hatten nicht viel Geld und konnten sich kein Hotel leisten. Waren Sie auch als Kind zelten?«

»Nein – meine Eltern haben sich schon sehr früh getrennt, da war ich so zwei Jahre alt. Meine Mutter hat nie viel verdient, und mein Stiefvater wollte nicht mit mir in die Ferien fahren – so wurde ich in den Ferien dann oft zu einer Tante in den Schwarzwald geschickt. Die hatte auch zwei Töchter ungefähr in meinem Alter, und mit denen habe ich gespielt. Das war herrlich – zumindest in meiner Erinnerung.«

Was erzähle ich dem eigentlich – das geht ihn doch nichts an, ging es Schalina durch den Kopf. Aber der ältere Mann nickte freundlich und wirkte so vertrauenserweckend. Er trank einen Schluck aus seinem Becher.

»Meine Eltern haben sich wohl auch nicht so gut verstanden. Aber eine Trennung kam für sie nicht in Frage – da waren beide sehr konservativ. Wir sind meistens nach Holland an die Küste gefahren – nach Texel. Das waren wunderschöne Sommer. Und – »hier grinste er beinahe spitzbübisch – »es gab keine Leichen am Strand.«

Mit einem Schlag befand sich Schalina wieder in der Realität. Sie durfte sich nicht so einlullen lassen. Sie musste auf der Hut sein. Eine fremde Stimme riss sie aus ihren Gedanken.

»Bist du hier, Dirk?«

Vor ihnen stand ein großer Mann mit Sonnenbrille und weißem Stock. Ihr Camping-Nachbar, der sich als Dirk Körting vorgestellt hatte, erhob sich lächelnd.

»Das ist übrigens mein anderer Nachbar hier, Sven Hauke. Und die junge Frau hier ist Schalina Petersen.«

Man gab sich artig die Hand. In diesem Moment klingelte Schalinas Handy und erlöste sie von dem langweiligen Smalltalk. Sie entschuldigte sich, nahm ihr Handy und ging in ihren Camper.

»Sven, na endlich – du erlöst mich – nein, nein – nichts Dramatisches – nur diese elenden Mitcamper hier – ach, tu mir doch einen Gefallen und check mal die beiden Namen: Dirk Körting und Sven Hauke. Nur so zur Sicherheit – nein, nein, die sind unverdächtig – aber sicher ist sicher.«

Nun sprach Sven eine Weile, währenddessen Schalina immer wieder automatisch nickte. Sie blickte auch kurz aus dem Fenster und sah die beiden Männer langsam davontrotten.

Als Sven geendet hatte, seufzte Schalina. »Nun ja, zumindest wissen wir jetzt, dass unser Unbekannter erstochen wurde.« Sie zögerte. »Komisch ist es allerdings ...« Wieder sprach Sven, bevor Schalina antworten konnte. »Na, ja, es ist schon komisch, dass dieser Dirk Körting von einem Tötungsdelikt ausgegangen war. Wie ist er bloß darauf gekommen? Ist mir ein Rätsel. Wir haben die Stichwunde ja zuerst überhaupt nicht entdeckt, weil sie so klein war und auch kein Blut zu sehen war. Der Typ hätte auch ertrunken sein können. Wenn wir nicht die Meldung auf den Tisch bekommen hätten, dass ein weißrussischer Staatbürger hier in Dornumersiel vermisst würde – und es sich auch offensichtlich um ein Mitglied der dortigen Luftwaffe handelte –, säße ich noch immer an meinem Schreibtisch in Berlin und würde Akten von links nach rechts schieben. – Nein, nein, ich beklage mich ja nicht – ja, ich weiß, ich wollte schon immer zum BKA. Aber es ist schon komisch, dass nicht der BND diesen Fall bearbeitet.« Sie pausierte wieder. »Ja, ja – was soll's, jetzt sag aber mal, wann kommst du endlich her? Alleine zu ermitteln ist hier etwas schwierig. – Ja, ja ich weiß. – Mensch, klasse. Dann reserviere ich uns für heute Abend einen Tisch in einem Lokal.« Sie lachte, als sie Svens Reaktion hörte. »Ja, man glaubt es nicht, aber sogar hier, am Ende der Welt, gibt es gute Lokale. Das Restaurant ›Käthe und Karl‹ am Hafen ist wirklich nicht schlecht. – Ja, ist gut – also, bis später.«

Sie schaute wieder aus dem Fenster und sah, wie sich die beiden Männer jetzt mit einer jungen Frau unterhielten. Seinen Stock zusammengefaltet unter den Arm geklemmt, fuchtelte der Blinde mit dem freien Arm immer wieder hektisch vor den Gesichtern der anderen. Was die wohl zu besprechen haben, überlegte Schalina. Wie eine gemütliche Camper-Truppe sehen die nicht gerade aus. Aber sie musste ihre Fantasie zügeln. Sie war schon einmal gerügt worden, weil sie mehr in die wenigen Fakten hineingeheimnist hatte, als diese realistisch hergaben.

* * * *

Sie mochte Sven und verstand sich gut mit ihm. Es hatte mal den Moment gegeben, als er ihr mehr oder weniger eindeutige Avancen gemacht hatte, bis sie ihm zu verstehen geben konnte, dass sie doch mehr an Frauen als an Männern interessiert war. Seitdem waren sie einfach nur Kollegen und Freunde. Nun saßen sie in dem Lokal »Käthe und Karl« am Hafen von Dornumersiel und prosteten sich zu: Schalina mit einem frischen Jever vom Fass und Sven mit einem Glas trockenen Grauburgunders. Auf eine Vorspeise hatten beide verzichtet. Dafür genoss sie ihre vegetarischen Steinpilzravioli und er seine Filets vom Zander und Wolfsbarsch.

»Du hast gesagt, du bist dem einen weißrussischen Agenten dicht auf der Spur. Dann ist er jetzt hier, Sven?«

»Naja, nicht hier im Lokal.« Er grinste. »Nach dem Essen gehen wir in mein Hotel. Da kann ich dir alles besser erklären!«

Das Essen verlief harmonisch, auch wenn sie ihre Ungeduld kaum zügeln konnte. Als sie fertig waren, gingen sie die kurze Strecke zu seinem Hotel »HaWattn«, wo sie es sich noch draußen auf einer Bank gemütlich machen konnten. Dort kam Sven auch gleich zur Sache.

»Wir haben zwar keine absolut stichhaltigen Beweise, aber wir sind uns sicher, dass hinter dem Mord an Maxim Nowikow – so heißt unser Mordopfer – dieser Juri Petrow steckt. Wir sind ihm schon lange auf der Spur. Er soll auch an anderen Morden beteiligt sein. Ein wirklich gefährlicher Bursche. Bisher ist er uns immer durch die Lappen gegangen. Aber jetzt müssten wir ihn schnappen. Man hat dich hierhergeschickt, um schon mal die Lage zu sondieren.«

»Schön und gut, aber wie sieht dieser Petrow aus? Vielleicht sollte ich wissen, hinter wem wir her sind.«

»Du hast doch von diesen komischen Alten erzählt. Was ist mit denen?«

»Das wollte ich dich fragen. Du solltest doch ihre Namen überprüfen.«

»Ach ja – klar. Nein, die sind völlig harmlos. Sind nirgendwo aufgeführt. Aber mit Petrow hast du natürlich Recht. Warte – hier ist es.«

Er nahm sein Handy, tippte kurz etwas rein und reichte es dann Schalina. Sie warf einen Blick auf das Bild und reichte Sven sein Handy zurück. »Nein, den habe ich noch nie gesehen. Gut, ich bin noch nicht lange hier, aber der Ort ist winzig. Ist dir denn schon etwas aufgefallen?«

»Naja, wie man's nimmt. So gegen Mittag kam ich hier an und bin gleich zum Hafen und zur Küste. Da liegt ein Schiffswrack. Es soll der Muschelsauger ›Capella‹ sein, der einem anderen Schiff zu Hilfe eilen wollte und dann selbst auf eine Sandbank lief.«

»Sag mal, du willst mir doch nicht erzählen, dass du nur die paar Sehenswürdigkeiten hier erkundet hast.«

Sven lachte. »Nein, nein – aber wir hatten schon vor einiger Zeit Hinweise, dass sich nachts irgendwer oder -etwas an diesem Wrack rumtreibt. Langer Rede – kurzer Sinn: Wir sind inzwischen ziemlich sicher, dass die Russen hier Diamanten schmuggeln. Sie bringen die über See bis hierher und verstecken sie in wasserdichten Säcken in dem alten Wrack. Später kommt nachts ein Kurier mit Boot, holt die Beutel und bringt sie an Land. Von da werden sie weitertransportiert.«

»Aber das ist ja irre aufwändig!«

»Naja, jetzt mit den zahlreichen Export-Verboten und Sanktionen gegen Russland haben sie sich wohl so etwas einfallen lassen. Wir wissen aber nicht alles. Zum Beispiel konnten wir noch nicht rauskriegen, wann die Ware angeliefert wird und wer sie wann hier abholt.«

»Aber was hat das mit dem Mord an diesem Nowikow zu tun?«

»Wir nehmen an, dass Nowikow sich in den Westen absetzen wollte und Petrow ihn zur Raison bringen sollte. Als dies offensichtlich nicht gelang, hat Petrow ihn eliminiert.«

»Und wo sind jetzt die Diamanten? Hat Petrow sie schon geholt?«

»Genau das sind die richtigen Fragen. Also müssen wir jetzt zuerst Petrow finden. Dann kommen wir hoffentlich weiter. Aber wir müssen behutsam vorgehen. Sonst entwischt er uns wieder wie in der Vergangenheit. Am besten teilen wir uns auf und gehen morgen verschiedene Routen ab. Petrow kann sich nicht für immer verstecken.«

»Und wenn er gar nicht mehr hier ist?«

»Gute Frage – aber unsere Späher gehen davon aus, dass er sich immer noch hier aufhält. Wir sind sicher, dass er die Diamanten noch gar nicht hat. Und so lange bleibt er hier.«

»Wir müssen also den Hafen ständig unauffällig im Auge behalten.«

»Genau. Das wirst du morgen übernehmen!«

»Wie heißt es bei der NASA so schön: Failure is not an option.«

* * * *

Am nächsten Morgen quälte sich Schalina bereits um halb sieben aus dem Bett und setzte einen Kaffee auf. Draußen regte sich noch nichts und niemand. Nachdem sie ihre Morgentoilette erledigt hatte, trank sie erst einmal in Ruhe ihren Tee. Sie achtete für einen Moment gar nicht darauf, was draußen vor sich ging, und erschrak, als es plötzlich an ihrer Campertür klopfte. Sie öffnete vorsichtig und sah Dirk. Nur mühsam konnte sie ihre Überraschung verbergen.

»Was machst du denn so früh auf?«

Er zuckte nur mit den Schultern und versuchte ein Grinsen. »Präsenile Bettflucht, nehme ich an. Aber du bist doch auch schon auf – und das im Urlaub.«

Sie war noch zu schlaftrunken, sonst wäre ihr der logische Fehler aufgefallen, und sie hätte ihn fragen müssen, woher er wusste, dass sie schon auf war. Aber so weit dachte sie am frühen Morgen noch nicht. »Ich hab schlecht geträumt. Und davon bin ich wach geworden.«

»Du sollest vor dem Schlafengehen eine Tasse heißen Kakao trinken. Das hilft immer.«

Sie schüttelte sich. »Nein danke, Kakao mag ich nicht. Mochte ich schon als Kind nicht.«

Dirk lächelte. »Ach, das wird schon wieder. Übrigens, das mit dem Toten am Hafen – ich frage mich, ob sie auch das Zimmermädchen aus dem Hotel verhört haben. Die hat bestimmt was gesehen.«

»Ja, ja – ich bin sicher, dass die Polizei das gemacht hat.« Sie sagte das so daher, da sie in Gedanken schon ganz woanders war. »So, nun muss ich mich aber fertig machen. Muss dringend zum Hafen – eine Verabredung!« Sie grinste dabei etwas spitzbübisch und hoffte, dass dieser aufdringliche Kerl ihr das auch abkaufte. Der nickte nur und trottete lächelnd davon. Sie versuchte, Sven am Handy zu erreichen, aber der ging nicht ran. Sie entschloss sich, ihn in seinem Hotel abzuholen.

Der Weg zum Hotel »HaWattn« war nicht sonderlich weit. Der frühen Morgenstunde wegen traf sie kaum eine Menschenseele. Nur zwei Jogger liefen an ihr vorüber. Obwohl sie sich alle Mühe gab, konnte sie den nagenden Gedanken nicht verdrängen, dass es vollkommen sinnlos war, was sie hier machten. Gab es diese Diamanten überhaupt, von denen Sven gesprochen hatte? Und wie wollten sie die denn bergen?

Sie erreichte das Hotel und ging geradeaus in den Speisesaal. Aber Sven war nirgends zu sehen. Das er ihr noch seine Zimmernummer genannt hatte, stieg sie einfach hoch und klopfte an seine Tür. Aber auch hier: nichts. Vorsichtig drückte sie die Klinke herunter, und zu ihrer größten Überraschung schwang die Tür auf. Aber der Raum war leer. Sogar das Bett war schon gemacht.

Eilig verließ sie das Hotel. Schnellen Schritts ging sie hinunter zum Strand und blickte sich suchend um. Aber sie konnte Sven nirgends entdecken. Da hörte sie ein Motorengeräusch näherkommen. Als sie sich umwandte, sah sie, wie ein Motorboot den Hafen verließ. Den Mann an der Ruderpinne erkannte sie sofort: Es war der Typ, dessen Bild ihr gestern Abend Sven gezeigt hatte: Juri Petrow. Das Boot steuerte mit einigem Tempo auf das Wrack zu. Dort angekommen, stoppte es. Schalina konnte beim besten Willen nicht erkennen, was Petrow machte. Nach kurzer Zeit wendete das Boot und kam zurück. Sie beeilte sich, in den Hafen zu gelangen. Dabei nahm sie wahr, wie ein Mann sich dem Boot näherte. Auf die Distanz vermochte Schalina jedoch nicht auszumachen, wer das war. Auf alle Fälle stieg Petrow aus dem Boot und entfernte sich mit dem Fremden. Als Schalina endlich am Hafen angelangt war, konnte sie niemanden mehr sehen. Was sollte sie jetzt tun?

Sie setzte sich auf eine Bank, die in der Nähe stand, und gähnte. Sie war doch zu früh aufgestanden.

Langsam schien der Ort zu erwachen. Kinder zogen mit ihren Eltern an den Strand, und ein Krabbenkutter tuckerte langsam in den Hafen. Alles sah so friedlich aus. Doch sie wusste, dass hier nicht alles friedlich war. Nur, was sollte sie jetzt tun? Sven ging nicht an sein Handy. Ihr fiel beim besten Willen nichts ein. Vielleicht war sie doch keine gute Ermittlerin. Vielleicht hatte sie den falschen Beruf ergriffen. Wenn sie ganz ehrlich sich selbst gegenüber war, musste sie zugeben, dass ihr die Arbeit auch nicht besonders Spaß machte. Dabei war ihr die Ausbildung in Wiesbaden zur Kriminalkommissarin beim BKA leichtgefallen. Auch das Leben in Berlin gefiel ihr. Sie hatte eine kleine Wohnung in der Nähe des Boxhagener Platzes in Friedrichshain und konnte beinahe zu Fuß zu ihrem Büro in der Puschkin-Allee laufen. Aber diese Büro-Tätigkeit war nichts für sie. Sie musste zugeben, dass sie den Beruf nur ergriffen hatte, um ihrem Stiefvater zu imponieren, der selbst Polizeibeamter gewesen war. Er hatte nie viel von ihr gehalten und ihr das auch immer zu verstehen gegeben. Irgendwann hatte sie noch zwei Stiefgeschwister bekommen. Die beiden Jungs waren ein und alles für ihren Stiefvater gewesen. Der eine studierte Sport und Englisch auf Lehramt an der Grundschule. Der andere war mit seinem Motorrad im Alter von 18 Jahren gegen einen Baum gefahren, Aus irgendeinem vollkommen irrationalen Grund hatte ihr Stiefvater ihr die Schuld am Tod ihres Bruders gegeben und sie nur noch mehr schikaniert. Er hatte ihr alle Zuwendungen gestrichen, obwohl sie sich noch in der Ausbildung befand. Ihr war das gleichgültig. Zumindest gab es ihr einen guten Grund, den Kontakt zum Stiefvater vollständig abzubrechen. Ihre Mutter war dazu noch vor zehn Jahren an Brustkrebs gestorben, den sie bis zum Schluss verdrängt hatte. So gab es für Schalina überhaupt keinen Grund mehr, nach Hause zu fahren. Als ihr irgendwann klargeworden war, dass sie diesen Beruf nur ergriffen hatte, um diesem verhassten Stiefvater zu beweisen, wie gut sie war, verblasste auch der Reiz ihrer Tätigkeit im BKA.

Nun saß sie hier in dieser Ferienidylle auf einer Bank und wusste beim besten Willen nicht weiter. Ein älterer Mann im Rollstuhl kam an ihr vorbei und lächelte sie an. Mit einem Mal schämte sie sich. Selbstmitleid war ein schleichendes Gift. Sie musste sich jetzt aufraffen und helfen, den Fall irgendwie zu Ende zu bringen. Zurück in Berlin würde sie kündigen. Was sie dann machen wollte, wusste sie noch nicht, aber sie musste einen klaren Schlussstrich ziehen.

Das Beste war jetzt sicher, noch einmal bei Sven vorbeizuschauen, nachdem er einfach nicht an sein Handy gegangen war. Sie stand auf und ging zügigen Schritts zum Hotel. Die paar Touristen, denen sie begegnete, achteten nicht auf sie. Oben vor seinem Zimmer klopfte sie erst einmal an seine

Tür. Als sie nichts hörte, drückte sie behutsam die Klinke herunter. Es war noch immer nicht abgeschlossen. Sie trat ein und schloss die Tür hinter sich. Alles wirkte aufgeräumt und ordentlich. Sie schaute in den Schrank. Da befanden sich einige Kleidungsstücke von Sven. Also war er nicht überraschend abgereist. Im Bad sah sie einige Herrenkosmetika und Svens Rasierapparat. Sie schaute auch unter sein Bett, aber da war nichts. Sie ging nochmals zum Schrank und schob die Hemden und Hosen auf der Stange beiseite, um sich die Rückwand anzuschauen. Und da sah sie ihn.

Ganz hinten in der Ecke stand ein brauner Aktenkoffer. Vorsichtig hob sie ihn heraus und legte ihn aufs Bett. Überraschenderweise war er nicht zugesperrt. Sie klappte ihn auf und erstarrte. Er war randvoll gefüllt mit Hundert-Dollar-Noten. Sie nahm ein Bündel heraus – zehn Noten à 100 Dollar. Die erste Schicht bestand aus 15 Bündeln. Fünf Schichten übereinander ergaben 75.000 Dollar. Woher hatte Sven so viel Geld? Und wofür war es gedacht? Hatte das mit den Diamanten zu tun, die er erwähnt hatte? Ihr schwirrte der Kopf.

Ein leises Knarren ließ sie herumfahren. In der Tür stand Sven und starrte sie entsetzt an. Doch der Ausdruck in seinem Gesicht wechselte blitzschnell zu Wut. Sofort schloss Schalina den Koffer. Da drehte Sven sich um und rannte davon. Sie stürmte ihm hinterher. Obwohl sie recht fit war, konnte sie Sven nicht einholen. Er war einfach schneller. Sie rasten aus dem Hotel und die Straße hinunter, die vom Hafen wegführte.

Als Schalina meinte, ihr ginge gleich die Luft aus und sie müsse aufgeben, bog Sven auf einen kleinen Pfad ein, der zu einem offensichtlich verlassenen Gehöft führte. Er verschwand in einer Scheune. Als Schalina den Hof erreichte, war niemand zu sehen. Sie rannte zu der Scheune, in der Sven verschwunden war. Als sie drinnen stand, musste sie sich erst an das Dämmerdunkel gewöhnen. Die Scheune war bis auf einen großen Traktor leer. Da hörte sie die erregte Stimme Svens. Sie blickte nach oben. Dort, auf einer schmalen, hölzernen Galerie standen sich Sven und dieser Juri Petrow gegenüber. Mit Entsetzen sah sie, dass Petrow eine Pistole in der Hand hielt, mit der er vor Svens Gesicht herumfuchtelte. Was die beiden sagten, konnte sie jedoch nicht verstehen, da sie offenbar Russisch sprachen. Sie trat einen halben Schritt zurück und stieß dabei gegen eine Harke, die laut scheppernd umfiel. Jetzt nahm Petrow wahr, dass sich noch jemand in der Scheune befand. Er blickte zu ihr hinunter und schrie dann Sven an. Dieser machte eine hektische Bewegung auf Petrow zu. Da schoss dieser. Er drückte dreimal ab. Sven wurde nach hinten geschleudert, fiel gegen die Holzbalustrade, die nachgab, und stürzte in die Tiefe. Schalina schrie auf. Der Russe zielte auf sie, als das Scheunentor aufflog, zwei Männer hereinstürmten. Alles ging nun blitzschnell. Einer der Männer zog eine Waffe, als Petrow auf Schalina schoss. Der herbeieilende Mann schoss nun seinerseits auf Petrow, der in die Tiefe fiel und neben Sven landete. Schalina spürte einen heftigen Schlag gegen ihren Brustkorb, taumelte und sank auf die Knie. Dann schwanden ihr die Sinne, und sie sackte zu Boden.

* * * *

Die warme Sommersonne schien auf die beiden Männer, die vor ihrem Wohnwagen auf dem Campingplatz saßen.

»Ich wusste gar nicht, dass du ein so guter Schütze bist!«

»Alles Übungssache. Ich trainiere eben regelmäßig am Schießstand. Hättest du auch machen können.«

»Ach, das war nie mein Ding. Bis auf heute hätte ich das auch nie gebraucht.«

»Glück gehabt, Alter. Naja, du gehörst eben einer anderen Zeit an. Nun schau nicht so grimmig – da ist doch nichts Schlimmes dran.«

»Ja, ja – ist jetzt ja auch egal. Hauptsache, die Kleine kommt durch. Hast du schon was Neues gehört?«

»Nein, leider nicht. Sie mussten sie dreimal operieren, und es ist immer noch nicht sicher, ob sie durchkommt.«

»Sie stand aber auch blöde da rum.«

»Sie war halt im Schock.«

»Üben die so etwas nicht beim BKA? Ich habe die für besser gehalten. Ducken und Deckung suchen – das hat man doch auch uns beigebracht.«

»Jetzt sei mal nicht so hart. Sie war schockiert – und hatte noch keine Erfahrung in so etwas.«

»Sie hätte bei dem Einsatz gar nicht dabei sein dürfen.«

»Tja, da hatte sie Pech, dass ihr sauberer Kollege eine Art Doppelagent war, wie ich vorhin erst erfahren habe. Man hatte ihn schon lange im Verdacht und wollte ihn hier überführen.«

»Und hat dann eine so unerfahrene Kollegin mitgeschickt?«

»Nein, hat man ja nicht. Dieser Sven war schlauer, als alle dachten. Die haben in Berlin einen erfahrenen Begleiter für ihn ausgesucht, aber er hat es irgendwie verstanden, dass der zu Hause blieb und stattdessen die junge Frau zum Einsatz kam. Außerdem hat er den Einsatz eigenmächtig vorgezogen, so dass keine anderen Kollegen dabei waren.«

»Und um was ging es genau?«

»Weiß ich nicht – da halten die Kollegen in Berlin dicht. Aber dass die junge Frau nicht auf dich gehört hat …«

»Sie wusste halt nicht, dass wir Kollegen waren. Sonst hätte sie diesem Zimmermädchen schon noch auf den Zahn gefühlt.«

»Na, wenigstens konnte man sie verhaften. Und sie hat gestanden, aus verschmähter Liebe diesen Maxim Nowikow mit einer extra langen Spicknadel erstochen zu haben. Die Nadel hatte sie in der Hotelküche entwendet.«

»Dann hatte das gar nichts mit Petrow zu tun?«

»Nein, den hat man wohl hierhergeschickt, weil man nichts mehr von Nowikow gehört hat.«

»Und die Diamanten? Wo sind die jetzt?«

»Wahrscheinlich schon in Berlin. Wenn du alter Fuchs das nicht mit diesem Zimmermädchen rausgefunden hättest ...! Willst du uns nicht doch weiterhelfen – so als Berater?«

Der ehemalige Bremer Hauptkommissar Immo Diekhoff lachte. »Nein, nein – ich bin froh, jetzt im Ruhestand zu sein. Und du bist ein würdiger Nachfolger, Klaas. Außerdem hast du ja noch Ingrid Walters an deiner Seite. Die ist wirklich gut!«

Die beiden Männer schwiegen einen Moment, bis Immo wieder auflachen musste.

»Aber deine Idee, hier den Blinden zu markieren, war schon klasse. Du hast je echt ein schauspielerisches Talent, mein Lieber. Und deine Tochter hat ja auch gut mitgespielt.«

»Ich muss dich leider enttäuschen. Ich habe keine Kinder. Das war meine frühere Assistentin. Wir haben natürlich die Kollegen in Dornum informiert, dass wir hier sind, aber versprochen, uns nicht in die Ermittlungen einzumischen.«

»Haben wir ja auch nicht. Wir konnten ihnen nur einen Tipp geben. Aber weißt du was? Wir sind doch offiziell im Urlaub, also du bist das – und da könnten wir doch ein leckeres Krabbenbrötchen essen. Da hätte ich jetzt Lust drauf!«

»Und dazu ein kühles Jever!«

ENDLICH VEGAN

Von C. N. Costa

Er lag abseits. Aber der massive Regen der letzten Tage hatte den Trampelpfad durch die Salzwiesen im Borkumer Ostland unpassierbar gemacht. Also suchten sie sich ihren Weg, hüpfend und balancierend von Grasbuckel zu Grasbuckel, den Blick immer suchend am Boden, um nur ja nicht wieder in einer Pfütze zu landen. Onno war eben erst ausgerutscht im satten Matsch und rücklings in einer Lache gelandet. Nur gut, dass er den Rucksack mit den dicken Jacken trug. Ob er nicht lieber umkehren wolle? Die Frage hätte sie sich sparen können. Lachend stand er auf, wischte sich den Hosenboden ab und stapfte unbeirrt weiter. Onno lief barfuß, der Oktoberkühle zum Trotz. Die Sonne schien, aber der Ostwind war frisch. Es war zu warm für eine Daunenjacke. Zu kalt ohne, wenn man nicht in Bewegung blieb.

Gesa liebte diese Zeit. Tag für Tag machte sie sich auf in die Dünen, lief die schmalen Pfade entlang, über die es selbst die allgegenwärtigen Leihräder der Inseltouristen nicht mehr schafften. Dies war ihr Reich. Um diese Jahreszeit reduzierte sich das Gewimmel. Nur noch ein paar Tage, dann wäre endgültig Saisonende. Und endlich Ruhe. Borkum fiele dann in seinen kurzen Vorwinterschlaf und Gesa atmete gemeinsam mit der Natur auf. Dass Onno sie heute zum Hooge Hörn begleiten wollte, war ein weiteres Indiz dafür, dass ihre Welt wieder eine bessere werden könnte. Begegnungen mit Nicht-Insulanern vermied er genauso konsequent wie nicht-vegane Lebensmittel. »Hab ich im Job genug«, sagte er immer. Was er beim Kellnern an Essgewohnheiten erlebte, brachte ihn regelmäßig in Rage. Gesas unverdrossene Liebe zum Käse tolerierte er nur grollend. Dabei war er sonst die nordische Ruhe in Person, die stoisch und ohne sich irritieren zu lassen tat, was Onno tun musste. Oder wollte.

Gesa hatte eingewandt: »Es sind immer noch Gäste unterwegs.« Sie musste es doch wissen. Schließlich war sie erst gestern hier gewesen. Aber er meinte: »Bis dahinten raus wird sich schon kaum jemand verlaufen, nach dieser Sintflut.«

Gesa schüttelte den Kopf. Egal, was sonst war – er brachte sie zum Schmunzeln. So war Onno. Höchstens ein gebrochenes Bein oder ein verknackster Knöchel könnten ihn jetzt davon abbringen, die Tour ans unwegsame Inselende abzubrechen. Vermutlich nicht einmal das. Besser, sie blieb bei ihm. Wer weiß, worüber er noch stolperte.

Es hätte ein verendetes Wildkaninchen sein können. Aber da war der Hund. Kein Zweifel. Eine kleine Promenadenmischung mit riesigen Ohren. Typ Schoßhund. Das Tier hatte ein blutiges Maul, blinde Augen und ein merkwürdig verdrehtes Hinterteil.

Verstohlen sah sich Gesa nach Onno um, der noch dabei war, seine Hosenbeine wieder hochzukrempeln. Onno war Veganer aus Überzeugung. Aus Tierliebe. Er liebte alles, was atmete und kein Mensch war: Lurche, Hühner, Schweine, Katzen – einfach alles. Ihn interessierte nicht, ob so ein Tier glitschig, dreckig, anschmiegsam oder kratzbürstig war. Es war ein Tier und damit mindestens besser als jeder Mensch. Für Hunde galt das ganz besonders. Jetzt, wo sie endlich aus dieser kleinen Mietwohnung rausgekommen waren und in die Kate übersiedeln konnten, von der sie schon so lange träumten, würde ein Vierbeiner bei ihnen einziehen. Mindestens einer. Einer aus einem dieser Straßenhunde-Rettungsprogramme, von denen Onno täglich unzählige Posts auf Facebook las. Was für Gesa der Naturschutz war, war für Onno der Tierschutz: heilig.

Unschlüssig blieb Gesa neben dem Kadaver stehen. Es müsste ihn zutiefst verstören, den toten Vierbeiner da so liegen zu sehen. Aber an dem toten Hund ging kein Weg vorbei.

Onno sprang wieder von Grasbuckel zu Grasbuckel, den Blick nach unten. Vielleicht würde er ja gar nichts merken und einfach an ihr vorbeihüpfen, irgendeinen Kalauer auf den Lippen.

»Ist was?« Onno blieb abrupt stehen.

Gesa zuckte zusammen. Sie ging in die Hocke, kehrte dem Tod den Rücken zu. »Nein, nein, nur kurze Verschnaufpause.«

Onno sah sie besorgt an. »Wo hast du eigentlich deinen Stab?« Dann sah er es. »Um Himmels Willen!« Neben ihr sank Onno auf die Knie und beugte sich über das tote Tier.

Gesa seufzte. Sie ahnte, was jetzt kam.

Onno brummte kaum hörbar, während er den Hund vorsichtig abtastete. »Verdammt noch mal.« Er blickte auf und sah sich suchend um. »Da ist kaum ein Knochen mehr heil«, sagte er gepresst. »Den hat einer totgeschlagen, jede Wette.«

Gesa nickte stumm.

Onno fingerte weiter an dem Tier herum. »Queenie.«

»Was?«

Er hob das tote Tier auf seinen Schoß und zog am Halsband. Dann hielt er ihr das kleine Metallblättchen hin, das daran hing, und sah sie an.

Anklagend, dachte Gesa. Er sieht mich anklagend an.

»Queenie«, wiederholte er. »So hieß er.« Und nach einer Pause: »Sie.« Onno schälte sich aus dem Rucksack und begann, die Jacken herauszuzerren. »Nimm mal«, sagte er und hielt sie Gesa hin.

»Was hast du vor?«

»Wir nehmen sie mit.«

»Aber wozu? Sollten wir nicht …«

»Ich sag dir was, Gesa. Konfrontation ist das einzige, das etwas bringt. Was anderes verstehen solche Typen nicht.«

Noch während er sprach, jedes Wort durch die zusammengepressten Zähne gequetscht, als müsste er seinen Atem sparen für eine aufziehende Schlacht, noch während er sich Wort für Wort aufpumpte mit seiner Wut gegen jeden, der jemals einem Tier Übles angetan hatte, noch während Gesa spürte, wie ein Weinkrampf in ihr aufzusteigen drohte, hob Onno das tote Tier auf und bettete es in seinen Rucksack. Schließlich schnallte er ihn sich vor die Brust.

Gesa sah ihm zu. Wortlos. Tatenlos. Sie hätte ihn nicht mitnehmen sollen heute. Irgendeinen Vorwand hätte sie erfinden können, um allein loszuziehen. Aber sie hatte nicht klar denken können heute Morgen. In aller Eile hatte sie sich fertiggemacht, nur dieses Ziel vor Augen: noch einmal in die Salzwiesen, noch einmal in die Dünen und ans Hooge Hörn. Die ganze Nacht hatte sie sich eingeredet, dass alles so sein würde wie eh und je. Und vielleicht hatte sie insgeheim jemanden an ihrer Seite gebraucht, der das bestätigen würde. Dass alles gut wäre.

Aber da war der tote Hund. Und jetzt war da Onno, der keine Ruhe mehr geben würde, bevor er nicht den Schuldigen am jammervollen Ende des Tiers gefunden hätte.

Ergeben trottete sie hinter Onno her, der unverdrossen weiter Richtung Hooge Hörn stapfte. Was hatte er nur vor?

An einer Gabelung des Pfads blieb er stehen und sah sich wieder um. »Die sind garantiert noch in der Gegend«, stellte er fest.

»Wer? Wieso?« Beinahe wäre sie in ihn hineingelaufen.

»Na, die Typen, die Queenie erschlagen haben. Die ist bestimmt noch nicht lange tot.«

»Aber woher willst du das wissen? Der Hund kann doch schon seit Stunden da liegen«, sagte Gesa. »Oder sogar seit g…«

»Glaub ich nicht«, entgegnete Onno knapp, während er schon weitermarschierte.

Gesa stolperte hinterher. Der Pfad war jetzt wieder fester und wurde zusehends schmaler. Hier konnten sie nur noch hintereinandergehen, wollten sie den Weg nicht verlassen. Und das war verboten in der Ruhezone im Nationalpark Wattenmeer, genau wie so einiges andere.

Gesa drehte sich zur Weggabelung zurück. War sie gestern auch hier langgekommen? Sie konnte sich einfach nicht erinnern.

»Er hätte auch nicht hier sein dürfen«, sagte sie.

»Wer?« Onno ging unbeirrt weiter.

»Na, der Hund.« So langsam ärgerte sie das alles hier. Sie liefen schließlich durch ein Naturschutzgebiet, mit klaren Regeln. Und dazu gehörte, dass freilaufende Hunde hier nichts zu suchen hatten. Gesa spürte, wie ihre Wut wiederkehrte. Auf die zahllosen Idioten, die sich verhielten, als sei »der schönste Sandhaufen der Welt« ein einziger Ferienpark, der rein zu ihrem Vergnügen erschaffen wurde, mit der Natur als malerischer Dekoration. Die Hirnis, die sich darüber aufregten, dass die Landwirte mit Traktoren in geschützte Bereiche fuhren, selbst aber das Auto zum Brötchenholen in Bewegung setzten und mit unverhohlener Arroganz ihre Vierbeiner da ausführten, wo Uferschnepfen und Wasserläufer ihre Rast- und Ruheplätze auf dem Zug ins Winterquartier haben. Gesa spürte, wie sich ihr Puls beschleunigte.

»Schade, dass du deinen Stecken nicht dabei hast.«

Der Wind wehte ihr Onnos Stimme zu wie ein schneidendes Messer. »Was? Wieso?«

»Na, damit könnten wir ihnen eine Tracht Prügel verabreichen.«

Prügel. So hatte sie den Stab lachend getauft, als sie ihn zum ersten Mal in der Hand hielt. Onno hatte ihn ihr geschenkt. Selbst geschnitzt, aus einem dicken Stück Treibholz von irgendeinem unbekannten Baum, der dicke, knorrige Äste gehabt hatte. Onno musste viele Stunden daran gearbeitet haben. Den Knauf hatte er verziert mit keltischen Ornamenten und unter dem wulstigen Wurzelknoten am oberen Ende eine Schlaufe aus blauem Sisal befestigt. »Damit du ihn nicht verlierst«, hatte Onno gemeint und gelacht.

Es war ja auch wirklich lachhaft. Wie sollte man so einen Riesenknüppel verlieren? Das Ding war so groß wie sie selbst und richtig schwer. Aber nun war der Prügel nicht da.

Gesa sah sich suchend um. Hier irgendwo war es gewesen. Verzweifelt versuchte sie, sich an Wegmarken zu erinnern, an die Silhouette der Senke zum Watt hin, an die Küstenlinie selbst. Aber alles, was sich ihr wieder und wieder vor die innere Linse schob, war das Gesicht dieser Frau, die sie mit unverhohlenem Hass angiftete. Sie war groß gewesen, bestimmt einen Kopf größer als Gesa. Schlank, mit langen, blonden Haaren, die sie in einen Dutt geschlungen hatte. Sie trug kleine goldene Ohrstecker und ein seidenes Halstuch, dazu eine dünne, gesteppte Reiterjacke. Sie hatte irgendwas geschrien. Aber das einzige, woran Gesa sich erinnerte, war die drohend über sie gebeugte, offene Mundhöhle dieser Frau und der Hass in ihrem Blick.

Die Frau hatte nicht einmal eine Hundeleine dabei gehabt, darum hätte Gesa sich das Ganze auch ersparen können. Ihre übliche Aufforderung, den Hund bitteschön sofort anzuleinen, man sei hier schließlich in einem Naturschutzgebiet – sie wäre in jedem Fall ins Leere gegangen.

Wie auf Kommando hatte der Hund sie angesprungen, laut kläffend und mit gefletschten Zähnen.

»Ist er das nicht?«

Gesa zuckte zusammen. Onno war nur ein paar Schritte vor ihr stehengeblieben. Seine linke Hand schirmte die Augen ab, die rechte hatte er ausgestreckt. Er zeigte weiter nach vorn.

Gesa verstand nicht. »Wer?«

»Na, dein Stab!«

Gesa fasste nach Onnos Schulter, um sich an ihm vorbeizuschlängeln. Der Rucksackträger rutschte, und sie blieb daran hängen. Onno griff nach ihrem Handgelenk, versuchte, sie zu befreien. Doch Gesa riss sich los und lief weiter, so schnell es der schwere Boden zuließ.

Der Prügel sah aus wie immer. Gesa atmete auf. Sie griff nach dem Band, hob ihn auf und untersuchte ihn von allen Seiten. Der Regen hatte wohl das meiste erledigt. Bloß das Band hatte gelitten. Das Blau war bräunlich verfärbt. Sie schlüpfte mit der Hand durch die Schlaufe, richtete sich auf und sah sich nach Onno um.

Er stand da, mit dem Rucksack vor dem Bauch, hatte den Beutel geöffnet und sah stirnrunzelnd hinein. Mit den Händen stützte er ihn von unten ab, wie ein Vater, der sein Kind in einer Bauchkiepe spazieren trägt.

Da, endlich, brach Gesa in Tränen aus. Sie würde es ihm nie erklären können.

Sie begruben den Hund am nächsten Morgen im Garten hinter der Kate. Onno hatte ein kleines Holzkreuz gebunden und Queenies Namen hineingeritzt. Auf seinen Spaten gestützt, sagte er ein paar Worte. Gesa gelang es nicht, zuzuhören. Sie dachte daran, wie sie den Ohrstecker fliegen sah. Daran, wie sie gebrüllt hatte. Oder war das die Frau gewesen? Stumm sah sie zu, wie Onno das kleine Grab zuschaufelte und das Kreuz in den Boden rammte.

»Hast du eigentlich von der toten Frau gehört, die sie gefunden haben bei Hooge Hörn?«

Gesa nickte. Die Geschichte machte die Runde, seit am Vorabend der Fund bekannt geworden war. Ein paar Touristen hatten die Tote entdeckt, kaum dass Onno zuhause den Hundekadaver im Schuppen abgelegt und sie in der Küche das Radio eingeschaltet hatte. »Es heißt, sie war verletzt, hat sich ins Watt verlaufen und ist dann bei der Flut ertrunken.«

Gesa schluckte.

»Komische Geschichte«, befand Onno. »Sie war wohl Tagesgast, kam mit der Fähre aus Eemshaven. Niemand hat sie bisher vermisst.«

Er lehnte den Spaten an den Zaun und steckte die Hände in die Taschen. »Dich vermisst wohl auch keiner, kleine Queenie«, murmelte er. Dann nahm er etwas aus der Tasche und legte es vor dem Kreuz auf die aufgeworfene Erde. Einen kleinen, goldenen Ohrstecker.

Gesa stockte der Atem. Sie starrte auf den Schmuck, dann in Onnos Gesicht.

Er lächelte. »Hab ich in Queenies Ohr gefunden. Verrückt, nicht?« Er legte den Arm um ihre Schultern. Gemeinsam sahen sie auf das Grab hinab. »Vielleicht nennen wir unseren ersten Hund Queenie«, überlegte er. »Oder Goldie.«

Gesa holte tief Luft. »Ich wollte dir auch noch etwas sagen«, begann sie.

Langsam wandte er ihr den Blick zu.

Gesa blinzelte. Er hatte nicht gefragt. Nicht, warum sie geweint hatte. Nicht, wie es sein konnte, dass sie ihren Prügel mitten in den Salzwiesen liegen gelassen hatte. Nicht, warum sie so still war, seit sie Queenie entdeckt hatten. Warum sie sich unruhig hin und her gewälzt hatte im Bett in der letzten Nacht. Und in der davor. Sie musste ihm einen Grund geben. Einen, der ihn nicht den Glauben an sie verlieren lassen würde. Einen, sie weiter zu lieben. Sie würde büßen für das, was sie getan hatte.

»Ich habe mich entschieden«, sagte sie schließlich. »Ab jetzt lebe ich vegan.«

Onnos Augen weiteten sich. Noch einmal ließ er den Blick über das kleine Hundegrab gleiten. Dann küsste er sie. Er strahlte. »Endlich!«

DER RICHTIGE MOMENT

Von Mirjam Phillips

Alle schimpfen über die Deutsche Bahn. Ich nicht. Wenn ich ehrlich bin, ist es mir noch nie so gut gegangen wie heute, und das habe ich nicht zuletzt der Deutschen Bahn zu verdanken. Gerade wegen ihrer Peinlichkeiten und Pannen.

Vor ein paar Jahren habe ich mir noch Sorgen um meine Rente gemacht und bin jedem kleinen Zusatzverdienst hinterhergelaufen. Tagsüber stand ich im Friseursalon und verschönerte meine Kundinnen – soweit das möglich war –, und am Wochenende wartete ich als Garderobenfrau in einem Nachtclub darauf, dass die Gäste mit der Kleidung auch ihre Hemmungen ablegten.

Die Leute haben ja keine Ahnung, wen man da alles hautnah kennenlernt … Aber irgendwann will man gar nicht mehr wissen, was die Leute zwischen den Beinen haben und wie ihr Hintern aussieht.

Die einzige nackte Tatsache, die mich interessierte, war, ob die Gäste mir ein großzügiges Trinkgeld zusteckten.

Doch dann kam mit der Pandemie das vorläufige Ende der Welt, so wie wir sie kannten. Ich fragte mich, wie ich meinem Leben eine neue Richtung geben könnte. Die Antwort ließ nicht lange auf sich warten und kam von einer Nachbarin, der ich heimlich die Haare schnitt.

»Du bist so geschickt mit deinen Händen«, sagte sie begeistert und brachte mich ins Grübeln.

Im Friseursalon hatte ich meine Fingerfertigkeit für selbstverständlich gehalten, aber meine Nachbarin hatte Recht: Meine Fingerspitzen waren nach dem jahrzehntelangen Training zu selbstständigen Fühlern geworden, die meinem Gehirn meldeten, wie ich die Haare zu schneiden hatte. Ich konnte meine Kundinnen im Spiegel anschauen und angeregt mit ihnen plaudern, während die Schere wie von Geisterhand geführt vor sich hin klapperte und ihnen einen flotten Haarschnitt verpasste. Sollte das etwa meine sogenannte *Superpower* sein?

Noch bevor am selben Abend die Schlussakkorde des Bremer *Tatort* erklangen, hatte ich meine Berufung gefunden. Tief in meinem Innern hatte ich schon immer gespürt, dass ich für ein dauerhaft fremdbestimmtes Leben nicht geschaffen war. Also beschloss ich, mich nach und nach selbstständig zu machen. Ich wurde Taschendiebin.

Natürlich nicht einfach so. Ein bisschen Übung braucht man dafür schon, wenn man davon leben will. Auch geschärfte Sinne und die richtige Zielperson. Aber vor allem braucht man den richtigen Moment.

Wie zu erwarten, war ich anfangs viel zu nervös und ungeschickt. Manchmal wurde die Person misstrauisch oder vermisste gleich ihr Portemonnaie. Dann musste der Vorgang sofort abgebrochen werden. Ich bückte mich kurz, hob die Geldbörse vom Boden auf und fragte meine Zielperson mit großen Augen: »Gehört die Ihnen?« Dann bedankte sie sich herzlich bei mir, und ich sagte: »Da nich' für«, und suchte schnell das Weite.

Fast wäre es für mich zu Beginn meiner neuen Karriere schon vorbei gewesen. Ich machte einen selten dämlichen Anfängerfehler:

Meine junge Kollegin Nele bat mich einmal überraschend, auf ihre vierjährigen Zwillinge aufzupassen. Sie hatte fürchterliche Zahnschmerzen und traf sich vor der Praxis mit mir. Es war Anfang Dezember und hörte nicht auf zu regnen. Die Kinder froren. Also lief ich mit ihnen in das nahegelegene Galeria-Kaufhaus und suchte die Spielzeugabteilung auf. Das half immer. Die zwei Jungen strahlten über beide Ohren, als sie die ferngesteuerten Autos entdeckten. Prima! Die würde ich ihnen zu Weihnachten schenken. Zu Nikolaus mussten die kleinen Flitzer aus dem Regal vor mir reichen. Die Jungen winkten mir beim Spielen fröhlich zu. Ich winkte zurück und ließ im nächsten Augenblick mit flinken Händen zwei von den Flitzern in meiner Manteltasche verschwinden. Sofort packte mich eine kräftige Männerhand am Handgelenk. Ich blickte in zwei ernste, dunkelbraune Augen.

»Ich bin Kaufhausdetektiv«, zischte der grauhaarige Mann mir ins Ohr. »Wenn Sie das Spielzeug ganz schnell wieder zurücklegen, muss ich Sie nicht öffentlich bloßstellen und vor ihren Enkelkindern blamieren.«

Ich holte tief Luft, fischte die kleinen Autos aus meiner Manteltasche und stellte sie wieder zu den anderen Spielsachen.

»Jeder kann verstehen, dass Sie Ihren Enkeln eine Freude machen wollen, aber so geht das nicht«, sagte er bestimmt.

»Danke, Herr ...?«

»Yildirim.«

»Herr Yildirim, Sie sind in Ordnung. Die meisten Menschen hätten nicht so nett reagiert wie Sie.«

Dass es gar nicht meine Enkelkinder waren, musste ich ihm ja nicht auf die Nase binden. Das war jetzt nicht der richtige Moment.

Der Kaufhausdetektiv zeigte streng auf die Rolltreppe. Ich schüttelte ihm noch einmal dankbar die Hand und sah, wie Herr Yildirim großmütig lächelte. Wir hatten ein Friedensabkommen geschlossen. Dann rief ich die Jungen und verschwand so schnell ich konnte.

Eines war klar, ich würde nie wieder in Begleitung stehlen, und schon gar nicht in diesem Kaufhaus. Jede kleine Ablenkung konnte mich Kopf und Kragen kosten.

Als meine Kollegin mit leicht unförmigem Gesicht wieder vor mir stand, pochte mein Herz immer noch von dem Schrecken.

Nach weiteren Übungsrunden in anderen Läden begab ich mich endlich in die Menschenmassen, um ernsthaft Geld zu verdienen. Die billigen Bahntickets waren mir dabei eine große Hilfe. Meine Lieblingsstrecke wurde Bremen–Norddeich und zurück.

Die Leute waren ausgehungert nach ungezwungener Geselligkeit und flüchteten aus ihren Zwei-Zimmer-Käfigen wie freigelassene Wildtiere. Das ganze Land war auf einmal mobil. Studierende, Rentnerinnen und Rentner reisten quer durch die Republik zu ihren Lieben oder ans Meer. Und alleinerziehende Mütter machten mit ihren Kindern und Stapeln von belegten Broten einen Tagesausflug zum Strand. Endlich wieder Wind und Weite! Endlich wieder Nordsee!

Die jungen Männer aus dem Ruhrpott grölten schon ab Oldenburg immer wieder zur Melodie von »Here we go, here we go, here we go …« mit riesiger Vorfreude »Norderney, Norderney, Norderney!«. Ostfriesland zog uns alle zu sich wie ein starker Magnet.

Durch die Waggons flirrten Abenteuerlust und ausgelassener Optimismus. Das Leben hatte uns wieder und war spannend und schön.

War es so etwas wie Vorsehung, dass es in den Zügen nie genügend Sitzplätze gab? Immerhin konnte ich mich ab und zu gegen die Wand lehnen. Was wollte man mehr? Schließlich war ich zum Arbeiten da und quetschte mich gemächlich durch die überfüllten Waggons. Bei so viel unfreiwilligem Körperkontakt hatte ich leichtes Spiel.

Natürlich kann man das schäbig finden, aber was, wenn die Rente einer Friseurin am Ende eines langen Arbeitslebens vorn und hinten nicht reicht? Da muss man ja notgedrungen kreativ werden. Außerdem nehme ich mir nur, was ich brauche, und das nach bestem Wissen und Gewissen. Die armen Schlucker lasse ich in Ruhe. Denen stecke ich höchstens noch was zu. Aber der Herr mit der Rolex am Handgelenk, die Dame mit der Louis-Vuitton-Handtasche und all die anderen kleinen Protzer können einen überschaubaren Verlust durchaus verkraften. Auch eine Taschendiebin kann ethisch handeln.

Zu meiner Freude sind die Züge weiterhin überfüllt und die Zugfahrten unberechenbar geblieben. Die Bahnsteige sind dauerhaft besiedelt von gestrandeten Reisenden ausgefallener oder extrem verspäteter Züge, das Gleis wird in letzter Minute gewechselt oder die Wagenreihung geändert. Immer wieder wird das Menschenrudel gehetzt, gedrängt und in Bewegung gehalten, bevor es in viel zu wenige Waggons gepfercht und weiterbefördert wird. Bessere Arbeitsbedingungen kann ich mir gar nicht wünschen. Ich hole einen Piccolo-Sekt aus meiner Handtasche und hebe das Glas auf meine ahnungslose Komplizin: »Lang lebe die Deutsche Bahn!«

Inzwischen würde ich mich sogar als Meisterin meines Faches bezeichnen, obwohl es für meine Tätigkeit keine Ausbildung gibt. Ich habe mir alles selbst beigebracht, und darauf bin ich stolz. Schnelligkeit und Fingerfertigkeit sind gepaart mit Menschenkenntnis und einer sofortigen Einschätzung der Gefahrenlage Grundvoraussetzungen, wenn man in meinem Job überleben will.

Die Konkurrenz schläft auch nicht. Und die besteht hauptsächlich aus organisierten Gangs. Das sind eingespielte Vollprofis, die mindestens zu dritt arbeiten und gegen die man keine Chance hat. Zwei schubsen von hinten und sorgen für Gedränge, einer klaut und gibt die Beute so schnell wie möglich an die anderen weiter. Durch den plötzlichen Körperkontakt bekommt keiner etwas mit. Bis die Bestohlenen merken, dass ihnen etwas fehlt, ist der Zug im wahrsten Sinne des Wortes abgefahren.

Ich will mich nicht loben, aber ich kriege diese drei Schritte tatsächlich ganz alleine hin: Ablenkungsmanöver, Zugriff und Entsorgung der Brieftasche und das alles im richtigen

Moment. Dafür benötigt man eine ganze Menge Routine und Selbstvertrauen.

Allerdings wäre es für mich unvorstellbar, immer unterwegs und weiter als einen Möwenschrei von der Nordsee entfernt zu sein. Schließlich liebe ich dieses raue Meer, und alle Menschen, die mir etwas bedeuten, leben auch hier. Ich muss also deutlich vorsichtiger sein als die fahrenden Gangs.

Einen Vorteil habe ich jedoch: Manch eine reifere Frau beschwert sich darüber, nahezu unsichtbar zu werden. Ich nicht!

Die Menschen haben eine ziemlich klischeehafte Vorstellung von einem Taschendieb und rechnen mit allem – außer mit einer kleinen, geschmackvoll, aber unauffällig gekleideten älteren Dame. Auch an warmen Tagen nehme ich meistens einen Blaser mit. Wenn man den ganz locker über den Arm hängen lässt, kann man viele Dinge ganz einfach und elegant verschwinden lassen. Dazu trage ich eher gedämpfte Farben, schminke mich nicht stark und verschmelze sozusagen mit dem Hintergrund. Also werde ich kaum wahrgenommen. Stattdessen beschreiben die Bestohlenen der Polizei später den Kerl mit den zerschlissenen Jeans, der hinter ihnen saß. Dass die ältere Dame neben ihm so tat, als ob sie einen Liebesroman lesen würde, haben sie bis dahin längst vergessen. Tja, das ist vielleicht nicht fair, aber mir kann's nur recht sein.

Im Juli brummte das Geschäft allerdings so sehr, dass ich übermütig wurde und mich selbst in Gefahr brachte:

Diesmal hatte ich mir sogar eine Übernachtung in einer kleinen Pension mit Meerblick in Norddeich geleistet. Ausdauer und Erfolg mussten hin und wieder auch belohnt werden, fand ich, bohrte meine Zehen in den Sand und genoss die Sonne und das Meeresrauschen.

Die Fähre nach Norderney nahm ich dagegen nur selten. Natürlich gab es in Norddeich genug Insel-Touristen, aber wenn die Leute auf einer Fähre merkten, dass sie beklaut worden waren, kam man nicht weit.

Eine der wichtigsten Regeln für Diebe jeder Art lautet: Plane deinen Rückzug! Hierbei muss zwischen dem gemächlichen Untertauchen in der Masse und dem sogenannten »Notausgang« unterschieden werden, den man als schnellen Ausweg in dringenden Fällen braucht. Auf einer Fähre blieb einem jedoch nur der beherzte Sprung ins Meer, der auch keine Lösung war, zumal ich nur das Brustschwimmen beherrsche.

Vor meiner Rückfahrt nach Bremen bummelte ich also zum zweiten Mal durch Norden. Die Verdienstmöglichkeiten waren einfach zu verlockend. Die Stadt war wie jeden Sommer zum Pilgerort vieler Krimifans geworden, die sich auf den Spuren ihres Lieblingsautors durch die Stadt drängten und den Originaldrehorten einen Besuch abstatteten. Das Café *Ten Cate* mit seiner leckeren Ostfriesentorte und den berühmten Marzipanseehunden durfte dabei nicht fehlen. Die Tische waren alle besetzt, sodass die Menschen im Verkaufsraum dicht an dicht standen, um wenigstens ein paar essbare Mitbringsel zu ergattern. Großartig! Ich drängelte mich ein bisschen vor und zurück und hatte innerhalb kürzester Zeit mehrere hundert Euro erbeutet.

Die Zweifingermethode beherrschte ich inzwischen perfekt. Dabei formt man mit Zeige- und Mittelfinger ein schmales V, stellt sich hinter die Zielperson und angelt sich den gewünschten Gegenstand schnell und forsch aus der Jacken- oder hinteren Hosentasche. Bei besonders engen Jeans oder vorderen Hosentaschen benötigt man zusätzlich Körperkontakt, aber auch das war für mich kein Problem. Normalerweise täuschte ich einen kurzen Schwindelanfall vor oder rempelte die Menschen einfach an. Ab einem bestimmten Alter durfte man so ziemlich alles.

Mit einem ansehnlichen Tageslohn bummelte ich beschwingt durch die Innenstadt, als ich schon von Weitem eine neue Zielperson entdeckte. Ein wild gestikulierender

Mann mit tätowierten Unterarmen saß mit einem riesigen Eisbecher vor einem Eiscafé und telefonierte verärgert. Neben ihm glänzte eine dunkelbraune, prall gefüllte Herrenhandtasche. Da konnte ich nicht widerstehen.

»Entschuldigen Sie«, sagte ich, sobald er das Gespräch beendet hatte, und breitete meine Landkarte umständlich vor ihm aus. »Können Sie mir sagen, wie ich von hier nach Norddeich …?«

»Mensch, ich komm auch nicht von hier«, brummte er, drehte sich weg und fing an, die nächste Nummer anzurufen.

Schnell faltete ich meine Landkarte grob zusammen, während ich mir die darunter liegende Herrentasche griff und sie in meinem Einkaufsbeutel verstaute. Eilig zog ich in Richtung Bahnhof weiter. Kurz darauf hörte ich ein furchterregendes Gebrüll: »Halt! Diebstahl!« Den Rest konnte ich nicht verstehen, aber er klang ausgesprochen unhöflich. Mir würde nicht mehr viel Zeit bleiben, bevor der Typ die Polizei alarmierte. Ich musste die braune Tasche loswerden, mischte mich unter eine Touristengruppe und bog in die nächste Nebenstraße.

Als ich jedoch den Inhalt sah, wusste ich sofort, dass der Kerl alle möglichen Leute anrufen würde, aber nicht die Gesetzeshüter. Das weiße Pulver in den Plastikbeuteln war garantiert kein Traubenzucker, und der dicke Stapel Bargeld beunruhigte mich leicht, aber nicht genug, um darauf zu verzichten. Ich sah auf meine Armbanduhr. Den nächsten Zug nach Bremen musste ich unbedingt noch erwischen.

Ich warf die Tasche samt Drogen in einen Abfalleimer. Mit Kokain – oder was auch immer das für ein Zeug war – wollte ich nichts zu tun haben. Das Geld konnte ich dagegen bestens gebrauchen.

In Gedanken ließ ich unsere Begegnung fieberhaft Revue passieren. Konnte mich der Typ überhaupt beschreiben? Wohl kaum, entschied ich. Ich hatte nur kurz die Sonnenbrille abgenommen, und sein Blick hatte mich höchstens gestreift. Wenn ich Pech hatte, würde er mich bei einer direkten Gegenüberstellung wiedererkennen. Aber die wäre höchstunwahrscheinlich.

Der Bahnsteig in Norden war so schmal, dass die Menschen mehr oder weniger in einer Reihe standen. Das machte die Schar der Reisenden überschaubar. Ich drehte mich noch ein paarmal um, konnte den Kerl aber nirgends entdecken und trat entspannt meine Rückreise an.

Erst als ich wieder in meinen Einkaufsbeutel sah, merkte ich, dass ich dem Typen keine Landkarte, sondern einen Stadtplan von Bremen unter die Nase gehalten hatte. Na wenn schon. Bremen war groß … Aber war es groß genug? Ich verstaute die etwa 20.000 Euro im doppelten Boden meiner Handtasche. Sicher war sicher.

Als ich vom Bremer Hauptbahnhof in Richtung Innenstadt marschierte, hatte ich plötzlich das ungute Gefühl, verfolgt zu werden. Ich drehte mich mehrmals um, aber der Kerl aus Norden war nirgends zu sehen. Tatsächlich hatte ich noch nie so viel Bargeld spazieren getragen. Vielleicht war es unter diesen Umständen normal, unter Verfolgungswahn zu leiden.

Zum Glück kam mir im nächsten Moment ein riesiger Pulk von schwarz gekleideten Gestalten entgegen. Anscheinend trat *Iron Maiden* heute in Bremen auf, und unzählige Heavy-Metal-Fans pilgerten zur Bürgerweide. Der perfekte Menschenstrom zum Untertauchen!

Bei Galeria wollte ich mir noch etwas Nähgarn besorgen. Herr Yildirim stand hinter einem Stapel Handtücher und nickte mir freundlich zu. Ich grüßte zurück und blieb kurz darauf an einem Tisch mit edlen Stoffballen stehen. In Gedanken schneiderte ich mir bereits ein neues Kleid. Meine Hand glitt über die Naturseide. Was für ein herrliches Material für heiße Sommertage! Ich fing an, den Ballen auszurollen, als mich von hinten eine tätowierte Pranke wie ein Schraubstock packte. Ich schrie vor Schreck auf. Bevor ich auch nur ans Fliehen denken konnte, spürte ich den Lauf einer Pistole in meinem Rücken.

»Keinen Mucks, oder du kommst hier nicht mehr lebend raus! Verstanden?«, zischte der Kerl. Sein Atem roch nach Mettbrötchen mit Zwiebeln.

Ich nickte stumm. Mein Gehirn ratterte im Zeitraffertempo. Er musste noch kurz vor Abfahrt in den vollen Zug gestiegen und mir gefolgt sein. So viel Kohle ließ der sich nicht durch die Lappen gehen. Von den Drogen ganz zu schweigen. Ich bekam weiche Knie und schwankte.

»Die Masche zieht bei mir nicht«, sagte er schroff und stieß mich mit dem Pistolenlauf vor sich her. »Wir gehen jetzt ganz unauffällig zum Aufzug. Und du erzählst mir auf der Stelle, wo meine Tasche ist.« Er bohrte mir wieder die Waffe in den Rücken.

Merkte denn keiner, was hier gerade passierte? Ich sah mich vorsichtig um. Das Kaufhaus hatte sich geleert.

»Verehrte Kunden, unser Haus schließt in wenigen Minuten«, tönte es aus einem Lautsprecher.

In einem Spiegel sah ich, dass der Tätowierte die Pistole mit einem Pullover umwickelt hatte. Er zog mich so nah an sich, dass man uns für ein Paar halten würde.

Der Aufzug meldete sich mit einem »Ping«. Er war leer. Die Tür schloss sich hinter uns.

»Ich habe keine Ahnung, wovon Sie reden«, sagte ich verzweifelt.

Die Pranke schraubte sich tiefer in meinen Arm. Ich stöhnte vor Schmerz.

»Wetten, dass du dich bei drei wieder erinnerst? Dann schieß ich dir nämlich ins Knie.«

Schweißtropfen hatten sich auf meiner Stirn gebildet und rollten mir übers Gesicht.

»Eins.«

Ich fing an zu zittern. Verdammt! Wo war Herr Yildirim, wenn man ihn brauchte?

»Zwei.«

Mir stockte der Atem.

»Ping!« Die Fahrstuhltür öffnete sich.

»Mensch, Angelika!«, rief Herr Yildirim, nutzte das Überraschungsmoment und zog mich mit einem kräftigen Ruck nach draußen. »Wie lange haben wir uns nicht gesehen?« Dann setzte er den Tätowierten mit zwei gezielten Tritten außer Gefecht. Die Pistole flog aus dem Aufzug. Ich sackte erschöpft auf den Boden.

»Na, wenn das nicht unser alter Bekannter ist!«, hörte ich eine tiefe Männerstimme sagen.

»Jau, das isser!«, sagte ein anderer. »Na, Ingo, fehlt dir der Bau?«

Zwei herbeigeeilte Polizisten nahmen den Drogenhändler in Empfang und kassierten seine Pistole ein.

»Nee, nee, nee! Ich bin unschuldig«, protestierte Ingo lauthals. »Die Alte da hat mir mein ganzes Geld geklaut. Die soll mal ihre Handtasche aufmachen!«

Die Polizisten sahen mich ungläubig an.

»Und Drogen vertickt die auch.«

Herr Yildirim zog die Augenbrauen hoch.

Meine Sinne waren wieder hellwach.

»Ich glaube, dieser Herr verwechselt mich mit jemandem«, sagte ich mit ruhiger, fester Stimme. »Aber wenn's weiter nichts ist …«

Ich öffnete den Reißverschluss meiner Handtasche und kippte den gesamten Inhalt auf den Fußboden. Naja, nicht den gesamten. Der Schuster in meiner Straße hatte mit dem doppelten Boden ganze Arbeit geleistet. Ich hatte ihm gesagt, dass ich beim Reisen ein sicheres Versteck für mein Bargeld bräuchte.

Schlüssel, Kulturbeutel, Taschentücher und eine Plastiktüte mit meiner schmutzigen Wäsche lagen mit Bonbons und anderen Kleinteilen wie großes Konfetti über den Boden verstreut herum. Mein Lippenstift rollte auf die Polizisten zu. Ich machte auch noch mein Portemonnaie auf, aus dem jede Menge Kleingeld fiel.

»Da!« Ingo gab nicht auf und zeigte auf meinen Einkaufsbeutel.

»Schauen Sie doch selbst nach!«, sagte ich und sah seelenruhig dabei zu, wie Ingo meine Strickjacke, meinen Proviant und die Stadtkarte von Bremen herausholte.

»Das ist sie!«, brüllte Ingo wie ein Wahnsinniger.

»Die Karte oder die Strickjacke?«, fragte der Polizist mit der tiefen Stimme amüsiert.

Ingo brannten die Sicherungen durch, aber bevor er ausholen und mich schlagen konnte, hatte ihm der Polizeibeamte schon Handschellen angelegt.

»Du kommst jetzt erst mal mit, Ingo, und erklärst uns in aller Ruhe, wieso du abends mit einer geladenen Pistole durch ein Kaufhaus läufst. Ich bin schon gespannt.«

Ingo ließ sich widerwillig abführen und drehte sich wütend zu mir um.

»Danke für Ihren mutigen Einsatz, Herr Yildirim.«, sagte ich, als wir das Kaufhaus verließen. »Ich heiße übrigens Susanne.«

»Kemal«, sagte Herr Yildirim und schüttelte mir ganz lange die Hand.

»Darf ich dich nach deiner Heldentat wenigstens zum Essen einladen, Kemal?«

»Gerne. Dann kannst du mir ja die ganze Geschichte erzählen.«

»Nächstes Mal«, sagte ich.

Das war noch nicht der richtige Moment …

SCHÜDDEKOPPEN

von Gesine Reichstein

»Moin, Fokko!« Jürgen kloppt em up de Schuller. »Büst hüüt ok nich rut mit dien Schipp?«

Fokko schüddekoppt. »Miene Hanna is vunmorrn mit Kusenkellen waak worrn un ick heff ehr denn na'n Dokter bröcht.«

»Kusenkellen? Oh Chott! Bi den Gedanken deit mi forts allens sähr in'n Kopp.«

»Weer nich so leeg. Hett ne Sprütt kregen, denn wöör bohrt un nu geiht se all weer kregel in'n Tuun bi de Arften tokehr.«

»Sie da! Sind Sie von hier?« Een Trupp junge Lüüd kümmt up de beiden to.

»Sagen Sie mal, was hat das denn mit den schwarzen Kreuzen hier in Neuharlingersiel im Hafen auf sich?«

»Wenn ick Se dor mal upklaren dröff?« Fokko steiht blangen sien Schipp.

»Was?«

»Ob ich Sie da mal was erklären darf?«

»Aber ja! Die sehen so bedrohlich aus, diese schwarzen Kreuze.«

»Ja, weet Se, wissen Sie, die haben wir Fischer aufgestellt vonwegen die Krabbenfischerei mit unseren Netzen verboten werden soll.«

»Und wer will das verbieten und warum?«

Fokko wiest up de Kurre in sien Schipp.

»De EU. Da sagen die, dass diese Netze den Grund anner See kaputt machen.«

»Ach so.«

»Wir meinen aber von: nee! Wir fischen so seit Generatschonen und sünd jümmer noch Krabben da. Kann von Kaputtmachen nich die Rede von sein.«

»Wäre auch schade. Ich habe gerade ein Krabbenbrötchen gegessen. Lecker!«

»Wenn es das nicht mehr gäbe, wäre es hier nicht so besonders.«

»Da sünd wir auch der Meinung. Und darum haben wir die schwarzen Kreuze angenagelt, weil wir damit gegen ein Verbot gegenangehen wollen.«

Fokko kickt över't Water.

»Ssühh! Da kommt einer von uns. Jens un Vader Hein kaamt weer binnen den Haben«, un dormit lett he de jungen Lüüd stahn un bölkt dat Schipp vun wieden tomöte:

»Keen Konkurrenz hatt vundag, wat?«

Hein röppt trügg: »Ji weern ja all in de Puch un wi hebbt de Netten nu vull.«

Mitdem, wat Hein un Jens Janssen ehr Schipp in den Haben vun Neeharlingersiel stüert, kaamt ok all de ersten Kunnen anlopen. De jungen Lüüd sünd stahnbleven.

Jürgens Frau Luise hett ehren Korf unnern Arm. Se bedrifft de Buud mit Granaat dicht bi dat Touristenbüro. Jens jumpt vun't Schipp un maakt dat faste. »Vader, kannst anfangen« un Hein langt de erste Kist mit Krabben runner.

»Woveel hebbt ji denn instreeken?«, will Fokko weeten.

»Dree Kisten. Rappelvull!« Dormit kümmt ok Hein runner vun't Schipp.

»Jens, maak du dat mit dat Verkopen. Ick bün mööd«, un will all gahn, as de jungen Lüüd dat Krieschen anfangt, as weer de Düwel vun't Schipp kamen.

Jens harr jüst den ersten Granaat in Luises Korf scheppselt un wull mit dat Scheppfatt den nöchsten Slag ut de Kist halen, do kümmt een groten, griesen Steen vördag. Mitdem, wat Jens versöcht, dat Ding an de Kant to schuven, kann elk un een sehn, wat dat keen Steen is.

»Ein Totenkopf!«, brüllt een Fent.

All Köpp stickt bi'nanner över de Kist.

Hein mag mööd wesen, man de Brägen is noch fix in Gang: »De as wi wat instrieken will, de kann nich ok noch goot un slecht ut'nanner kennen.«

»Man de dor wat vun kennen mutt, dat is nu woll de Schendarm«, meent Jürgen.

Hein kann dat noch nich laten: »Wi hebbt den eenzigen Slaukopp vun ganz Neeharlingersiel infungen un een Schendarm brengt ju all ok keen Fang, Slapmüssen!«

»Nu man sinnig, Vader. Du kannst na Huus hen gahn. Ick roop den Schendarm an un denn seht wi wieder.«

»Aber verkoop de annern Kisten, hest hört?«

»Warr woll nich den heelen Fang verdammeln.«

Jens packt de Kist an de Kante un gifft den Granaat ut de beiden annern Kisten an de Kunnen ut.

»Igitt«, meent dat eene Wicht. »Und sowas sollen wir noch essen?«

Een Fent antert: »Naja, dass in der Nordsee nur Fische sind, das glaubst du doch sicher auch nicht«, un köfft den Slag, de Jens em henhöllt. Denn stüert de Trupp af.

Duert nich lang, un den Schendarm kümmt up sien Motorrad anknattern. Heel gewichtig kickt he sick den Kopp an, haalt em mit Hanschen ut de Kist un packt em in een Büdel.

»Keen hett dat anröhrt?« frögt he in de Runn.

»Nümms,« seggt Jens fix. »Ick bün dor blots mit mien Scheppsel ranraakt.«

»Gifft dat anners noch wat dorto to seggen?« De Schendarm kickt in de Runn.

»Naja,« Jürgen druckst so rum. »Naja, wenn dat man nich Nicole is.«

»Wo kaamt Se dor denn bi?« De Schendarm haalt Block un Pottlood vördag.

»Ick meen, wi sünd mit us Scheep ja nich wiet in de See.

Un Nicole is vör een paar Johr wegkamen.«

»Wegkamen?«

Jens will verklaren: »De Dochter vun Kröger Dittmann, wat de Nicole weer, de hett vör Johren mit so een Touristen fründjert, so een mit kralle Ogen un dat Haar pickeswaart. Nicole weer domals sössteihn un batts, twee Daag later weer se weg.«

»Aber Kröger Dittmann hett domals ...«

»Wat hett Kröger Dittmann domals?« Holger Dittmann schufft siene Sackkaar mit Beerkassens vör sick her.

»Nix. Nixnich.« Jürgen is dat een beten benaut to. »Ick will ja nix seggt hebben.«

»Dat dor,« Jens wiest up den Büdel vun den Schendarm. »Dat dor weer us Biefang vunmorrn un dat is een Dodenkopp. Un nu hett de Schendarm fragt, of een vun us dor wat to seggen hett.«

»Un wat heff ick dormit to kriegen?«

Fokko versöcht dat mit Begöschen: »Jürgen hett blots meent, dat diene Nicole vör een paar Johr so unverwachtens nich mehr na de School keem un nich mehr to sehn weer.«

»Du willst miene Dochter Mord un Dodslag anhangen?« De Kröger kriggt een hochroden Kopp.

»Nu man sinnig.« De Schendarm leggt dat Pottlood weg. »Willt Se wat dorto seggen?«

»Ümdat dat Sludern een Enn hebben mutt, will ick hüüt un hier wat dorto seggen.« De Farv in't Gesicht lett wat na.

»Ick bün hier de Kröger in't Dörp, mutt mi ut all dat Familjen- un Nahberschuppsgequese ruthollen, anners kaam ick twüschen de Stöhl to sitten. Dorüm heff ick domals nix seggt, as Nicole weggahn is un dat Sludern över ›wat‹ un ›wo‹ anfüng. Nicole leevt siet veer Johr bi siene Tante in Barcelona. As dat Wicht mit den Frümden wat anfüng, heff ick markt, dat ick dat allennig ahn Fru un Moder för dat Kind nich vör'nanner krieg un heff em na siene Tante na Spanien stüert.«

»Un worüm hest du dat nienich seggt?« Jürgen schüddekoppt.

»Ick wull dat nich togeven, dat ick as Kröger elkeen Abend un Nacht achtern Tresen mien Kind nich mehr an de Lien nehmen kunn. Dorüm!«

Jürgen tickt em an de Schuller. »Dat deit mi leed. Harrst doch mal wat seggen kunnt.«

Jens haut sick de Hand vör'n Kopp: »Dorüm geiht dat bi di in freje Tieden jümmers na Spanien. Mannomann, wat sünd wi all blind un bekloppt.«

Luise steiht mit ehren Korf mang all de Mannslüüd un nickkoppt. »Dat mutt ick aber nu forts Else vertellen.« Un geiht.

De Schendarm tippt an siene Mütz un verklaart: »Denn willt wi dat Dingerees man een beten unnersöken laten. Wiss is dor wat ruttokriegen, wat nix mit Proteree un Döntjes to doon hett.«

Wat bedröppelt blievt de Mannslüd bi ehre Scheep un geevt Arbeit vör.

* * * *

»Else, Else, dor hest du di wat ut de Nöös gahn laten!« »Heff dat all hört. Hein hett't vör't Beddegahn all vertellt.«

»De hett dat doch gornich mehr hört, dat mit Nicole.«

»Nicole? Vun dat Wicht hett Hein dat nich hatt.«

»Segg ick doch.« Ennelk kann Luise dat Wort för Wort utbichten, wat in'n Haben seggt worrn is.

»Wenn't nich Nicole wesen kann, keen sien Kopp is dat denn?« Else överleggt. »Dat mutt ja ok överhaupt nich een vun hier wesen. Kann ok vun een vun de Eilannen kamen.«

»Kann. Kann ok nich. Denk mal an Fokkos Vader Onno. Wo lang is de all weg!«, meent nu Luise.

»Siet den Schandaal in'n Haben. Sehn hebbt wi em siet den Dag nich weer.«

Else prakeseert: »Fokko un Onno hebbt sick sowat vun anbölkt achterna.«

»Un du meenst, Onno is denn to Water gahn?«

»Un Fokko hett villicht een beten nahulpen? Wenn een em up de Saak ansnackt, denn stiggt em doch jümmer forts de Gall in't Blot.«

»Dorbi weer dat Upbegehren vun Onno tegen dat Verbott vun de Netten gornich verkehrt. Verbaden sünd se jümmer noch nich un us Lüüd köönt wieder Granaat halen. Man dat hangt noch in de Scheer.«

»Blots so trankiel as Onno is bit nu hento nümms weer tegen de Saak angahn. Sick nakend an den Mast to hangen un töven, bit de Schendarm kümmt.«

»Up den is Onno losgahn as een Bulloss.«

»Kiek«, meent Luise nu. »Dorüm kann dat Onno sien Quaskopp gornich wesen. Se hebbt em doch later för't Brett haalt. ›Erregung öffentlichen Ärgernisses‹.«

»Un ›Widerstand gegen die Staatsgewalt‹,« hangt Else ran.

»Hest Recht. Man wesen kunn Onno dat doch. Ick meen, de heele Familje much sick achterna nich mehr sehn laten. Nich blots Fokko.«

»Harr doch ok nix hulpen, Onno sien Upbegehren. Un achter Trallen hett he nich lang seten. Villicht hett he sick achterna, of Fokko …«

Jens kümmt de Dör in un hett de lesden Wöer hört: »Nee, nee, nee. Dat kann ick upklaren. Onno is woll nienich weer hier in Neeharlingersiel west, ok wenn wi Fiskers een beten stolt up Onno weern. Tominnst een, de sick tegen dat Verbott düütlick upsett hett. Man dat hett nümms klar an Onno seggt. Ick weet nich, ick weet nich so Recht, vun well ick dat heff, man is seggt worrn, he is bi een Fisker in de Nöcht vun Grönningen ünnerkamen. Man mehr weet ick ok nich.«

»Allens een Storm ahn Wind.« Luise kümmt in de Been. »So bilütten mutt ick ok weer in miene Buud un miene Dochter aflösen mit Verköpen.«

* * * *

»Moj Mama, dat du kümmst.« Eske binnt sick forts de Schört af. »Peter weer jüst hier un ick schall em helpen.«

»In'n Tuun?« frögt Luise na. »Sünd doch Pingsterferien un he mutt doch för de School nix doon.«

»Mama, du kennst em doch. De kann doch nich stillkes sitten. He hett anfungen mit Uprümen in de School in Esens un in siene Klass. Nu schellt dor wat un ick schall em Söken helpen.«

»Wat mankeert em denn?«

»Dat Knakengerüst ut den Biologieruum.«

»Wat? All Knaken? Ok den Kopp?«

»Mutt woll. Peter sä, he kann nich een Deel dorvun finnen.«

Luise pruust los: »Dat glööv ick nich. Fix, sluut de Dör to, ick mutt na'n Haben.«

STRANDKORBGEFLÜSTER

Oder: Spiekeroog – Spießeroog?
Von Nina Schindler

»Niemals!«, schrie ich und hätte mein Mobilchen am liebsten an die Wand geworfen. »Ohne mich!«

Frau Rettichs Stimme blieb freundlich. »Hannah, du musst kommen! Tante Helene hat den ganzen Clan eingeladen. Es ist wichtig.«

»Frau Rettich«, sagte ich nun etwas ruhiger. »Ich hab einen tollen Auftrag für ein neues Musical. Ich bin ganz allein verantwortlich für alle Kostüme. Das wird Tante Helene doch verstehen.«

»Bestimmt nicht.« Sie blieb fest. »Du musst kommen! Sie hat auf Spiekeroog für alle Nichten und Neffen drei Häuser gemietet. Ich bin mit ihr in dem einen untergebracht, du und die Zwillinge in dem zweiten und die anderen vier im dritten.«

»Aber ich kann meine Cousinen nicht ausstehen! Außerdem hab ich gar keine Zeit für Familienfeste. Nein, nein und nochmals nein!«

»Die Proben starten erst in zwei Monaten, also hast du dieses Wochenende frei. Du musst kommen. Es geht um Tante Helenes Testament.«

Aha. Nun war die Katze aus dem Sack. Unsere schrullige Erbtante wollte ihre Knete verteilen, und wir sollten ihr alle zu Füßen liegen. Von wegen!

Andererseits …

»Kann ich nicht in das andere Haus?«

»Geht nicht. Von denen will auch keiner zu den Zwillingen, und schließlich sind Detlev und Albert Brüder, und Clemens und Clara sind Geschwister.«

»Mist.«

Aber Frau Rettich hatte gewonnen, und das wusste sie. »Nun komm schon. Die Häuser liegen am Ortsrand, der Strand ist ganz nah. Spiekeroog ist eine schöne Insel, ohne Autos und sehr ruhig, und im Juni ist die Nordsee meistens freundlich. Gib dir einen Ruck.«

»Na gut.« Ich gab mir den Ruck.

Es war genauso grässlich wie ich befürchtet hatte. Hedi und Babette, die allseits gehassten Zwillinge, hatten bereits das Elternschlafzimmer bezogen, und für mich blieb nur das Kinderzimmer. Doch ungeachtet seiner Miniaturgröße saßen sie drei Minuten nach meiner Ankunft auf meinem Bett und sahen mir beim Auspacken zu.

»Ohhh, das ist ja süüüß!«, zwitscherte Babette und riss mir ein Seidentop aus der Hand. »Hast du das selbst bemalt?« Und schon zog sie sich ihr T-Shirt über den Kopf und schlüpfte in meine Kreation. »Na, wie seh ich aus?«

»Bescheuert«, maulte Hedi. »Mir gefallen diese Leinenhosen, kann ich mir die ausleihen? Und diese geilen Sneaker?« Sie zeigte auf die Kitschrosa-Schuhe in meinem Koffer.

»Nein«, sagte ich und streckte fordernd die Hand nach meinem Top aus, das Babette widerwillig wieder auszog. »Soll ich vielleicht nackt rumlaufen?«

Babette kicherte. »Bist du doch früher auch, oder?«

Die Anspielung auf meinen zeitweiligen Job als Bardame war fies, aber sowas war von den Zwillingen immer zu erwarten. »Ihr solltet jetzt gehen, ihr müsst euch doch für das Abendessen umziehen, oder?« Ich hielt ihnen die Tür auf, und sie verzogen sich murrend.

Das Abendessen fand im Speisezimmer in Tante Helenes hochherrschaftlicher Villa statt. Tante Helenes Gesellschaftsdame Frau Rettich hatte wie immer alles bestens organisiert. Ich saß zwischen Clara und Clemens, die ich von dem ganzen

Haufen noch am besten leiden konnte. Clara erzählte Anekdoten aus ihrem Leben als Lehrerin, und Clemens schwieg, aber das tat er meistens. Dann fragten sie mich nach meinem Leben als Kostümbildnerin.

»Ich finde es sehr mutig von dir, dass du damals umgesattelt hast«, sagte Clara. »Von Krankenschwester auf Schneiderei. Toll!«

»Na ja, als OP-Schwester war ich ja auch an Schnippeleien beteiligt.« Ich grinste. »Ob Samt oder Haut – so groß ist der Unterschied ja nicht.«

Aber dass du in deinem zweiten Job so erfolgreich werden würdest«, schwärmte Clara. »Bewundernswert.«

Da ertönte Detlevs Stimme. »Tante Helene, du solltest mal ein Machtwort mit Clemens sprechen. Er sträubt sich immer noch gegen den Verkauf des Betriebs. Dabei ist es jetzt ein günstiger Moment, noch einen ordentlichen Batzen dafür zu kriegen.«

Clemens widersprach: »Die Kunsttischlerei ist seit mehr als hundert Jahren in Familienbesitz und läuft profitabel. Warum verkaufen? Ich liebe meine Arbeit und Punkt.«

»Ich habe aber ein Angebot von einer Bank, dass ich dort einen lukrativen Posten kriegen kann.«

»Dann nimm ihn doch an!«, erwiderte Clemens. »Keiner hindert dich. Ich manage den Betrieb auch allein.«

»Aber das ist unser aller Erbe!«, fuhr Babette dazwischen. »Darüber kannst du doch nicht einfach so bestimmen!«

»Das kann er sehr wohl«, ergriff jetzt Tante Helene das Wort. »Ich habe ohnehin die Absicht, ihm die Tischlerei zu vermachen.« Und damit schob sie sich die nächste Gabel Filet Wellington in den Mund.

»Aber – aber«, stammelte Hedi. »Was ist mit uns?«

»Ihr werdet ausbezahlt, und dann seid ihr raus«, erklärte Clemens leise. »Das Geld dafür ist da.«

»Aber unsere jährlichen Apanagen?«, kreischte Babette.

»Die fallen dann weg«, erklärte Clemens seelenruhig. »Ihr habt ja alle einen Beruf und dazu das Geld von der Auszahlung – also gerät niemand an den Bettelstab.«

»Ganz recht«, sagte Tante Helene und gab Frau Rettich das Zeichen, abzuräumen und den Nachtisch zu servieren.

»Das – das ist unerhört«, protestierte Detlev und stieß seinen Bruder an. »Albert, sag du doch auch mal was!«

»Ich finde den Vorschlag vernünftig«, erwiderte der. »Du hast doch gar kein echtes Interesse an der Führung des Betriebs.«

»Aber ich hab den Rechnungskram doch immer bestens erledigt«, fuhr Detlev auf. »Ihr habt alle eure Boni gekriegt, und alle waren immer zufrieden.«

»Doch du offensichtlich nicht.« Tante Helene schnupperte an der Birne Helene, die jetzt vor ihr stand. »Damit ist alles gesagt. Ich wünsche jetzt, die Mahlzeit friedlich zu beenden.«

Kaum waren wir wieder zurück in unserer Dependance, ging Hedi auf mich los. »Warum hast du nichts gesagt? Du profitierst doch auch von dem bisherigen Arrangement. Du hast bloß dagesessen und dumm geglotzt.«

»Genau!«, kam es von Babette.

»Sie hat wohl die Extragroschen nicht nötig«, giftete Hedi. »Offensichtlich verdient man mit Leute-bunt-Anziehen ein Vermögen!«

»Es reicht«, erwiderte ich knapp.

»Ach ja? Na, dann kannst du mir ja in deinem Atelier eine Stellung verschaffen! Ich bin nämlich äußerst knapp bei Kasse und bräuchte dringend eine Finanzspritze.«

»Oh? Und warum wendest du dich nicht an Tante Helene?«, fragte ich.

»Das hat sie doch schon. Aber die will nicht mehr, sie hat gesagt, Hedi soll für sich selber sorgen lernen«, plapperte Babette.

»Halt den Mund, du altes Klatschmaul«, fuhr Hedi sie an. »Aber ganz im Ernst, Hannah, ich hätte gern einen Job bei dir. Ich hab gehört, das Theater zahlt richtig gut.«

»Und wie soll das gehen?« Ich war verblüfft. »Du hast doch noch nie Nadel und Faden in der Hand gehabt.«

»Hedi ist aber künstlerisch sehr begabt«, erklärte Babette wichtigtuerisch. »Sie wäre bestimmt eine tolle Kollegin.«

»Das ist doch totaler Quatsch.« Die beiden Zicken gingen mir echt auf den Senkel. »Ich kann überhaupt keine Leute einstellen und erst recht keine ohne Berufsausbildung.«

»Ich brauche aber dringend einen Job! Wenn das Geld aus der Tischlerei in Zukunft wegfällt, steh ich im Regen. Bitte, Hannah!« Hedi sah mich flehend an. »Ich hab Schulden, und die Auszahlung kommt bestenfalls nächstes Jahr, und Tante Helene gibt mir nichts …«

»Und ich hab auch nix«, piepste Babette dazwischen. »Hedi, ich hab dir ja gesagt, du sollst nicht zu dem Geldhai gehen!«

»Sei endlich still«, fuhr Hedi sie an und sagte zu mir gewandt: »Du solltest deine Haltung noch mal überdenken, Hannah. Ich weiß nicht, was deine Arbeitgeber sagen würden, wenn ich sie auf deine Jugendsünden aufmerksam machen würde.«

»Das wagst du nicht.« Ich sah sie entgeistert an.

»Oh doch«, funkelte sie mich an. »Mir steht das Wasser bis zum Hals, und bei den andern hab ich's schon versucht, aber Clara hat bloß ihr popliges Gehalt, und Albert bleibt als Barmann in der Schwulenbar nur wenig übrig, weil er seinen Freund aushält. Tja, und da bleibst eben nur du übrig mit deinem glamourösen Beruf. Ich brauch die Knete. Dringend! Sonst …«

»Sonst was?« Mir wurden die Knie weich.

»Sonst erzähle ich denen, dass du damals einen Patienten umgebracht hast!«

»Ich wurde freigesprochen!«

»Aber nur aus Mangel an Beweisen!«

»Freigesprochen!«

»Wir werden ja sehen, wie deine Arbeitgeber das sehen. Ich will einen Job in deinem Atelier! Und ein gutes Gehalt!«

»Nur über meine Leiche!«, schrie ich und knallte meine Zimmertür hinter mir zu.

Der nächste Morgen brachte schönstes Inselwetter. Blauer Himmel, ein paar Wölkchen und ein frisches Lüftchen. Mir war aber gar nicht inselfröhlich zumute. Die halbe Nacht hatte ich schlaflos dagelegen und gegrübelt, wie ich Hedis Bedrohung entgehen könnte. Auch wenn ich alle von meiner Schuldlosigkeit überzeugen konnte, blieb das Gerücht an mir kleben. Hedi war ein boshaftes Aas, und selbst wenn ich ihr irgendwie beruflich weiterhalf, hing ihre Drohung ab jetzt wie ein Damoklesschwert über mir.

Aber ich hatte einen Plan.

Beim Frühstück hatte ich kaum Appetit und zerkrümelte nur eine Toastscheibe.

»Was ist denn?«, fragte Clara besorgt. »Du siehst ja total erschöpft aus. Weißt du was? Wir gehen nach dem Frühstück an den Strand, der ist gar nicht weit. Frau Rettich hat in weiser Voraussicht Strandkörbe gemietet, und da lassen wir es uns gut gehen.« Sie unterbrach sich, weil Babette und Hedi ins Esszimmer gestürmt kamen.

Ich registrierte ohne Überraschung, dass sie sich wieder mal ungefragt an meinem Kleiderschrank bedient hatten: Babette trug das Top, das ihr gestern schon so in die Augen gestochen hatte, und Hedi die Kitschrosa-Sneaker, die ich ihr gestern entrissen hatte. Aber sie konnte ja nicht ahnen, dass mir das heute sehr gut in den Kram passte.

»Gern«, wandte ich mich an Clara. Und »Super«, antwortete sie.

»Was ist super?«, wollte Babette sofort wissen, und Clara erzählte ihr von den Strandkörben. »Cool«, kreischte sie. »Hedi, da machen wir mit.«

Hedi warf mir einen scheelen Blick zu. »Na klar, alle Cousinen ins Körbchen.«

Tante Helene lächelte. »Wie schön, dass ihr euch wieder alle gut versteht.«

Was ziemlich übertrieben war, wenn man das verdrossene Gesicht von Detlev sah. Das entschwundene Erbe nagte wohl noch an ihm.

Hedi strahlte ihn an. »Weißt du, Detlev, so eine große Familie ist doch was Wunderbares! Alle helfen und unterstützen einander.«

»Genau«, kam es von Babette, von der allgemein bekannt war, dass sie noch nie in ihrem Leben jemandem geholfen oder jemanden unterstützt hatte.

Ich packte also mit aller Sorgfalt meine Strandtasche, das gehörte zu meinem Plan. Frau Rettich ging mit und wies uns unsere Körbe zu, einen für Clara und mich, einen für die Zwillinge und einen für die Jungs, von denen aber nur Albert und Detlev mitgekommen waren.

Wir richteten uns häuslich ein, cremten uns ein, suchten nach Sonnenbrillen und Lektüre, dann lehnten sich alle zurück und genossen die milde Brise. Das Meer rauschte in weiter Ferne, es war Ebbe.

Alle dösten. Irgendwann stand ich auf und wappnete mich. Babette war nirgends zu sehen, und Hedi lag leise schnarchend halb aufgerichtet auf ihrem Sitz. Ich beugte mich über sie und stieß zu. Getroffen. Dann lachte ich und sagte: »Natürlich kannst du sie haben«, und faltete die Zeitung auseinander und legte sie über ihr Gesicht, nachdem ich in der Höhe ihres Herzens noch ein Loch hineingestochen hatte. »Das ist ein ganz spannender Artikel.« Dann sagte ich noch: »Gern geschehen«, und »bis nachher im Eiscafé.«

Anschließend lief ich in Richtung Wasser, wobei ich tief durchatmete und mich ab und zu bückte und tat, als würde ich etwas aufheben und wieder fallen lassen, bis ich eine geeignete Stelle gefunden hatte und die eine Hälfte meiner Fadenschere aus der Hosentasche zog und tief in den Sand bohrte. Ein paar Meter weiter versenkte ich die zweite Hälfte. Die Schere hatte ich seinerzeit aus dem OP-Müll gerettet, und sie hatte mir beim Schneidern immer gute Dienste geleistet. So wie jetzt wieder. Dann wanderte ich gemächlich zurück und setzte mich zu Clara, die verträumt lächelte. Ich holte mein Buch hervor und wartete.

Es verging dann mindestens eine Stunde, bis Babettes Aufschrei alle aus dem Strandkorbkoma riss. »Hedi!«, brüllte sie. »Was ist mit dir? Du kannst doch nicht … oh, Gott, da ist ja Blut!«

Wir rannten zu ihrem Strandkorb, und da lag Hedi etwas zusammengesunken, und direkt unter ihrer linken Brust hatte sich ein roter Fleck ausgebreitet. Babette hielt immer noch entsetzt die Zeitung hoch, und sah aus, als würde sie gleich zusammenbrechen.

Ich stützte sie. Jemand telefonierte, die Polizei kam, war zunächst misstrauisch, dann aber plötzlich sehr eifrig. Ein Arzt kam und stellte die Todesursache fest, und weil es offensichtlich eine Gewalttat war, tauchten auch in weiße Plastikfräcke gekleidete Leute auf und untersuchten den Korb und die nähere Umgebung. Schließlich erschien ein sommerlich in zivil gekleideter Mann, der die Regie übernahm, sich als Hauptkommissar Vosskamp vorstellte und uns bat, mit ihm zum Polizeiposten zu kommen. Ein sympathischer Typ, der uns alle nacheinander verhörte. Clara und mich gemeinsam, weil wir die nächsten Strandkorbnachbarinnen waren und damit die wichtigsten Zeuginnen.

»Ich verstehe das nicht.« Ich sah ihn ratlos an. »Ich hab noch mit ihr geredet, und wir haben uns im Eiscafé verabredet. Dann hab ich einen Strandspaziergang gemacht und bin vor etwa einer Viertelstunde wiedergekommen.«

»Das stimmt«, bestätigte Clara. »Ich hab das genau gesehen.«

»Wie war denn insgesamt die Stimmung in Ihrer Familie?«

»Gestern Abend gab es reichlich Zoff, weil einige den Familienbetrieb verkaufen wollten und andere nicht. Meine Cousine hatte dazu eine sehr entschiedene Meinung.« Ich sah den Kommissar – pardon: Hauptkommissar – interessiert an. Er war wirklich sehr sympathisch.

»Gut, das erzählen Sie mir bitte genauer. Und zwar nacheinander, einzeln.«

Und so ging es weiter, alle gaben ihren Senf dazu.

Nachdem er Babette, Albert und Clemens ebenfalls ausgequetscht hatte, bat Herr Vosskamp mich wieder herein. »Sie sind also die Letzte, die mit Frau Engelbrecht gesprochen hat. Und Sie sagen, Ihnen ist nichts aufgefallen?«

»Nichts.« Ich hob bedauernd sie Hände. »Ich war bloß etwas überrascht, weil sie sich mal wieder an meinen Klamotten bedient hat und meine Sneaker anhatte.« Ich stockte. »Oh, mein Gott!«

»Was ist?«, fragte er erstaunt.

»Was, wenn das eine Verwechslung war? Wenn es jemand auf mich abgesehen hatte?«

Er starrte mich an. »Haben Sie Feinde?«

»Ich arbeite am Theater. Da liebt und hasst man wild durcheinander.« Ich barg mein Gesicht in den Händen. »Wie entsetzlich.«

Jetzt stöhnte er. »Oh Gott! Das weitet den Kreis der Verdächtigen ja unendlich aus!«

Tja, genau das war meine Absicht gewesen.

DIE PAAR PAARPROBLEME

Von Carmen Schmidt

Eines Morgens wachte ich auf und war 75.
»Herzlichen Glückwunsch zum Geburtstag. Dies ist ein Gutschein für eine Woche Langeoog, Du hast Dir die Erholung verdient.« Verblüfft stellte ich die Karte zurück an die Vase mit dem Rosenstrauß. Da hatte sich mein Gatte ja wirklich etwas Besonderes einfallen lassen. Die langgezogene Insel war seit Teenagertagen meine Lieblingsinsel. Damals wohnte ich mit einer Freundin und ihrer Mutter in der Jugendherberge, weitab vom Inseldorf. Die Jugendherberge war in diesem Jahr wegen Renovierungsarbeiten geschlossen, durch die Corona-Pandemie verzögerte sich der Umbau.

Wir wohnten in einem Hotel in der Nähe des Wasserturms. Ganz gegen seine sonstigen Gewohnheiten hatte mein Mann Vollpension gebucht. Er deckte sich schon morgens am Frühstücksbüfett reichlich ein, was mich noch mehr um seine Gesundheit fürchten ließ. Dietmar hatte im Laufe unserer langen Ehe die Statur eines Buddha angenommen, obwohl er früher nach der Arbeit regelmäßig Tennis spielte. Damals hielt sich seine Gewichtszunahme in Grenzen. In seinem jetzigen Rentnerleben waren Kochen und Essen seine großen Lieben. Er sah sich jede Kochsendung im Fernsehen an, Rainer Sass war sein Idol.

Manchmal sah ich ihn von der Seite an und überlegte, wie ich ihm schonend beibringen konnte, dass unsere gemeinsame Zeit zu Ende ging. Ich hatte nicht vor, den Rest meines Lebens vor dem Fernseher zu verbringen.

Schon bei früheren Urlauben hatte sich herausgestellt, dass er nicht gerne wanderte und schwamm. Diese Aktivitäten hasste er wie die Pest. Für ihn war Urlaub am Strand liegen, gut essen und Kurkonzerte hören.

Warum hatte ich ihn eigentlich geheiratet? Ich kannte Dietmar seit unserer gemeinsamen Studienzeit. Ich jobbte während der Semesterferien in der Wohnheimvermittlung des Studentenwerks. Dietmar erschien eines Tages und stellte einen Antrag auf Umzug in ein anderes Studentenwohnheim. Er erschien jeden Tag, bis mein Chef ein Veto einlegte.

Nach seinem Umzug in das Wohnheim an der Uni, in dem auch ich wohnte, rutschte ich immer mehr in diese Beziehung. Wie eine Spinne, die ihre Beute im Netz fängt, umgarnte er mich immer weiter. Ehe ich mich versah, schwebte ich mit einer Pfanne voll Bratkartoffeln von meinem Zimmer zu seinem.

Das Spinnennetz zog sich weiter zu. Er arbeitete mittlerweile an seiner Diplomarbeit, gab sein Zimmer auf und zog zu mir. Nun galten wir als festes Paar. Seine Lieblingssprüche »Liebe geht durch den Magen« und »Das Auge isst mit« nervten mich bald. Doch wir blieben zusammen. Nach der Studienzeit lebten wir zusammen, heirateten nach vier Jahren, bekamen zwei Kinder. Zum ersten Hochzeitstag schenkte er mir ein Bügelbrett. Oft telefonierte er mit Mutti, um mit ihr über seine Mahlzeiten zu sprechen.

Die Jahre plätscherten dahin. Nach zehn Jahren Ehe fiel mir die rosarote Brille von der Nase: Dietmar begann eine Affäre mit seiner Sekretärin.

Ich fiel aus allen Wolken, ließ mir aber nichts anmerken. Nachts lag ich wach neben meinem schnarchenden Gatten und begann darüber nachzudenken, wie ich ihn loswerden könnte. Leider entschied sich seine Geliebte nach einem Jahr Affäre gegen ihn, so dass aus einer sauberen Scheidung nichts wurde.

Nach dem Auszug der Kinder begann ich, über meine Ehe nachzudenken. Wir hatten uns auseinanderentwickelt, ich durch die Kinder nach links, er durch seinen Job nach rechts. Dietmar würde niemals in eine Trennung einwilligen, denn er hing sehr an seinem Geld. Er würde sich einschränken müssen und mir Steine in den Weg legen, wo er nur konnte. Ich fasste den Plan, ihn bei Gelegenheit sauber aus dem Weg zu räumen. Bei einem Urlaub im Harz erlag ich fast der Versuchung, ihn von einem Berg oder Hügel zu schubsen.

Doch mein Gewissen und plötzlich auftauchende Touristen retteten ihn vorerst.

Nun waren wir schon zwei Tage auf Langeoog. Hier gab es keine Berge, nur Wasser. Schon am ersten Tag, gleich nach der Ankunft, deckten wir uns im Inselladen mit dem Nötigsten ein. Dietmar kaufte sich ein Strandpiraten-Shirt, das bald darauf bedenklich zu spannen begann.

Er hatte Vollpension gebucht, von der er reichlich Gebrauch machte. Am Frühstücksbüffet deckte er sich ordentlich ein. Unser Hotel gefiel mir gut, vor allem die selbstgemalten Bilder an den Wänden, die vornehmlich Lale Andersen und Langeooger Motive zeigten. Als wir eincheckten, fragte ich die Hotelbesitzerin an der Rezeption nach dem Maler. »Die sind von meinem Mann«, erklärte sie stolz. Sie wirkte wie eine typische Friesin, blond, rote Wangen, etwas breite Hüften. Das Namensschild auf ihrem Jackett wies sie als Nele Martens aus. Ihr Mann verkörperte optisch das Gegenteil. Er war groß, dunkelhaarig mit ersten grauen Haarsträhnen und einer sehr angenehmen Stimme. Da hat er wohl Geld geheiratet, dachte ich. Warum auch nicht?

Während des Frühstücks fiel mir eine sehr elegante Frau am Nebentisch auf. Sie war schon morgens makellos frisiert und geschminkt. Die Dame sah südländisch aus, trug einen weißen Hosenanzug, aß vornehm, während der Mann unserer Hotelinhaberin um sie herumwieselte, um sie zu bedienen.

Als sie ihr Frühstück beendet hatte, wischte sie sich geziert den Mund ab und schritt kerzengerade an unserem Tisch vorbei. Dietmar starrte ihr bewundernd nach. »Mannomann«, murmelte er leise zwischen zwei Bissen. Laut sagte er: »Schatz, holst du mir noch Brötchen mit Aufschnitt? Du weißt doch, ich kann schlecht laufen.«

»Mannomann«, dachte ich und blickte in sein immer runder werdendes Gesicht. Laut sagte ich: »Aber gerne.«

Hatte ich ihn jemals richtig geliebt? Die erste Verliebtheit wich schnell, es kehrte die Gewohnheit ein. Ich musste mir eingestehen, dass ich große Leidenschaft für ihn nie empfunden hatte. Der letzte Rest Romantik verlor sich bald zwischen Windelnwechseln und Fläschchengeben.

Nach dem Frühstück zog sich Dietmar in den Tagesraum zurück, um seine Zeitungen zu lesen, ein weiteres Hobby von ihm. Er hatte mindestens vier Tageszeitungen abonniert, um immer von allen Seiten informiert zu werden.

Ich machte einen Spaziergang am Meer. Tief in Gedanken versunken schritt ich aus, feilte weiter an meinem Plan. Diese Art von Zusammenleben, die eher einer WG ähnelte, ertrug ich nicht mehr. Es musste doch auch im Alter noch etwas anderes geben.

Das Watt lockte zum Barfußlaufen und brachte mich auf eine Idee. Vielleicht konnte ich ihn zu einer Wattwanderung überreden. Wegen seiner schmerzenden Knie lief er nicht gerne, aber das hier war schließlich mein Geburtstagsgeschenk. Außerdem hatte sein Arzt ihm zu mehr Bewegung geraten. Man hörte doch immer wieder von Touristen, die von der Flut überrascht wurden. Im Gegensatz zu mir als ehemaliger Sportstudentin konnte Dietmar nicht gut und lange schwimmen.

Das wäre eine Möglichkeit.

Als ich zum Hotel zurückkehrte, hörte ich Stimmen aus dem Speisesaal. Ich erkannte sofort den sonoren Bass des Gatten unserer Hotelbesitzerin. Die andere Stimme war mir unbekannt.

Vorsichtig lugte ich um die Ecke, erblickte die elegante Dame in inniger Umarmung mit unserem Hotelmanager. Aha, daher wehte der Wind.

Ich zog mich zurück, lauschte weiter. »Johannes, hast du sie bald soweit? Ich bin die Heimlichtuerei satt.« Die Stimme der eleganten Dame kippte ins Schrille.

»Geduld, meine Liebe, so schnell geht das alles nicht. Ich brauche noch ein wenig Zeit.« Ihr Liebhaber versuchte, sie zu beruhigen.

Ihre Stimme wurde leiser. »Meine Mitinvestoren für die Apartmentanlage werden unruhig. So viel Zeit habe ich nicht mehr.«

»Wenn ich meine Frau zum Verkauf überredet habe, gehen wir nach München. Wenn du wüsstest, wie ich diese Insel und das Hotel hasse. Sand, Sand, Sonne, Sturm, Meer, nichts anderes. Es war damals ihre Idee, hierherzukommen und das Hotel ihrer Eltern zu übernehmen. Ich wäre gerne in München geblieben, um Kunst und Musik zu studieren. Nun muss ich von morgens bis abends freundlich zu den Hotelgästen sein, sie bedienen und immer nur lächeln. Manche erwarten hier einen 24-Stunden-Service.«

»Ach, Johannes, dass wir uns getroffen haben, ist wohl Schicksal. Als ich dein Profil im Internet sah, wusste ich sofort, dass du hier unglücklich bist. Du siehst zu gut aus und bist zu vielseitig begabt, um hier zu versauern.«

In meiner Vorstellung konnte ich sein geschmeicheltes Lächeln vor meinen Augen sehen. Er glaubte ihr aufs Wort. Sein gesunder Menschenverstand hatte ihn anscheinend kurzfristig verlassen. Diese Frau konnte an jedem Finger zehn Männer habe.

Ich hatte genug gehört und ging. Großes Theater. Die Dame und unser Hotelmanager schmiedeten einen Komplott. Sie umgarnte ihn, um an Geld vom Hotelverkauf zu kommen. Romance Scammer nannte man diese Menschen. Sie waren sehr charmant, machten Komplimente. Dabei versuchten sie, an möglichst viele Daten ihres Opfers zu kommen. Im Grunde interessierte sie nur ihr Geld. Ihre Profile im Internet waren meistens ohne Bilder und Hintergrund. Hier auf der Insel hätte ich so etwas nicht erwartet. Was würde passieren, wenn seine Frau nicht mit dem Verkauf und der Scheidung einverstanden wäre?

Mit dieser Frage im Kopf gehe ich auf unser Zimmer. Dietmar lag auf dem Bett, schnarchte vor sich hin. Mit geübtem Griff hielt ich ihm mit zwei Fingern die Nase zu und drehte ihn auf die Seite.

Nach dem üppigen Mittagessen starteten wir eine Kutschfahrt. Im Stadtinneren von Langeoog fand gerade das berühmte Entenrennen statt, eine Attraktion für die Touristinnen und Touristen. Zahlreiche Badeenten starteten zusammen. Man konnte darauf wetten, dass eine bestimmte Ente als erste, zweite oder dritte das Ziel erreicht. Den Gewinnern winkten stattliche Preise.

Nachdem wir eine Zeitlang zugesehen hatten, gingen wir in ein nettes Café zum Kaffeetrinken und um Friesentorte mit Pflaumenmus zu essen. »Seeluft macht hungrig«, murmelte Dietmar und stopfte sich Bissen um Bissen in den Mund. Er redete, schluckte, lachte während des Essens in einer Tour und amüsierte sich offensichtlich köstlich.

»Heute Abend ist eine Gesangsveranstaltung in unserem Hotel«, erzählte ich ihm.

»Nicht mit mir, ich singe nicht.«

»Aber zusehen können wir doch«, bat ich.

»Na, mal sehen«, brummte er und bestellte sich ein weiteres Stück Torte.

In unserem Hotel widmete er sich wieder seinen Zeitungen, während ich mein Buch weiterlas. Nach dem Abendessen legte sich Dietmar für ein Nickerchen hin. Ich frischte mein Make-up auf und ging nach unten.

Der Saal war voll besetzt. Auf der Bühne versuchte sich gerade eine Kellnerin an Lale Andersens »Lili Marleen«. Gestern kamen wir am Denkmal der Sängerin in der Nähe des Wasserturms vorbei, die auf Langeoog ein Haus besaß. Das Original klang natürlich besser, aber schlecht fand ich diese Darbietung nicht. Ich vermutete, dass sie jede Woche einen neuen Versuch startete.

Nach zwei weiteren Versionen dieses Liedes und einer guten Darbietung von »My way« unseres Hotelmanagers Johannes verlor ich die Lust am Zuhören. Er sah blendend aus in seinem Smoking. Seine Stimme klang geschult, aber für die großen Bühnen dieser Welt reichte sie nicht. Zu meinem Erstaunen hatte sich seine Frau auch in Schale geworfen. Sie trug ein blaues Abendkleid, war festlich frisiert. Mit dem Koch zusammen intonierte sie »I love you«, bei weitem die beste Vorstellung dieses Abends. Die beiden strahlten sich an und schienen sich gut zu verstehen. Nach einer schlechten Vorstellung von »Atemlos durch die Nacht« blieb auch mir die Luft weg. Ich ging in den Garten, um nachzudenken.

Den nächsten Tag verbrachten wir abwechselnd im Speisesaal und am Strand. Dabei wagte ich einen Vorstoß. »Wollen wir mal eine Wattwanderung machen? Das wird deinen Knien sicher guttun«, fragte ich Dietmar.

Er überlegte, meinte zögernd: »Eine geführte? Wie lange dauert die denn?«

»Nein, auf eigene Faust. Ich kenne mich mit den Gezeiten bestens aus. Dann können wir so lange wandern, wie du magst. Wenn es dir zu viel wird, kehren wir um. Das Geld für die Führung stecken wir lieber in Sanddornlikör und Friesentorte.«

Das Argument überzeugte ihn. »Na gut, da hast du Recht. Morgen nach dem Mittagessen brechen wir auf.«

Am nächsten Morgen schien die Sonne. Wir spazierten durchs Dorf, tätigten einige Einkäufe und kehrten gutgelaunt zurück. Vor unserem Hotel standen einige verstörte Gäste, ein Krankenwagen stand in der Auffahrt.

»Was ist passiert?«, fragte ich die Frau, die gestern Abend noch »Lili Marleen« gesungen hatte.

»Eine Frau ist in ihrem Zimmer gestorben, nachdem sie gegessen hatte«, schluchzte sie. »Der Arzt untersucht sie gerade.«

Mir schwante Böses. »Die Hotelbesitzerin?«, fragte ich.

»Nein, einer unserer Gäste. Sie kennen sie bestimmt vom Sehen, sehr elegant und vornehm. Eigentlich passt sie gar nicht auf die Insel.«

»Was hat sie denn gegessen?«

»Nudeln mit grüner Pestosauce und Tomatensalat mit Basilikum. Danach stand sie auf. Mir ist schwindelig und übel, sagte sie. Ich lege mich ein bisschen hin.«

Wir gingen hinein. Ich war schockiert. Wieso die elegante Dame und nicht die Hotelbesitzerin? Da musste etwas schiefgelaufen sein.

Der Inselarzt und die Hotelbesitzerin kamen uns entgegen. »Ich stelle den Totenschein aus. Die Leiche lasse ich obduzieren. Ich glaube nicht, dass sie eines natürlichen Todes gestorben ist. Dahinter steckt mehr. Ich tippe auf eine Vergiftung, aber da will ich mich nicht festlegen.«

Natürlich spitzte ich die Ohren. Eine Vergiftung wahrscheinlich, aber wo lag das Motiv? Wer könnte aus ihrem Tod einen Vorteil ziehen?

Nachts im Bett konnte ich nicht zu Ruhe kommen. Mein Gatte schnarchte bereits selig neben mir. Leise zog ich mich an und schlich zum Fahrstuhl. Mich zog es in die Rezeption.

Als ich den Fahrstuhl verließ, hörte ich Stimmen hinter der geschlossenen Küchentür. Ich erkannte die Stimme des Kochs und die Nele Martens. Vorsichtig pirschte ich mich an die Tür und lauschte. »Soweit hätte es nicht kommen dürfen«, flüsterte Nele. »Was ist, wenn der Pathologe Rückstände in ihrem Blut findet?«

»Sei unbesorgt, Schatz, das wird er nicht.«

»Was macht dich da so sicher?«

»Er wird auf Herzinfarkt tippen.«

»Was du alles weißt.«

Ich hörte Bewunderung in ihrer Stimme. Der Koch und die Chefin.

Ein anderes Pärchen mit anderen Motiven.

Plötzlich ging die Tür auf. Ich sprintete an die Rezeption.

Die Hotelbesitzerin erschien. »Was kann ich für Sie tun?«, fragte sie freundlich.

»Ich brauche eine Kopfschmerztablette. Leider habe ich meine zu Hause vergessen.« Etwas anderes fiel mir so schnell nicht ein.

»Aber gerne.« Sie ging in den Nebenraum und erschien mit einer Packung. »Nehmen Sie die doch mit«, schlug sie vor. »Ich habe auch öfter Kopfschmerzen und kenne das Problem. Gute Besserung und angenehme Nachtruhe.«

Dass sie öfter von Kopfschmerzen geplagt wurde, konnte ich mir lebhaft vorstellen. Ich bedankte mich und ging nach oben.

Während ich mich weiter unruhig hin und her wälzte, gingen mir verschiedene Gedanken durch den Kopf. Zwei tote Gäste innerhalb kurzer Zeit würde die Polizei misstrauisch werden lassen. Also musste ich meinen Plan bis auf weiteres verschieben.

Als ich endlich einnickte, regte sich mein Gatte neben mir und verschwand auf die Toilette. Seine nächtlichen Toilettengänge störten mich gewaltig, aber dafür konnte er nichts. Wie viele Frauen in meinem Alter hatte auch ich nach vielen Getränken mit häufigen Toilettenbesuchen zu kämpfen. Zu Hause besaßen wir zwei Bäder, zwei Toiletten, zwei Schlafzimmer. Da fiel dieser Faktor nicht weiter ins Gewicht.

Am nächsten Morgen machten wir unsere geplante Wattwanderung, allerdings geführt. Ich wollte mir in Ruhe meinen nächsten Schritt überlegen.

Als wir zurückkehrten, war die Polizei im Hotel. Die beiden Kommissare befragten jeden Hotelgast. Die meisten befanden sich während der Tatzeit nicht im Hotel, waren schwimmen oder im Ort. Das elegante Opfer war allen aufgefallen, aber niemand kannte die Dame näher.

Auch Dietmar und ich wurden befragt. »Mir ist die Frau schon aufgefallen. Sie war eine außergewöhnliche Erscheinung, passte irgendwie gar nicht auf diese Insel. Wie ist sie denn ums Leben gekommen?«, fragte ich Kommissar Jensen.

Er war groß, braungebrannt, sportlich. Wahrscheinlich war er hier aufgewachsen, seit etlichen Jahren Polizist auf der Insel. Ein echter Friesenjunge. Mir fiel auf, dass er nervös mit seinen Fingern spielte. »Dazu kann ich beim jetzigen Stand der Ermittlungen nichts sagen«, erklärte er. »Wir müssen allen Spuren nachgehen, die sich bisher ergaben.«

Ich nickte. »An ihrem Todestag habe ich sie nur morgens gesehen. Danach haben mein Mann und ich etwas unternommen, eine Wattwanderung. Sehr interessant.«

Der Polizist nickte, hakte meinen Namen auf seiner Liste ab und stand auf. »Halten Sie sich bitte zu unserer Verfügung. Wenn wir noch weitere Fragen haben, kommen wir auf Sie zu.«

Ich verließ den Raum mit einem unangenehmen Bauchgefühl. Hätte ich ihm von meinen Beobachtungen erzählen sollen? Irgendetwas hielt mich davon ab.

Auch in der nächsten Nacht schwirrten meine Gedanken um den Mord. Wer hätte das stärkste Motiv? Die Hotelbesitzerin, aber erstens traute ich ihr keinen Mord zu, zweitens wusste ich nicht, ob sie von der Affäre ihres Mannes ahnte.

Leise stand ich auf und verließ das Zimmer. Ich schlich durch die Gänge zur Küche, öffnete behutsam die Tür und sah mich um. Sie war blitzsauber, alles stand geordnet an seinem Platz. Irgendwie hatte ich das Gefühl, hier den Schlüssel zum Mordfall zu finden. Niemand kippte während einer Mahlzeit einfach vom Stuhl. Was hatte die Liebschaft unseres Hotelmanagers gegessen? Nudeln mit grüner Pestosauce, Tomatensalat mit Basilikum. Ich durchsuchte alles, zum Schluss den Mülleimer. Ganz unten fand ich ein Döschen mit getrockneten grünen Blättern. Sie sahen aus wie Basilikum, rochen aber neutral, nach gar nichts. Bärlauch konnte es nicht sein, denn ich roch keinen Knoblauch. Ich nahm die Dose an mich und ging wieder nach oben. Das Döschen versteckte ich in meinem Nachttisch.

Am nächsten Morgen sah ich beim Frühstück, wie die Putzfrau den Müll in die Tonne brachte. Anscheinend hatte ich Glück gehabt. Der Müll wurde heute abtransportiert.

In unserem Zimmer nahm ich das Döschen aus der Schublade und sah die Blätter gedankenverloren an. Sollte ich die Polizei über meinen Fund informieren? Das würde ein schlechtes Licht auf mich werfen. Niemand wühlte ohne Grund in fremden Mülleimern. Ich nahm zwei Blätter heraus und legte sie zwischen die Seiten meines Krimis. Später würde ich versuchen, herauszufinden, was es damit auf sich hatte.

Dann ging ich nach unten, wo die Polizei weiter die anderen Gäste befragte. Seit kurzem verfügte Langeoog über zwei Inselpolizisten. Dietmar hatte es sich im Salon mit seinen Zeitungen gemütlich gemacht.

Ich beschloss, einen Strandspaziergang zu machen um die Lage zu überdenken. Versonnen hob ich eine Muschel auf, die ich mit nach Hause nehmen wollte. Wer konnte mir etwas Genaueres über die grünen Blätter sagen?

Nach zwei Stunden kehrte ich zurück. Dietmar saß in unserem Zimmer. Er röchelte seltsam, sah schlecht aus. Rang nach Atem. »Was ist?«, fragte ich erschrocken. Er deutete stumm auf den Teller vor ihm. Da lag ein angebissenes Brötchen mit Krabben, garniert mit den Blättern meines grünen Funds. Der Krimi lag auf dem Fußboden. Vermutlich hatte mein Mann etwas gesucht, war gegen das Buch gestoßen, die Blätter waren heruasgefallen. Er hatte sie für ein Gewürz gehalten. »Das Auge isst mit«, hatte er wohl gedacht. Nun ging es ihm schlecht. Plötzlich rappelte er sich auf, wankte zum Bett, legte sich hin. Er röchelte vor sich hin, schien Atemnot zu verspüren.

Nun musste ich handeln. Ich konnte ihn nicht einfach so liegenlassen und hoffen, dass er sich beruhigte. Ich rannte nach unten und bat die Chefin, so schnell wie möglich den Arzt zu rufen. Sie nahm sofort den Telefonhörer und wählte.

Zehn Minuten später betrat der Arzt unser Zimmer. Er untersuchte meinen Gatten gründlich. »Es ist gut, dass Sie mich gerufen haben. Er muss ins Krankenhaus. Was hat er gegessen?«, fragte er.

Ich zeigte ihm das angebissene Brötchen mit den grünen Blättern.

»Was ist das?«

»Ich weiß nicht. Ich habe es für getrockneten Basilikum gehalten, aber das war wohl ein Irrtum.«

»Wir werden das Zeug untersuchen. Packen Sie bitte ein paar Sachen zusammen. Ihr Mann bleibt zur Beobachtung eine Nacht im Krankenhaus. Morgen früh kommen Sie bitte vorbei, dann wissen wir mehr.«

Er packte seine Tasche und wartete mit mir zusammen auf die Rettungssanitäter. »Er braucht ein Gegengift«, instruierte er die Rettungskräfte. »Scheint sich um eine Vergiftung zu handeln.«

Die Sanitäter packten die Reste des Brötchens mit den grünen Blättern und die Tasche mit seinen Sachen ein.

»Soll ich mitfahren?«, fragte ich.

»Sie bleiben hier. Wir rufen Sie an, wenn wir Genaueres wissen. Im Moment können Sie nichts für ihn tun.«

Dietmar wurde auf eine Bahre gelegt und abtransportiert. Er war immer noch nicht ansprechbar.

Als alle gegangen waren, sank ich ratlos in einen Sessel. Was sollte ich machen? Man würde mich fragen, woher die grünen Blätter stammten. Dann musste ich mit der Wahrheit herausrücken. Sollte ich mich schon vorher der Polizei anvertrauen? Ich beschloss abzuwarten.

Am nächsten Morgen rief ich das Krankenhaus an. Mein Mann war wieder bei Bewusstsein.

»Wir haben die grünen Blätter untersucht. Es waren getrocknete Blätter des Maiglöckchens. Schon zwei Blätter davon können tödlich sein. Er hat großes Glück gehabt, dass Sie ihn kurz nach dem Verzehr fanden und uns alarmierten. Wie ist er denn darauf gekommen, ein Brötchen damit zu essen?«, fragte der Arzt.

Ich schwieg und holte Dietmar ab.

Er wirkte blass und mitgenommen. »Das war knapp. Zum Glück habe ich eine Lebensversicherung für dich abgeschlossen«, sagte er mit mattem Lächeln. »Woher stammen diese grünen Blätter?«

Wieder schwieg ich. Wider Willen tat er mir leid, ich war gerührt über seine Fürsorge. Wir waren gegen alles Mögliche versichert.

Beim Mittagessen bediente unser Hotelchef wie gewöhnlich die Gäste. Als er damit fertig war, richtete er das Wort an uns. »Ich hoffe, Sie lassen sich durch die Vorkommnisse nicht abschrecken. Die Polizei wird alles aufklären, seien Sie unbesorgt. Genießen Sie weiterhin Ihren Urlaub.« Nach außen hin wirkte er gefasst, wie es in ihm aussah, wusste nur er. Seine geplante Zukunft hatte sich in Luft aufgelöst. Aber vielleicht war er der Mörder, weil er hinter die Machenschaften der Romance scammer gekommen war. Rache war immer ein Motiv für Morde.

Ich schwieg wieder, dachte mir meinen Teil. Die Polizei würde mich nach den grünen Blättern fragen, dann musste ich auspacken. Sollte ich dem netten Polizisten erzählen, was ich gehört und gesehen hatte? Ich würde mich strafbar machen, wenn ich mein Wissen nicht mitteilte. Diese Fragen beschäftigten mich während des Tages. Nach außen hin ließ ich mir nichts anmerken, spielte weiterhin die liebevolle Gattin und den unbesorgten Feriengast.

Aber innerlich konnte ich nicht zur Ruhe kommen. Sollte ich die Polizei einweihen oder nicht? Ich erwog alle Eventualitäten, konnte mich aber nicht entschließen, etwas in Angriff zu nehmen.

Es war klar, dass der Koch und die Hotelchefin unter einer Decke steckten.

Die Entscheidung wurde mir abgenommen. Einer der Inselkommissare erschien und bat mich um ein Gespräch unter vier Augen. »Woher haben Sie die getrockneten Maiglöckchenblätter? Sie müssen mir jetzt die Wahrheit sagen, sonst bekommen Sie massive Schwierigkeiten. Hier geht es um die Aufklärung eines Mordes. Jeder, der wissentlich etwas verschweigt, macht sich strafbar. Wir haben inzwischen das Zimmer der Getöteten untersucht. Sie besaß verschiedene Pässe mit unterschiedlichen Namen. Ihr richtiger Name war Bianca Romani. Sie wurde steckbrieflich gesucht wegen Betruges.« Seine Stimme klang eindringlich.

Ich nickte, dann erzählte ich ihm alles, was ich wusste.

Er stand auf. »Wir suchen gemeinsam den Koch auf. Kommen Sie.«

Ich folgte ihm zur Rezeption.

Unsere Hotelchefin erblasste, als der Polizist nach der Zimmernummer des Kochs fragte. Aber sie war gezwungen, mitzuspielen.

Aus dem Zimmer des Kochs klang italienische Opernmusik. Er sang laut mit. Wir mussten dreimal klopfen, ehe er uns hörte und die Tür öffnete. Auf seinem Bett erblickten wir einen großen Koffer, in den er gerade einige Sachen gepackt hatte.

»Sie wollen verreisen?«, fragte der Kommissar.

Er nickte. »Ich möchte mich einige Tage erholen.«

Die Chefin erhob ihre Stimme. »Du hast keinen Urlaub eingereicht, bist noch nicht lange genug bei uns für Urlaub. Wir sind mitten in der Hochsaison, da gibt es keinen Urlaub«, sagte sie laut.

Er schwieg. »Ich wäre gleich zu dir gekommen, um dir einiges zu erklären und die Vertretung zu regeln«, meinte er dann.

»Daraus wird vorerst nichts. Ich muss Sie bitten, mich auf das Revier zu begleiten«, erklärte der Inselpolizist.

»Warum?«

»Wir haben einige Fragen wegen des Todesfalls im Hotel mit Ihnen zu klären.«

»Damit habe ich nichts zu tun.« Seine Stimme klang trotzig.

»Das wird sich herausstellen.«

»Sie können mir nichts beweisen.« Beim Hinausgehen wandte er sich an seine Chefin: »Sei unbesorgt. Es wird sich alles aufklären. Dir wird nichts geschehen.«

Jensen sah mich an. »Sie kommen mit.«

Zu dritt stiegen wir in das Polizeiauto. Auf dem Revier nahm der zweite Inselpolizist dem Koch und mir Fingerabdrücke ab und unsere Personalien auf.

»Emilio Romani«, sagte der Koch und streckte bereitwillig seine Hand hin.

Kommissar Jensen stutzte. »Romani? Sind Sie mit der Toten verwandt?«

Emilio zuckte die Schultern und schwieg.

Während wir im Verhörzimmer warteten, sprach niemand ein Wort. Nach zehn Minuten streckte der zweite Polizist den Kopf durch die Tür. »Wir haben keine Fingerabdrücke von Emilio Romani an der Dose gefunden«, sagte er.

Jensen nickte. »Sie können gehen, aber seien Sie sicher, dass wir das Hotel und vor allem Ihr Zimmer gründlich untersuchen werden. Sie sind nach wie vor einer der Hauptverdächtigen in diesem Mordfall.«

Der Koch stand auf. »Natürlich haben Sie nichts gefunden. In der Küche trage ich immer Handschuhe.«

Wir sahen ihn schweigend an.

Plötzlich wurde ihm bewusst, was er gesagt hatte. Er erblasste, holte tief Luft und legte los: »Jetzt ist eh alles zu spät. Ja, Bianca und ich waren verheiratet.«

Der Polizist pfiff durch die Zähne. »Ach, so ist das. Sie waren ein Paar, das anderen die große Liebe vorgaukelte, um an ihr Geld zu kommen.«

»Meistens funktionierte das gut. Wir hatten es auf das Hotel abgesehen und beabsichtigten, beide Ehepartner zur Scheidung zu drängen. Danach wollten wir uns das Hotel unter den Nagel reißen und mit dem Geld ein Restaurant in Italien aufmachen. Es war uns egal, dass wir damit die zurückgebliebenen Ehegatten in erhebliche Schwierigkeiten brachten. Aber dann verliebte ich mich in meine Chefin, die Probleme begannen. Liebe verändert vieles. Ich begann, mich für meine vorherigen Taten zu schämen. Bianca hielt an unserem Plan fest, ich wollte mit Nele ein neues Leben beginnen. Mir gefiel es hier auf der Insel. Für ihren Mann würden wir sicher eine faire Lösung finden. Bisher hatte ich mich mit meiner Frau gut verstanden, nun stand sie mir zunehmend im Wege. Ich sah sie plötzlich mit anderen Augen. Sie benutzte Männer für ihre Zwecke, ohne Rücksicht auf Verluste. Sie erschien mir plötzlich kalt und berechnend, war zu echter Liebe gar nicht fähig. Das genaue Gegenteil von Nele. Bianca nahm, Nele gab. Bianca ging für ihre Ziele über Leichen, Nele konnte keiner Fliege etwas zu Leide tun. Mein geheimer Plan nahm immer weitere Formen an. Ich konnte und wollte nicht zulassen, dass man Nele um ihr Hotel bringt. Sie wusste nichts von meinem Vorhaben. Leider habe ich die Dose nicht gleich entfernt, denn ich rechnete nicht damit, dass jemand den Müll durchwühlte. Und wenn schon, in der Küche trage ich Handschuhe. Man würde mir nichts nachweisen können. Aber ich bin die ewige Lügerei satt. Mit dieser Schuld kann man kein neues Leben beginnen. Ich werde dafür büßen müssen. Wie sind Sie überhaupt auf die Idee gekommen, in der Küche zu suchen?«

Ich schwieg, schlug die Augen nieder. Dann erwiderte ich leise: »Ich schreibe Kurzkrimis, der Fall erweckte meine Neugier. Ich hatte vorher so einiges gehört. Nun stecke ich als Zeugin mittendrin.«

Jensen erschien und fasste Emilio am Arm. »Wir nehmen Sie jetzt in Untersuchungshaft. Wollen Sie noch einmal zurück ins Hotel, um einige Sachen zusammenzupacken und sich von Ihrer Chefin zu verabschieden?«

Emilio schüttelte den Kopf. »Das möchte ich Nele ersparen. Sie hat genug durchgemacht. Ich habe soeben ein Geständnis abgelegt. Für meine Tat werde ich büßen. Richten Sie bitte Nele aus, dass ich Ihren Besuch erwarte.«

Nachdenklich ging ich ins Hotel zurück. Mir wurde bewusst, was die Liebe aus einem Menschen machen konnte, im Guten wie im Bösen.

Vielleicht konnte man auch für unsere Probleme eine Lösung finden. Eine zweite Chance verdient jeder. Andererseits: Aufgeschoben ist nicht aufgehoben.

DIE KUNST DES OSTFRIESISCHEN RADFAHRENS

von Manfred C. Schmidt

Nun war es endlich soweit. Ich hatte dem Drängen meiner Freunde nachgegeben und endlich das Vorhaben zur Gründung einer Detektei in Angriff genommen. Den Namen »Schnüffelstück«, der eigentlich so bescheuert war, dass er schon wieder gut ist, hatte ich vor allem Carmen Sutra zu Liebe beibehalten. Er passte auch gut auf das Klingel- und Reklameschild, so dass ich meinen eigenen Namen Ole Knade gar nicht dazuschreiben musste: Detektei Schnüffelstück.

Nun wartete ich am heutigen Vormittag in meinem Arbeitszimmer auf Kundschaft, das Fenster im Rücken, die Füße auf dem Schreibtisch. Das Studium der Zeitung brachte nur wenig Neues, bis auf meine Eröffnungsanzeige, sodass ich im bequemen Bürosessel fast eingeschlafen wäre. Ich hatte mich schon auf einen beschäftigungslosen Tag eingestellt, als es tatsächlich klingelte. Die Kamera an der Eingangstür schickte Bilder eines großgewachsenen Mannes, der nervös über seine Schulter blickte und ungeduldig von einem Bein auf das andere trat. Er schien mit dem Fahrrad gekommen zu sein, wie die reflektierenden Hosenklammern verrieten.

Ich zählte bis zehn und betätigte den elektrischen Türöffner.

»Moin!« Mit ausgestreckter Hand bot ich einen Stuhl an. »Was kann ich für Sie tun?«

»Also«, er machte eine Pause, holte tief Luft und atmete hörbar aus, »also, ich habe einen kleinen Auftrag für Sie, äh … hm, allerdings würden wir beziehungsweise ich gerne anonym bleiben.«

Das kannte ich aus meinen eigenen, sagen wir mal, halb legalen Tätigkeiten, bei denen es mir äußerst wichtig schien, keine Namen zu nennen. »Sie können auf höchste Diskretion bei mir und meinen Mitarbeitern zählen«, entgegnete ich kurz.

»Super, allerdings müssten wir«, wieder dieses Räuspern von Arno Nühm, wie ich mein Gegenüber nun der Einfachheit halber nannte, »hä … hm, noch über die Entlohnung, also Ihre Gage reden … da könnte es noch ein Problem …«

»Das bekommen wir schon hin«, unterbrach ich, da ich unseren ersten Auftrag nicht gefährden wollte, vielleicht etwas zu voreilig, wie sich später herausstellte. »Reden wir zuerst einmal über Ihr Anliegen, und dann sehen wir weiter, ob wir überhaupt noch Kapazitäten frei haben.« Dass in meinem Terminkalender gähnende Leere herrschte, musste ich unserem Besucher nicht unbedingt unter die Nase binden. »Erzählen Sie doch, worum es geht, dann kann ich besser einschätzen, ob wir Ihr Anliegen gegebenenfalls noch dazwischenschieben können.«

Etwas zögerlich, doch dann sehr stringent erzählte Arno Nühm, dass es in der letzten Zeit vermehrt zu Problemen in der Radfahrerszene gekommen sei, wie er sich ausdrückte, teilweise sogar mit Todesfolge. Das würde kein gutes Licht auf den hiesigen Tourismus werfen, was wiederum starke Einbußen auf die Einnahmen zur Folge hätte. »Zu meiner Person kann ich Ihnen leider nichts sagen«, fuhr er fort, »lediglich so viel, dass ich bei einer Behörde des Landkreises arbeite, die für die Sicherheit der Bürger und somit auch der Touristen verantwortlich ist.«

Ich hatte den Verdacht, er wäre ein Zugezogener, klang doch bei seiner Aussprache ein leicht süddeutscher, wenn nicht gar bayrischer Akzent mit. »Und warum kommen Sie damit zu mir?«, warf ich ein.

»Personalnot! Wir kommen insgesamt bei der Bewältigung unserer Aufgaben nicht mehr hinterher. Daher wurde beschlossen, bestimmte Bereiche auszugliedern, Stichwort Outsourcing. Das soll natürlich nicht an die Öffentlichkeit gelangen. Wir möchten die Bürger nicht unnötig verunsichern.«

»Verstehe«, sagte ich. Vor allem, weil Wahlen vor der Tür stehen, fügte ich in Gedanken hinzu. »Welche Informationen benötigen Sie denn von mir, was ist meine Aufgabe?«

»Hier ist eine regionale Radwegekarte, auf der die Problemstellen, teilweise mit Todesfolge, aufgezeichnet sind. Vor Ort stehen realiter auch eindeutige Kennzeichen, vergleichbar mit den signalroten Dreibeinen bei Wildunfällen. Wir konnten bislang die exakten Gründe für die Verkehrsunfälle nicht ermitteln. Wenn man die nicht kennt, kann man auch keine Abhilfe schaffen, nicht wahr.«

»Okay«, sagte ich, »verständlich!«

Einen etwas bitteren Beigeschmack erhielten nun allerdings doch die folgenden Ausführungen meines Gegenübers beim Thema Gage. Eine pekuniäre Vergütung sei wegen der klammen Haushaltskasse nicht möglich. »Wir haben eher an, sagen wir mal, unbürokratische Vergünstigungen gedacht«, sagte der Behördenvertreter Arno Nühm, der mir zunehmend unsympathischer wurde. »Mit der äußerst kurzfristigen Bearbeitung der Unterlagen und der Genehmigung Ihrer Detektei sind wir sozusagen bereits in Vorleistung gegangen, außerdem wurden etliche Gebühren und Auflagen erlassen.« Er lächelte süffisant und machte eine Pause, als erwarte er überschwänglichen Beifall. Beiläufig zog er einen Umschlag aus dem Mantel. »Diese unbürokratischen Hilfen können natürlich auch wieder rückgängig gemacht werden.« Wollte dieser mickrige Wicht mich etwa erpressen? »Wir ringen uns im Erfolgsfall durch, geldwertgleiche Leistungen, die durch den reziproken Wert des Preisniveaus – also des Preisdurchschnitts bestimmter Sachgüter und Dienstleistungen – gemessen wird, zu gewähren beziehungsweise zu erbringen. Das heißt auf gut Deutsch: In diesem Umschlag sind verschiedene Blanko-Freistellungen, zum Beispiel für Knöllchen beim Falschparken, Geschwindigkeitsüberschreitungen, Abfallgebührenbefreiungen, Pommes Schranke beim Imbiss ›Tante Meyer‹, fünf Liter Freibier mit Karussellfreifahrten beim Esenser Schützenfest, Prüllkerplatte, Probetraining Muckibude, etcetera perge pergelat.«

Mir schwoll der Hals an. Was war das hier, ein Tauschhandel?

»Wie gesagt, das muss alles unter uns bleiben! Dieses Gespräch hat nie stattgefunden, wenn Sie verstehen, was ich meine.« Arno Nühm setzte erneut sein selbstgefällig-schmieriges Lächeln auf, mit dem er mir zu verstehen geben wollte, dass er mich im Sack hatte. Zufrieden lehnte sich der Sesselfurzer zurück, ohne zu ahnen, dass meine Mitarbeiterin Carmen Sutra im Nebenzimmer die versteckte Videokamera im Aktenschrank eingeschaltet hatte, die gestochen scharfe Bilder lieferte.

Wir vereinbarten einen weiteren Termin, bei dem die entsprechenden Infos geliefert werden sollten, wobei ich freilich noch unschlüssig überlegte, was passieren müsste, damit der feine Herr diesen gar nicht mehr wahrnehmen könnte.

Kurz darauf verließ er das Haus und fuhr pfeifend mit dem Rad davon.

»Was für ein schmieriger Typ.« Carmen kam ins Zimmer gerauscht. »Ich kann solche Schmierlappen nicht ausstehen.«

»Ich auch nicht«, entgegnete ich. »Aber lass uns das doch zunächst einmal sacken lassen, an die frische Luft gehen und mit dem Rad am Kajedeich entlang nach Bensersiel fahren. Der Typ hat Schwerpunkte der Unfälle auf der Karte eingezeichnet. Dann kann ich gleich mein neues E-Bike ausprobieren.«

Carmen war einverstanden, bat mich aber, bei dieser Gelegenheit etwas Werkzeug mitzunehmen, da ihr E-Bike komische Geräusche von sich gebe. Das tat ich, zusätzlich griff ich nach einer Spraydose mit Multifunktionsöl für alle Fälle und packte auch noch Bier in grünen Flaschen in die Fahrradtasche. Danach verabredete ich mich telefonisch mit meinen Freunden und Gelegenheitsmitarbeitern Jann Janssen, Cornelius Cornelius und Freerk Freerksen in Bensersiel.

Carmen und ich fuhren querfeldein, um nicht gänzlich an der vielbefahrenen Bensersieler Straße radeln zu müssen, bogen in die Straße Armenland ein und nahmen etwa nach Dreiviertel der Strecke einen schmalen Weg an einer mit Binsen übersäten Kuhweide vorbei. Kurz darauf ging es um das wunderschön auf einer denkmalgeschützten Warft gelegene Hayungshaus herum, danach über den Ostfriesland-Wanderweg und durch ein Geländer an einer steilen, schrägen Schotterstrecke auf den höhergelegenen Kajedeich. Der Radweg auf dem Damm war knapp 1,50 Meter breit und fiel auf der linken Seite etliche Meter abschüssig zum breiten Kanal *Benser Tief* ab, auf der rechten ebenso schräg abwärts zum Entwässerungssystem mit dem Wolderwasserzug und der Fischbecksleide.

Oben auf der befahrbaren Spur in Richtung Bensersiel ging es zu wie auf der vielbefahrenen Autobahnstrecke Oberhausen–Kaiserstuhl, nur dass sich hier Fußgänger und Radfahrer begegneten.

Uns blies ein böiger Wind entgegen.

Plötzlich hörte ich ein Geräusch. »Dein Schutzblech klappert!«, rief ich Carmen hinterher.

»Was?«, fragte sie zurück.

»Dein Schutzblech klappert!«

»Wie bitte, Ole? Ich versteh dich nicht! Mein Schutzblech klappert!«

Wir hielten auf halber Strecke nach Bensersiel gegenüber dem Schöpfwerk *Neue Dilft* an, das am anderen Ufer des *Benser Tiefs* liegt, wobei wir stürmisches Klingeln ernteten, da wir die Geschwindigkeit verringern mussten, um abzusteigen.

»Luschen, Penner, Rentner« waren noch die mildesten Beleidigungen, die wir uns anhören mussten.

Ich setzte mein Bike an die Seite und versuchte, mit einem sogenannten Zehnlochknochen und einem Ring-Inbusschlüssel für Innensechskantschrauben bewaffnet, Carmens Schutzblech festzuschrauben. Dabei musste ich mit einer halben Fußbreite auf den Radweg treten, als ein Mitvierziger mit den Worten: »Weg da, du Opfer!«, brüllend an mir vorbeiraste. Er war kaum fünf Meter weit gekommen, als ihn mein metallener Werkzeug-Knochen am Hinterkopf zwischen die Ohren traf, woraufhin er ins Trudeln geriet, den Abhang zum *Benser Tief* hinunterraste und beim abrupten Aufprall an der Uferkante über den Lenker ins Wasser fiel. Mit dem Gesicht im Wasser zog ihn die Strömung fort, während das Fahrrad blubbernd im Kanal verschwand.

Auf die nächste Nerverei vorbereitet hatte meine Faust bereits ausgeholt, die ich allerdings wieder sinken ließ, als ein Bayer ganz langsam und gemütlich heranfuhr und den Vorfall lapidar mit den Worten kommentierte: »Jo mei. Bressiad's da? Des is ghupft wia gsprunga, so an Depp! Da legst di nieda.« Ohne sich weiter zu kümmern, fuhr er weiter.

Carmen Sutra und ich setzten unsere Fahrt ebenfalls fort. Ein entgegenkommender Bekannter grüßte mit einem einfachen »Moin!«, was wir freundlich erwiderten. Nach wenigen Minuten trafen wir auf ein Rudel marodierender Fußgänger. Um sie zu passieren, klingelte ich.

»Müssen Sie uns so erschrecken?«, beschwerte sich der Letzte der wandernden Gruppe, um dann ganz langsam und provokant zur Seite zu treten.

»Ich kann dir auch in die Hacken fahren, wenn das angenehmer ist«, entgegnete ich nicht minder aggressiv, weil ich meine Fahrt stark abbremsen musste. Mir war unverständlich, warum diese Menschen so schlechte Laune hatten, waren sie doch hier, um erholsamen Urlaub zu machen. Kaum regnete es einmal sechs Wochen lang, schon ging die Stimmung in den Keller.

Zwei Minuten später überholten wir den gutgelaunten Bayern, der fröhlich pfeifend den Tag genoss und freundlich sagte: »Griaß Gott!«

»Jo, mach ich«, sagte ich beim Vorbeifahren, »wenn ich ihn sehe.«

Fünfzig Meter weiter sah ich zwei Menschen mit Nordic-Walking-Stöcken. Als ich näherkam, kündigte ich dem Paar unser Kommen an und rief: »Vorsicht, bitte!«

»Haben Sie keine Klingel?« Wütend drehte der Mann sich zu uns um. »Hier ist rechts vor links«, fügte er hinzu, obwohl es hier gar keine Kreuzung gab.

»Hol blot dien Schnut, du Touri!«, raunzte ich auf Plattdeutsch zurück. Ich war mittlerweile auf 180, denn ich sah schon das nächste Hindernis auf uns zu rollen.

Ein sichtlich ungeübtes Rentnerehepaar – er zehn Meter voraus, sie gebeugt dahinter – steuerte in Überbreite, was nicht nur an ihrer Körperfülle, sondern auch an den überdimensionalen Lenkern mit ausladenden Rückspiegeln lag, gefährlich wackelnd auf uns zu. Ich atmete erleichtert tief aus, als sie ohne Zusammenstoß an uns vorbeitrudelten. 50 Euro würde ich darauf wetten, dass sie in ihrem grellgestreiften, gelben Partnerlook aus Ballonseidejacken, den windschnittigen Helmen, Fahrradhandschuhen und vor allem den schnellen, neu angeschafften und ungewohnten E-Bikes nicht unverletzt die Esenser Innenstadt erreichen würden.

Gleich darauf versperrte eine zweifache Hundebesitzerin die Durchfahrt, indem sie ihren kleinen Dackel an der flexiblen Rollleine fünf Meter nach links und den West Highland

White Terrier an der anderen Leine vier Meter nach rechts laufen ließ. Sie wurde darauf erst aufmerksam, als ein Radfahrer in diese fuhr, sich verhedderte und zu Fall kam. Vorsichtig konnten wir diese Stelle am Fahrbahnrand passieren, mussten aber im Slalom die schwarzen Hundekotbeutel umfahren, die dort fein säuberlich im Abstand von etwa einen Meter fünfzig platziert worden waren; dagegen herrschte im dafür extra aufgestellten Abfallbehälter gähnende Leere.

Ein freilaufender Rottweiler stürmte, begleitet von den Worten des Halters: »Der tut nichts, der will nur spielen!«, an uns vorbei, verbiss sich in den Arm des gestürzten Radlers und apportierte diesen samt Rennrad zu seinem Besitzer.

Zum Glück lag jetzt ein Stück freie Wegstrecke vor uns, wo es etwas entspannter zuging und Carmen direkt neben mir fahren konnte.

»Hör mal«, sagte sie.

»Ich hör nichts«, antwortete ich.

»Ja, eben, das meine ich ja. Das Schutzblech klappert nicht mehr, das hast du toll repariert!« Sie hauchte mir lächelnd einen Luftkuss zu und fuhr voraus.

Kaum hatte sie sich vor mir eingefädelt, sauste etwas kaum Wahrnehmbares an uns vorbei. Die aufwirbelnde Luft ließ Carmens Kleid Marilyn-Monroe-like in die Höhe fliegen. Ich sah nur noch den Rücken eines E-Bike-Fahrers, der mit geschätzten 40 Stundenkilometern und daher aller Wahrscheinlichkeit nach mit einem unerlaubt getunten Chip im Bike über den Schotter flitzte. Ein ihm entgegenkommender Radfahrer geriet durch den Todesfahrer ins Trudeln und wich dann steil abwärts in Richtung Entwässerungsgraben aus. Beim Passieren der Unfallstelle reichte mir ein Blick, um zu erkennen, dass er mit einem Genickbruch den Absturz nicht überlebt hatte.

Schade eigentlich, nun ja: Wieder ein Punkt mehr auf dem Plan des Todesweges.

Wir näherten uns Bensersiel, mussten zunächst aber noch in rasanter Fahrt die Unterführung der bundesweit bekannten und umstrittenen Umgehungsstraße durchqueren. Auf der anderen Seite führte der Radweg wieder steil hoch zum Kajedeich, von wo man einen schönen Blick auf das Kunstwerk des Esenser Künstlers Harald Ellinghaus hat, einem Scheuerpfahl mit hängender, dunkler Mooreiche in einem Rahmen aus bräunlich oxidiertem Stahl.

Endlich erreichten wir den Sielort. Es wimmelte von Touristinnen, Touristen und Einheimischen, die dichtgedrängt die Wege bevölkerten. »Da warn viel Menschen dort; Menschen und Publikum, Leut', Personen, Passanten, Volk – alles durcheinand'!«, hätte Karl Valentin die Situation sicherlich exakt beschrieben. Wir schafften es dann doch, durch die Deichscharte in den Hafenbereich zu gelangen.

»Wie sollen wir in dieser Menge Jann, Freerk und Cornelius entdecken?«, klagte Carmen Sutra halb resigniert.

»Tja, das weiß ich auch nicht.« Ich schaute mich um. »Oben auf dem Deich sind zwei Bänke frei, dort hat man einen guten Überblick.« Ich zeigte zur Deichbrücke neben dem Sielwerk, stellte mein Fahrrad am Geländer beim Benser Außentief ab und stieg den schmalen, mit roten Steinen gepflasterten Weg mit der Tasche voller grüner Bierflaschen empor. Oben besetzte ich die rechte Sitzgelegenheit und winkte Carmen zu, die noch am Deichfuß stand. Sie hatte ebenfalls ihr Rad abgeschlossen und ruderte mit den Armen. Sie zeigte in Richtung Verkaufsstand des Fischereibetriebs Linneberg. Ich reckte den Daumen hoch zum Zeichen, dass ich verstanden hatte: Sie wollte einige Fischbrötchen besorgen. Dann spreizte ich alle fünf Finger der rechten Hand, um die benötigte Anzahl anzuzeigen.

Ich hatte darauf gehofft, auch die zweite Bank für meine anderen Mitarbeiter freihalten zu können, aber mittlerweile saß dort ein beleibter Mittvierziger, der doch tatsächlich sein Crossrad den schrägen Weg hochgeschoben hatte. Die starken Scheibenbremsen mussten verhindert haben, dass er den steilen Hang durch sein enormes Gewicht wieder heruntergerutscht war.

»Moinzen!«, rief er zu mir herüber.

Meine Nackenhaare sträubten sich: Mir war nichts mehr zuwider, als wenn Touristen sich für besonders norddeutsch hielten, wenn sie mühevoll plattdeutsche Idiome oder wie in diesem Falle eine hyperkorrekte Abwandlung des Grußes *Moin* benutzten. Nur weil die Drehbuchautoren diesem Münsteraner Tatortkommissar dieses Kunstwort in den Mund geschoben und populär gemacht hatten, war es noch lange nicht richtig. Vielfach wurde auch kolportiert, ein *Moin, Moin* wäre Gesabbel: Das doppelte *Moin* konnte situativ durchaus angebracht sein, ganz im Gegenteil zu *Guten Moin*. Ich merkte, dass ich ob dieser kulturellen Aneignung hochfuhr: *Wenn der mich jetzt auch noch weiter anspricht, laufe ich Amok.*

»Sind Sie von hier?«

»Hm«, entgegnete ich so knapp wie möglich mit geschlossenem Mund.

Der Banknachbar ließ sich nicht bremsen: »Gestatten, Rainer Jacobi, Darmstadt. Wissen Sie, ich bin schon zwei Wochen hier, auf Recherche. Ich kenn mich aus.«

»Aha!« Ich zeigte mich so desinteressiert, wie ich nur konnte.

»Ich lege mir gerade den Plot für meinen nächsten Krimi zurecht, wird sicher wieder ein Bestseller!«

Der Typ war nicht zu bremsen. *Der sollte mal besser selbst die Leiche sein, dann hielte er wenigstens die Klappe: Jacobi, bleib bei deinen Leisten*, dachte ich.

Obwohl ich mich schon abgewandt hatte, schob er seine Überlegungen nach: »Ich weiß nur noch nicht, ob ich eine Leiche draußen im Siel, also im Watt, oder hier unten in den Priel lege«, er zeigte aufs Wasser, »was meinen Sie?«

Nein, ich würde diesem Pseudofachmann, der offenbar den Unterschied zwischen Siel und Priel nicht kannte und die Begriffe verwechselte, nicht die Gnade einer Antwort gewähren.

Die wartete er auch gar nicht ab. »Zuerst werde ich einmal ein Foto vom Priel für das Cover machen,« meinte der Bestsellerautor, stand auf und ging ein paar Schritte in Richtung Sielwerk Bensersiel – oder würde der Ort demnächst in Benserpriel umbenannt werden müssen?

Hastig griff ich in die Fahrradtasche, zog die Spraydose mit Öl heraus und schoss einen fetten Strahl auf beide Scheibenbremsen des Touristenrads. Das würde ausreichen, dass die Haftung der Bremsen bei der Abfahrt vom Deich ausbleiben würde und der Abgang des Schreiberlings ohne Bremspower in das Außentief vorprogrammiert war. Die Weichen waren jedenfalls gestellt. Als er sich umdrehte, war die Spraydose bereits wieder in meiner Radtasche verschwunden.

»Matjes oder Bismarckhering?« Die Rettung in Gestalt von Carmen Sutra nahte. In ihrem Gefolge taperten Jann Janssen, Freerk Freerksen und Cornelius Cornelius den Deich hoch. Ohne zu zögern, okkupierten sie die Bank des Touristen. Ich besprach in aller Kürze unsere Fahrraderlebnisse, während die Kronkorken von den grünen Flaschen flogen.

»Dat givt dat ja woll nich«, sagte Cornelius zu den beschriebenen Ereignissen.

Mittlerweile kehrte der süddeutsche »Bestsellerautor« zurück und sah ärgerlich aus, weil seine Sitzbank besetzt war. Beleidigt meinte er, uns einen uralten Ostfriesenwitz unterschieben zu müssen: »Wissen Sie eigentlich, warum man Ostfriesen mit dem Hintern nach oben begräbt?«

Als keiner reagierte, beantwortete er seine Frage selbst: »Damit man sie noch als Fahrradständer benutzen kann!«

Als Jann Janssen nur mitleidig sagte: »Oha, wat hebbt wi lacht! Har, har, har«, ergriff der Ostfrieslandkenner Rainer Jacobi wütend sein Fahrrad, schwang sich in den Sattel; nun kam, was kommen musste: In rasanter Fahrt sauste er den Weg am Deich hinunter und versuchte, fast unten angekommen, den Bremsen den nötigen Grip zu geben, was meine Schmierölbeigabe aber zunichte machte. Seine Fahrt führte schnurstracks zum Kai mit den dümpelnden Segelbooten ins Hafenbecken, wo er im dunklen Wasser blubbernd versank.

Wir kehrten zu unserer Unterhaltung zurück.

»Wie geht es deinem neuen Fahrrad?«, fragte Freerk.

»Es geht nicht, es fährt«, antwortete ich.

»Na gut«, meinte er genervt, »wie fährt dein Fahrrad?«

»Es geht!«, sagte ich und lachte.

»Blödmann!« Freerk setzte die Bierflasche an.

»Sag mal, Freerk. Warum hast du denn diesen Stock am Rahmen deines Fahrrads dabei?«, fragte ich interessiert.

»Damit mir so etwas wie euch mit rüpeligen Radfahrern nicht passiert«, erklärte er, »ruckzuck in die Hand genommen und dann ab in die Speichen, fertig, Abgang über den Lenker!« Er grinste.

»Und die dicke Angelschnur am Gepäckträger, was machst du damit?« Mein Interesse war geweckt.

»Ist doch ganz einfach«, grätschte Cornelius Cornelius dazwischen: »Die ist sehr praktisch. An warmen Tagen kannst du unterwegs am Kanal Bierflaschen dranbinden und im Wasser kühlen oder, wenn es Not tut, auch über den Radweg spannen, je nach Bedarf.«

»Aha, spannend«, sagte ich, während sich meine rechte Hand unwillkürlich an den Hals bewegte.

Das Thema hatte sich dann auch erschöpft. Wir ließen weiter Luft in die Bierflaschen und sahen den Rettungsmannschaften von DRK und DLRG zu, die sich um den an den Bootsstegen untergegangenen Radler bemühten. Über der Nordsee senkte sich langsam die Sonne und spiegelte sich im Watt.

»Da unten fährt Arno Nühm, unser Auftraggeber, Ole. Sieh nur«, sagte plötzlich Carmen Sutra.

Mein Blick folgte ihrem Fingerzeig. Tatsächlich, in sehr gemächlichem Tempo radelte mein Kunde vom Vormittag in Begleitung eines weiteren Radfahrers auf der Straße *Am Strand* in Richtung *Dorfmitte.*

»Der andere ist doch der Bayer, der vorhin so ganz gemütlich am Kajedeich entlangfuhr, guckst du Carmen? Dabei kommt mir die Frage in den Sinn, was wir unserem Kunden denn als Ergebnis unserer Untersuchungen servieren«, sagte ich.

»Das ist doch mehr als plausibel, ganz einfach, oder?«, mischte sich Cornelius Cornelius ein. »Wenn du dir den Fahrstil anguckst, dann wird klar, dass mit dieser Geschwindigkeit niemals solch tödliche Radunfälle passieren können, wie ihr es auf dem Kajedeich erlebt habt. Sag deinem Auftraggeber, dass er nur dafür sorgen muss, dass die Touristen die *Kunst des ostfriesischen Fahrradfahrens* erlernen müssen, dann passiert auch nichts mehr. Problem gelöst.«

»Die was?«, fragte ich nach.

»Die *Kunst des ostfriesischen Fahrradfahrens:* Sie besteht darin, dass man immer nur so schnell fährt, dass man nicht umkippt!«

NETTE GÄSTE

Von Alexa Stein

Johanna saß in der Küche und sortierte die Post. Der kleine Stapel links waren Buchungen von Gästen, der weitaus höhere rechts, der mit den unbezahlten Rechnungen. Sie schob die Stapel fein säuberlich nebeneinander und seufzte.

Die Sommersaison hatte zwar gerade erst begonnen, aber es würde knapp werden. Noch eine Hypothek war nicht drin. Der Umbau des Hofes vor drei Jahren zu einer Ferienpension hatte erheblich mehr verschlungen, als sie gedacht hatte. Und dann noch diese vermaledeite Geschichte mit Corona, gerade als der Umbau fertig war. Sie hoffte inständig, sich schnell eine gewisse Stammkundschaft aufbauen zu können, zuverlässige Buchungen, nette Gäste, mehr wollte sie gar nicht. Immerhin hatte sie die langen Monate ohne Gäste genutzt und sich eine Internetseite eingerichtet. Sie hatte dafür sogar einen Onlinekurs besucht. Eine einzige Rezension hatte sie dort bereits – zum Glück eine sehr gute. Ihr war schnell klar geworden, wie wichtig so etwas in der heutigen Zeit war.

Und ihre Hoffnung auf weitere gute Bewertungen und auf Stammgäste war nicht unbegründet. Da war zum Beispiel das nette Ehepaar Schröder aus Kassel. Sie hatten im Frühjahr, kurz vor Corona, schon ihre Ferien hier verbracht und waren vor vier Tagen wiedergekommen. Wirklich nette Leute.

Leider waren nicht alle Gäste so, aber da musste man wohl mit leben. Gestern war ein Herr Meier aus Berlin eingetroffen. Er war erst seit einem Tag hier, aber gemeckert hatte er schon für eine Woche. Das Ei war zu hart, der Tee zu stark, die Suppe am Abend zuvor zu salzig und das Bett sei – im Gegensatz zu dem Frühstücksei, wie er nicht versäumte zu erwähnen –

viel zu weich. Was dem Mann nicht so alles auf- und einfiel. Johanna wünschte sich, er hätte seine Aufmerksamkeit lieber auf andere Dinge gerichtet. Dabei war das Wetter hier in Carolinensiel die letzten Tage so schön gewesen wie lange nicht. Fast schon zu sommerlich für Anfang April.

Johanna hoffte, dass ein Spaziergang am Meer, die Füße im weichen Watt, der weite blaue Himmel und die gute Luft, seine Laune schon noch bessern würden. Doch da sollte sie sich leider gründlich irren.

* * * *

Johanna hatte zwei mit Bettwäsche voll beladene Körbe zur Obstwiese geschleppt und war gerade dabei, diese aufzuhängen, als Herr Meier mit weit ausholenden Schritten auf sie zugestiefelt kam.

»Frau Hinrichs. Ick muss ...«

»Moin, Herr Meier. Ist das nicht ein wunderschöner Morgen?«

»Es wäre ein wunderschöner Morgen gewesen, Frau Hinrichs, wenn ick nicht schon in aller Herrgottsfrühe durch dieses ... dieses missratene Untier von einem Federvieh jeweckt worden wäre.«

Johanna stemmte beide Hände in den Rücken und streckte sich. »Sie meinen den Hahn?«

»Ganz recht.« Herr Meier wartete eine Weile, dann sprach er weiter. »Und was gedenken Sie gegen diese Störung meiner teuer bezahlten Urlaubsruhe zu unternehmen?«

»Der Hahn gehört zum Nachbarhof. Da müssen Sie schon mit Bauer Hansen schnacken.«

»Det sehe ich anders. Ick bin hier Gast, falls Ihnen det irgendetwas sagt«, und damit zog er ab.

Das sollte wohl eine Anspielung auf Gastfreundschaft sein, dachte Johanna. Aber auch als Gast könnte man ruhig mal freundlich sein.

»Was war das denn für ein Auftritt?« Frau Schröder kam über die Wiese auf Johanna zu.

Johanna zwang sich, gefasst zu bleiben. »Manche Menschen müssen sich eben über alles aufregen. Ich glaube, die können gar nicht anders. Muss wohl bei denen in den Genen liegen wie bei anderen die Krampfadern.« Johanna lächelte gequält.

»Na, Sie sollten sich von dem nicht ärgern lassen.« Frau Schröder blickte sich noch einmal um. »Aber ein komischer Typ ist dieser Meier schon. Mein Mann hat ihn gestern gesehen, als er mit Block und Bleistift durch die Gegend gesaust ist und sich Notizen gemacht hat.«

»Was denn für Notizen?«

Frau Schröder zuckte mit den Schultern. »Mein Mann meinte ja, dass er so 'ne Hotelbewertung schreibt. Ist doch zurzeit Mode. Aber ich denke, der Kerl hat einfach 'ne Meise.«

Hotelbewertung. Das Wort saß tief in Johannas Magengrube. Wenn das wahr wäre und dieser Meier über ihre Pension schrieb – so wie der drauf war –, dann konnte sie spätestens im nächsten Jahr dicht machen und bis an ihr Lebensende Kühe bei Bauer Hansen melken. Negative Bewertungen zählen leider viel mehr als positive, so hatte sie das in dem Kurs gelernt.

Als Johanna zurück im Haus war, wartete, zu ihrem Erstaunen, an dem kleinen Tischchen in der Diele, das sie für den Empfang der Gäste hergerichtet hatte, eine jüngere Frau.

Sie lächelte Johanna freundlich entgegen. »Entschuldigen Sie, ich hab keine Reservierung, aber hätten Sie vielleicht noch ein Zimmer für mich?«

Johanna lächelte zurück, und ihre Laune besserte sich ein Stück weit.

»Evelyn Krömer ist übrigens mein Name.« Die Frau sah Johanna eine Weile an, als müsste Johanna der Name irgendetwas sagen.

* * * *

»Wat is eigentlich det glibberig Grüne hier in der Suppe?« Meier angelte mit seinem Löffel ein Stück Petersilie heraus und ließ es wieder zurück in den Teller plumpsen. »Gestern Abend habe ick eine halbe Packung Zahnseide gebraucht, um det wieder aus die Zähne zu kriegen.«

»Den Zähnen …«, verbesserte Johanna, das konnte sie sich leider nicht verkneifen. Außerdem bezweifelte sie, dass er so etwas wie Zahnseide jemals in seinem Leben in der Hand gehalten hatte. Ehe er noch etwas erwidern konnte, nahm sie ihm den Teller aus der Hand und schickte sich an, den Speisesaal zu verlassen. Sie wollte in jedem Fall vermeiden, den übrigen Gästen ihren Abend zu vermiesen.

»Ick hoffe doch sehr, sie haben det Problem mit dem Gockel gelöst? Ick will morgen Frühe ausschlafen.« Meier schrie Johanna, die schon auf dem Weg zur Küche war, förmlich hinterher.

Johanna war den Tränen nah, nicht nur, dass er dauernd meckerte, er musste es auch noch so tun, dass ja alle Gäste das mitbekamen. Johanna knallte den Teller so schwungvoll in die Spüle, dass er zerbrach. Wenn der nicht endlich Ruhe gibt, wird er mir selbst die Schröders vergraulen, dachte Johanna, während sie den Abwasch erledigte.

Sie war derart aufgebracht, dass sie gar nicht hörte, wie jemand in die Küche kam.

»Sie sollten sich das nicht zu Herzen nehmen.«

Vor lauter Schreck wäre Johanna fast noch ein Teller zerbrochen. Sie drehte sich um, vor ihr stand Frau Krömer.

»Entschuldigen Sie, ich wollte Sie nicht erschrecken.«

»Schon gut, kann ich etwas für Sie tun?«

»Nein, nein. Es ist alles bestens. Wirklich. Nehmen Sie sich das nicht so zu Herzen. Ich meine diesen Typen.«

»Herrn Meier«, ergänzte Johanna überflüssigerweise.

»Ach, nennt … ich meine, heißt er so?«

Johanna seufzte. »Das ist lieb von Ihnen. Ich hoffe nur, Sie lassen sich Ihren Urlaub dadurch nicht verderben.«

Frau Krömer schüttelte energisch den Kopf. »Nein, ganz bestimmt nicht.« Sie trat einen Schritt auf Johanna zu und legte ihr eine Hand auf ihren Arm. »Glauben Sie mir. Alles wird gut.«

* * * *

Am nächsten Morgen wachte Johanna noch vor Anbruch der Dämmerung auf. Sie blieb liegen, bis es hell wurde, und lauschte. Sie rechnete fest damit, dass jeden Moment der Hahn krähen würde. Aber offensichtlich war dieser anderweitig beschäftigt. Es blieb ruhig, und Johannas Laune besserte sich. Vielleicht hatte Frau Krömer ja Recht. Vielleicht machte sie wirklich aus einer Mücke einen Elefanten. Er wird vermutlich nicht der letzte übellaunige Gast sein. Es gibt nun mal solche und solche Menschen, man konnte sich die nicht aussuchen, in einer Pension genauso wenig wie im Leben. Auch Meier würde wieder gehen, eine Woche noch, wenn er nicht schon früher aus diesen – wie hatte er es genannt – unzumutbaren Verhältnissen verschwand. Hoffentlich auf Nimmerwiedersehen.

Vielleicht sollte sie mal mit den Schröders reden, oder mit dieser freundlichen Frau Krömer. Vielleicht konnten diese ja eine nette Rezension über ihre Pension schreiben. Dann wäre es, falls das mit Meier tatsächlich so kommen sollte, nicht ganz so schlimm, wenn da mal ein Meckerer dabei ist. Macht das Ganze auch irgendwie glaubwürdiger. Und wer weiß, womöglich konnte sie Herrn Meier doch noch davon überzeugen, wie schön es hier ist.

Beim Frühstück war sie betont aufmerksam und freundlich zu ihm, und es wurde kein Wort über den Hahn verloren.

Am frühen Nachmittag nutzte Johanna das schöne Wetter und die kurze Ruhestunde für eine Tasse Tee auf der Terrasse. Sie hatte gerade die Augen geschlossen und sich in die Sonnenstrahlen gekuschelt, als ein Schatten sie von der wohligen Wärme abschirmte. Vorsichtig öffnete sie die Augen. Vor ihr stand Herr Meier und schwang einen Beutel vor ihrer Nase.

»Frau Hinrichs, würden Sie mir bitte erklären, was det hier im Kühlschrank zu suchen hat?«

Johanna sah Herrn Meier scharf an. »Würden Sie mir bitte erklären, was Sie in meiner Küche zu suchen haben?«

Herr Meier überging die Gegenfrage. »Diese Auflage, von der ick annehme, dass sie mir heute Morgen serviert wurde, ist seit zwei Tagen abgelaufen. Det ist ein Skandal. Det wird ein Nachspiel haben, darauf können Sie sich verlassen.« Mit diesen Worten knallte Meier die Tüte auf den Tisch und stapfte davon.

Johanna war wie erstarrt. Sie nahm den Beutel und ging zurück in die Küche. Was sollte sie nur tun? So wie er sich aufführte, ging es nicht nur um eine schlechte Bewertung im Internet. Er wollte etwas anderes. Geld, vermutete Johanna und musste darüber fast lachen, wäre ihr nicht so schlecht. Geld, ausgerechnet von ihr. Na, da war er leider nicht der Einzige.

Sie musste mit ihm sprechen, vernünftig sprechen, falls das möglich war. Sie wollte das gleich nach dem Abendessen tun, aber sein Tisch blieb leer.

Johannas Hände waren beim Servieren so feucht, dass ihr zweimal das Tablett wegrutschte. Wenn er nun schon Schritte gegen sie unternommen hatte? Gerade mit einem Anwalt spricht? Oder … Johanna wurde schwindlig … mit dem Gesundheitsamt hier anmarschiert? Dabei war bei ihr immer alles tipptopp. Die Auflage hätte sie heute Abend sowieso an die Schweine von Hansen verfüttert, aber das hätte er ihr bestimmt nicht geglaubt.

Auch Frau Krömers Tisch war an diesem Abend leer geblieben. Hatte sie sich womöglich von seiner schlechten Laune anstecken lassen und war woanders essen gegangen? Am liebsten hätte Johanna sich in ihrem Schlafzimmer eingeschlossen und wäre nie wieder herausgekommen. Aber den Kopf in den Sand stecken würde alles nur noch schlimmer machen.

* * * *

Zwei Stunden nach dem Essen war Herr Meier immer noch nicht auf seinem Zimmer. Johanna saß in der Küche und wartete. Sie musste mit ihm reden. Sie nutzte die Zeit, um sich zu überlegen, was sie ihm sagen wollte. Vielleicht sollte sie ihn mit einem Gratisurlaub bestechen? Johanna schüttelte den Kopf. Vermutlich würde ihm das nicht reichen. Sie wollte offen zu ihm sein. Kein Mensch konnte so kalt sein. Wenn sie vernünftig mit ihm redete, würde er ihre Lage schon verstehen.

Johanna blickte zur Uhr. Gleich halb eins. Sie hielt das Warten nicht länger aus, aber an Schlafen war ebenso wenig zu denken.

Sie zog sich eine Strickjacke über und ging nach draußen. Die Luft war kühl und feucht. Der Hof lag nur einen Kilometer vom Deich entfernt, und nachts konnte man die Nordsee besonders intensiv riechen. Johanna liebte diesen frischen, salzigen Geruch.

Sie lief ein paar Schritte die Auffahrt hinunter, als sie auf der Straße einen torkelnden Schatten erblickte.

»Oh ... hallo, Frau Hinrichs.« Meier blieb abrupt stehen, hob die Hand und grinste Johanna an.

Johanna raffte ihren ganzen Mut zusammen und fing mit ihrer sorgfältig zurechtgelegten Erklärung an. »Herr Meier, ich muss bitte mit Ihnen reden, es geht noch mal um den Vorfall von heute Nachmittag. Ich ...«

Meier beugte sich nach vorn, klopfte sich mit beiden Händen auf die Oberschenkel und prustete los, er lachte so heftig, dass er kaum sprechen konnte. »... die ... die Wurst ... det war wirklich gut, was? Absolute Spitze, also wenn ick damit nicht gewinne ...«

»Ich verstehe nicht ganz ...«

Meier hielt sich den Bauch vor Lachen.

Johanna blickte Meier mit großen Augen an. Sie begriff kein Wort.

Meier zeigte mit dem Finger auf sie und wieherte erneut los. Als er sich etwas beruhigt hatte, sagte er: »Nehmen Sie's nich persönlich. Is nur so ne Wette zwischen Kegelbrüdern ...«, wieder krümmte er sich vor Lachen.

W e t t e ... das Wort kam buchstabenweise in Johannas Gehirn an. Aber jeder schlug ein wie ein Blitzschlag.

»Nicht persönlich? Nicht persönlich?« Mit erhobenen Fäusten ging sie auf Meier los und hielt sie ihm unter die Nase. Sie, Sie verdammtes ...«

»Schlagen Sie ruhig zu. Dann kriege ick och noch Schmerzensgeld von Ihnen. Na, das wäre mal was.« Er lachte laut.

Johanna hob die Faust, holte aus. Sie kochte vor Wut. Gerade als sie zuschlagen wollte, packte jemand sie am Arm.

»Aber Frau Hinrichs, Sie wollen doch diesen netten Herrn nicht schlagen?«

Wieder einmal hatte Johanna Frau Krömer nicht kommen gehört. Was machte sie überhaupt um diese Uhrzeit hier draußen?

»Genau«, sagte Meier und grinste breit.

Frau Krömer stellte sich an Meiers Seite und hakte sich bei ihm unter. »Sie haben wohl ein bisschen zu viel Friesengeist intus, was? Na, kann ja mal passieren.«

Meier nickte und grinste sie noch breiter an.

Johanna beobachtete die Szenerie wie aus weiter Ferne. Was ging hier vor? Steckten die beiden womöglich unter einer Decke? Dabei hatte sie so große Stücke auf Frau Krömer gegeben. Sie war doch so nett zu ihr gewesen. So nett, wie sie jetzt zu diesem Meier war.

Johanna konnte und wollte sich das nicht vorstellen. Aber sie wollte sich jetzt eigentlich überhaupt nichts mehr vorstellen. Sie wollte nur noch schlafen und zumindest davon träumen, dass das alles nur ein schlechter Traum war.

Sie ließ die beiden stehen und ging zurück zur Pension. Johanna wagte es nicht, sich noch einmal umzudrehen. Meiers Blick brannte sich förmlich in ihren Rücken, während sie die beiden lachen hörte.

* * * *

Am nächsten Morgen, als Johanna aufwachte – sie hatte tatsächlich schlafen können, wohl vor lauter Erschöpfung –, dachte sie erst, alles wäre wirklich nur ein Traum gewesen.

Doch dem war bei weitem nicht so. Als sie aus der Küche in den Frühstücksraum kam, um den Kaffee zu servieren, saßen Frau Krömer und Herr Meier an einem Tisch, ganz wie ein altes Ehepaar.

Warum dieses Spielchen?, fragte sich Johanna. Seine Triaden hätten voll und ganz gereicht, wenn es ihnen ums Geld ging. Inzwischen war ihr das aber schon fast egal. Sie würde die paar Tage bis zu seiner – und so wie es jetzt aussah, auch ihrer – Abreise einfach aussitzen und sie dann ohne Rechnung ziehen lassen. Mehr war bei ihr nicht zu holen, das mussten selbst die beiden einsehen. Und dann wollte sie das ganze vergessen und beten, dass sie nie wieder solche Gäste haben würde. Dann lieber Kühe melken, die waren zumindest meistens freundlich.

Tatsächlich gab Meier den ganzen Morgen Ruhe. Auch Frau Krömer sagte kein Wort mehr zu Johanna, nur einmal hatte sie das Gefühl, dass sie ihr zuzwinkerte, aber das musste Johanna sich wohl eingebildet haben.

Als Johanna die Frühstückstische abräumte, sah sie Meier in Begleitung von Frau Krömer in Richtung Deich marschieren. Johanna tippte auf einen Strandspaziergang, obwohl das Wetter deutlich schlechter war als die Tage davor. Na, vielleicht würde der Nordseewind, der heute besonders kräftig war, ihnen den Verstand ein bisschen freipusten.

* * * *

Am Abend blieb Meiers Tisch leer. Johanna rechnete fest damit, dass Frau Krömer ebenfalls nicht erscheinen würde, was ihr nur recht gewesen wäre. Doch wieder einmal sollte sie sich täuschen. Frau Krömer erschien pünktlich zum Abendessen, zeigte sich höflich und zurückhaltend.

Auch an den darauffolgenden Tagen blieb Meiers Tisch leer, was Johanna nun doch wunderte. Immerhin waren noch all seine Sachen auf dem Zimmer. Was hatte der Typ bloß vor?

Als am Nachmittag die Polizei auftauchte, stockte ihr der Atem. Hatte dieser Meier sie etwa angezeigt und war aus reiner Feigheit weggeblieben?

Noch ehe die beiden Polizisten die Diele betraten, setzte sich Johanna an das kleine Tischchen in der Nähe des Empfangs, so sehr zitterten ihre Beine.

Der ältere der beiden Beamten begrüßte sie, immerhin sehr höflich. »Entschuldigen Sie, Frau Hinrichs. Es wird seit zwei Tagen ein Mann vermisst. Er war wohl Gast hier in der Gegend. Ein paar Freunde von ihm wollten sich vorgestern mit ihm im Sielkrug treffen. Aber er ist nicht erschienen, und über sein Handy können sie ihn auch nicht erreichen. Leider wissen sie nicht, in welcher Pension er abgestiegen ist. Sie vermissen nicht zufällig einen Ihrer Gäste?«

Johanna versuchte es mit einem Lächeln, was sollte sie bloß sagen?

»Wie heißt der Herr denn?«

»Achim Schollenbeck.«

Johanna atmete erleichtert auf und schüttelte den Kopf. Es ging gar nicht um ihren Meier. Sie stand auf, lief zum Empfang und reichte dem Polizisten ihr Gästebuch. »Hier stehen alle meine Gäste drin, ein Herr Schollenbeck ist nicht dabei. Bedaure, dass ich Ihnen nicht weiterhelfen kann.«

»Schon gut, vielen Dank. Wir glauben ja eher, dass der Herr irgendwo versackt ist. Trotzdem haben wir versprochen, uns mal umzuhören. Was tut man nicht alles für seine Touristen.«

»Wem sagen Sie das«, antwortete Johanna.

Der Beamte senkte ein wenig die Stimme. »Unter uns, Frau Hinrichs, seine Kumpels machten jetzt auch nicht gerade den seriösesten Eindruck.«

Johanna lächelte verständnisvoll. »Na, er wird bestimmt bald wieder auftauchen. Vielleicht war er ja auch gar nicht in einer der Pensionen hier, sondern hat irgendwo privat genächtigt, wenn Sie verstehen, was ich meine.«

Der Beamte lachte. »Denn noch einen schönen Tag«, sagte er, und Johanna wagte erst tief durchzuatmen, als die beiden draußen waren.

Sie setzte sich erneut und dachte über die Sache nach.

Also Zufall war das bestimmt nicht, dass Meier verschwindet und zur gleichen Zeit ein Tourist vermisst wird. Plötzlich fiel Johanna etwas ein. Ein ganz unscheinbarer Satz, dem sie damals keinerlei Bedeutung beigemessen hatte. Ein Satz von Frau Krömer. Eigentlich ging es nur um ein Wort. *Ach, nennt … ich meine, heißt er so*, hatte Frau Krömer gesagt.

Jetzt, wo Johanna genauer darüber nachdachte, konnte dieser kleine Versprecher zwei Dinge bedeuten. Zum ersten, dass Herr Meier, gar nicht Meier hieß, sondern sich nur so nannte. Und zum zweiten, dass Frau Krömer ihn kannte und zwar unter seinem richtigen Namen, oder zumindest nicht unter dem Namen Meier.

Johanna konnte sich so recht keinen Reim darauf machen. Sie starrte zur Eingangstür, und wie aufs Stichwort öffnete sich diese, und Frau Krömer trat ein.

»Was wollte denn die Polizei hier?«, fragte sie wie beiläufig.

»Ein Tourist wird seit zwei Tagen vermisst. Freunde von ihm haben ihn als vermisst gemeldet, aber sie wissen wohl nicht genau, in welcher Pension er abgestiegen ist.«

»Ach so? Und wer genau?«

»Ein Herr Achim Schollenbeck.« Während Johanna dies sagte, sah sie Frau Krömer genau in die Augen.

»Ah, ich dachte schon, es würde um Herrn Meier gehen. Er hat sich ja auch nicht wieder blicken lassen, oder?«

»Nein, bisher nicht.«

Frau Krömer rückte sich einen Stuhl zurecht und setzte sich neben Johanna. Sie sah sie eine Weile an, erst ein wenig traurig, dann atmete sie durch und lächelte. »Er wird nicht wiederkommen. Er wird niemanden mehr ins Unglück stürzen«, sagte sie leise und lehnte sich zurück.

Johanna hatte den Eindruck, dass Frau Krömer ihr noch mehr erzählen wollte, deshalb schwieg sie und wartete.

»Wissen Sie, meine Tante hatte auch eine Pension, in der Nähe von Cuxhaven. Sie liebte es. Den Umgang mit den Gästen, sie ging ganz in dieser Aufgabe auf, nachdem ihr Mann plötzlich verstorben war. Und ich habe meine Tante geliebt, sehr geliebt. Ich war bei ihr aufgewachsen, nachdem meine Mutter – naja, das ist eine andere Geschichte.«

»Gibt es diese Pension noch?«

»Nein, weder sie noch meine Tante. Sie hat sich das Leben genommen, nachdem einer der Gäste sie … fertiggemacht hat, mit nichts als Lügen. Nur so zum Spaß. Es war eine Wette mit Freunden.«

Johanna nickte. »Das tut mir sehr Leid.«

Frau Krömer lächelte Johanna an, aber das Lächeln konnte die Traurigkeit dahinter nicht verbergen. »Ja, mir auch. Aber jetzt ist es etwas leichter zu ertragen.« Sie stand auf, blieb stehen und sah Johanna an, als warte sie auf eine Antwort.

»Wissen Sie, die Nordsee kann schweigen«, sagte Johanna und stand ebenfalls auf.

Frau Krömers Mundwinkel zitterten, Tränen liefen über ihre Wangen. Salziges Wasser, das den Kummer wegspülte, hoffentlich für immer.

»Und ich auch«, ergänzte Johanna.

Frau Krömer kam einen Schritt auf sie zu und nahm sie in den Arm. Eine Weile hielt sie Johanna schweigend fest, dann ließ sie los, lächelte, diesmal sah es erleichtert aus, fast schon glücklich.

»Ich glaube, Sie sollten das Zimmer von Herrn Meier ausräumen, bevor die Polizei sich noch weiter umsieht«, sagte sie.

Johanna nickte.

»Ich reise heute ab, und ich übernehme die Rechnung von Herrn Meier.«

»Das müssen Sie nicht.«

»Doch, und ich tue das sehr gerne.«

HEISSER SÜNDENKORB

von Jochen Windheuser

»Hasdat leest, Tammo?«
»Wat denn, Reent?«

Die beiden Jugendfreunde, jetzt schon ein bisschen in die Jahre gekommen, saßen auf der Holzbank hinter dem rot geklinkerten Einfamilienhaus und ließen sich von einer frühen Maisonne bescheinen. Tammo, ein großgewachsener und etwas fülliger hellhäutiger Typ mit roten Backen und blonden Haaren, die strähnig fast bis zur Schulter reichten, hatte die Augen genüsslich geschlossen, klappte sie jetzt aber auf und drehte sich in seiner grünen, leicht verschossenen Latzhose seinem Kumpel zu. Von dem sah er nur dessen geliebte schwarze Cordhose, »Manchesterhose« nannte er sie etwas großspurig. Der übrige Kerl verbarg sich hinter der Wochenendausgabe der Ostfriesen-Zeitung, aber Tammo kannte natürlich das Outfit seines Freundes in- und auswendig: das blaue Seemannshemd, die kurze schwarze Weste und den Kopf eines braven Sparkassenangestellten, die braunen Haare korrekt gescheitelt, die Brille mit Kassengestell, dahinter jedoch überraschend pfiffig bis ironisch wirkende dunkle Pupillen.

Jetzt tauchte dieser leicht funkelnde Blick über dem Rand des Blattes empor. »Tammo, hier steht was Neues über Paul Jensen.«

Sofort verdunkelten sich die hellblauen Augen des Angesprochenen, und unwirsche Falten vertrieben die sonnige Gemütlichkeit aus dessen Stirn. »Dieser Schnösel aus Lübeck, der hier die ganze Strandkorbwirtschaft aufkaufen will?«

»Genau der«, antwortete Reent.

»Wie kann man nur Paul heißen!« Tammo schüttelte angewidert den Kopf über all das Unfriesische an diesem smarten, wuseligen Businesstyp irgendwo von der langweiligen Ostsee. Er wusste: Jensen hatte inzwischen das gesamte Strandkorbgeschäft nördlich von Lübeck, mit wenigen Ausnahmen um Kiel herum, an sich gerissen, indem er konsequent alles aus einer Hand anbot: Körbe, Organisation der Vermietung, Transport, Wartung, Lagerung im Winter. Er hatte einfach alle in Frage kommenden Hallen aufgekauft und die Konkurrenten durch Knebelpreise zum Verkauf getrieben.

In den letzten Jahren machte er sich in Ostfriesland breit, noch nicht auf den Inseln, da stieß er vorläufig, trotz des allgegenwärtigen Sandes, auf Granit, aber in den Sielorten entlang der Küste. Hier hatte er es mit einer gewachsenen Tradition zu tun. Jeder gönnte dem anderen seinen Anteil am Geschäft: den Eignern die Vermietung, den Bauern mit ihren Treckern den Transport im Frühjahr und Herbst, den Handwerkern die Reparaturen und den Hallen- und Scheunenbesitzern die Einlagerung im Winter. Die örtlichen Jugendlichen suchten für ein Taschengeld abends nach Unrat in und neben den Strandkörben. Damit hatten Tammo und Reent hier in Neßmersiel angefangen, und jetzt verdienten sie ein Zubrot bei den Transporten. Diese althergebrachte Wirtschaft hatte Jensen an einigen Orten schon geknackt. Zuletzt hatte er sich Norddeich geschnappt, einen großen Brocken. Andere Orte, wie Neßmersiel, wehrten seine Finten bisher erfolgreich ab. Besonders rabiat war der Widerstand in Neuharlingersiel. Die Jungbauern dort hatten mit ihren Treckern sogar mal Jensens SUV nachts vom Hotel weg auf die Mole verfrachtet, als er ihnen mit allzu durchsichtigen Angeboten ihre Scheunen abkaufen wollte. Die Polizei bekam nicht heraus, wer das gemacht hat, aber Reent und Tammo war klar:

So etwas brachten nur Alko und Frerk, die sie vom Landvolk kannten, fertig.

»Was steht denn nun drin über den Jensen?« Tammo rutschte neugierig näher an Reent heran.

»Er hat in Norddeich einen Saunastrandkorb aufgestellt.«

»Einen was?«

»Eine Korbsauna. Einen Strandkorb, den man mit ein paar Handgriffen zu einer Sauna umbauen und beheizen kann. Für zwei Personen. Kannste nackig drin schwitzen. Bei Schummerlicht und Musik.«

»Igitt!« Wieder einmal schüttelte sich Tammo.

»Hier steht«, fuhr Reent ungerührt fort, »dass er an der Ostsee schon ein paar stehen hat und damit gutes Geld verdient. Jetzt will er das hier einführen. Und deshalb hat er die schöne Femke von der Zeitung mit ihrer Freundin einen Abend da drin saunieren lassen, damit sie diesen Werbeartikel schreibt.«

»Die Femke, hinter der du in der Schule her warst?«

»Genau die«, griente Reent.

»Bist wohl neidisch auf ihre Freundin, was?«

»Du würdest da gar nicht reinpassen«, frotzelte Reent zurück.

Tammo war mit seinen Gedanken woanders: »Und wie beheizt er die Bude, mitten auf dem Strand?«

»Er hat eine wasserdichte Zuleitung verlegt. Tief im Sand.«

»Und das hat der TÜV abgenommen?«

»Keine Ahnung.« Reent klappte die Zeitung zu.

Eine Zeitlang schwiegen die beiden. »Jensen sagt«, brummte Reent, »dass er das Ding nachts in die Halle stellt. Damit es nicht unbefugt benutzt wird.«

»Schade, hätte ich gern mal heimlich ausprobiert«, meinte Tammo. Und nach einer Weile: »Ob man in die Halle reinkommt …?«

Reent schob das Kassengestell etwas tiefer auf die Nase und guckte seinen Freund über den Brillenrand hinweg schweigend an. Seine Pupillen funkelten ausgesprochen pfiffig und eine Spur ironisch.

* * * *

»Das Tor kriegen wir nicht auf. Das hat ein ganz modernes Schließsystem. So ähnlich wie bei unserer Feuerwehr.« Reent stellte den Werkzeugkasten ab und lehnte sich gegen die Hallenwand. Tammo machte ein paar Schritte ins Dunkle: »Ich hol den Kuhfuß aus dem Auto.«

»Bist du verrückt?«, fauchte Reent, »Wir können hier doch keinen richtigen Bruch machen. Viel zu gefährlich! Das ist es mir nicht wert.«

»Jetzt sind wir extra nachts hergefahren. So schnell gebe ich nicht auf«, zischte Tammo. »Ich geh mal um die Halle rum.«

»Mach, was du willst.« Tammo verschwand in die Finsternis.

Reent kramte eine Zigarette heraus, warf sie aber weg, weil ihm einfiel, was er beim Bund gelernt hatte: Brennende Zigaretten sieht man kilometerweit!

Da keuchte sein Freund schon wieder um die Ecke. »Reent, da ist an der Seite 'ne kleine Tür, und die ist nicht abgeschlossen!«

»Was? Tatsache? Zeig mal!«

Tammo hatte Recht. Reent verdeckte mit der Jacke seine Taschenlampe, knipste sie an und untersuchte das Schloss. »Die Tür ist aufgebrochen, Tammo.«

Der überzeugte sich und nickte. »War nicht schwer, die aufzuhebeln. Guck mal, von innen kann man die kräftig verriegeln, hat man aber nicht gemacht!«

»Ob da jetzt einer drin ist?« Reent hielt die Hand vor seine Taschenlampe und stellte sie auf schwaches Licht. Lautlos horchten sie ins Ungewisse. Nichts war zu hören. »Wir gehen mal vorsichtig weiter.«

Die Halle war fast leer – kein Wunder, alle Strandkörbe waren ja draußen. Fast alle. Ein grüner Trecker stand da mit Hänger, vor einem fest montierten Galgen, mit dem die Körbe wohl auf- und abgeladen wurden. »Genau so einer wie bei uns«, flüsterte Tammo.

Reent legte die Finger auf den Mund: »Psst!« Aber nichts war zu hören.

Die beiden tasteten sich um den Trecker herum. Im fahlen Schein der abgedunkelten Taschenlampe sahen sie es, das ominöse Gerät: die Korbsauna. »Nicht schlecht«, entfuhr es Reent, »richtig chic!« Das Ding sah aus, als hätte man von vorn auf einen klassischen, ziemlich großen Strandkorb einen zweiten kopfüber draufgepackt, aber einen aus stabilen Plastikwänden mit festen Plexiglasfenstern.

Tammo hatte jetzt auch seine Taschenlampe gezückt und tastete sich auf die andere Seite. »Hier ist 'ne Tür«, hörte man ihn flüstern und an irgendetwas herumfummeln. Es knirschte, dann plötzlich ein lautes »Ahhh!«

»Pssst!«, zischte Reent noch einmal, »Was ist los?«

»Da … da liegt einer drin!«

»Waaas?« Reent ging um das Gerät herum und leuchtete seinerseits ins Innere. Da lag ein nackter Mann auf dem Rücken, ein bisschen fett, die Finger verkrampft, als wollte er nach etwas greifen, und da der Kopf, rot im Vergleich zur blassen Haut des Körpers, die Augen weit aufgerissen, um den Hals etwas Schwarzes, ein Band oder so.

»Lass uns abhauen, Tammo!« Reent stieß seinen Freund an.

»Ja, aber, müssen wir nicht Alarm schlagen?« Verwirrt blickte Tammo zwischen seinem Gefährten und der Leiche hin und her.

»Hör mal, wir sind hier eingebrochen!«

»Aber die Tür …«

»Keiner glaubt uns das! Unsere Fingerabdrücke! Ich will mit dieser Sache hier nichts zu tun haben!« Dann senkte Reent die Stimme: »Tammo, der ist tot. Helfen können wir sowieso nicht. Und morgen früh wird der entdeckt, da kannst du Gift drauf nehmen.« »Okay.« Tammo fiel nichts mehr ein, und er folgte seinem Freund nach draußen.

Der fasste mit seinem Taschentuch die Türklinke und schloss sie sorgfältig.

Ihr Auto hatten sie in mindestens hundert Metern Entfernung abgestellt, im Dreieck schräg zur Halle und zum Bauernhof, zu der sie wohl gehörte. Sie sahen schon die Umrisse ihres Geländewagens, da bellte ein Hund auf, einmal, zweimal. Sie rannten die letzten Meter. Licht blendete auf am Hof. Sie rissen die Türen auf, sprangen hinein, Reent startete den Motor. Das Bellen wurde lauter, ein Lichtstrahl flackerte. Die Räder drehten durch, aber sie griffen dann und trugen den Jeep rasch über den kurzen Feldweg zur Straße. Quietschend bogen sie ein.

* * * *

Kriminalhauptkommissar Martin Sikkema lenkte seinen Dienstwagen am Bauernhof vorbei auf die große Halle zu, wo die Blaulichter stumm vor sich hin blinkten. Ostfriese durch und durch, entstieg er seinem VW, natürlich einem aus dem Werk in Emden. Das Absperrband wurde gehoben, man kannte ihn. Das Tor stand weit offen, drinnen geschäftiges Gewusel. Wohlwollend blickte er auf seine hochgewachsene neue Kollegin, Kriminalassistentin Ayla Hazrat, die mit frischem Selbstbewusstsein alles im Griff hatte. Scheinwerfer leuchteten alles aus, weiße Geister der Spusi machten sich an einem Strandkorb zu schaffen, andere an einer kleinen Nebentür. Dr. Sandra Meyer, die Pathologin, entstieg, vorsichtig auftretend, dem Strandkorb, der noch irgendwie einen Vorbau hatte.

»Moin, Ayla, moin Sandra, was haben wir?«, rief er quer durch das Treiben.

Ayla kam strahlend auf ihn zu. Sie mochte ihren Chef, weil er sie für voll nahm und ihre Arbeit sofort anerkannte. Das war nicht überall so bei der Polizei. Als Tochter einer Familie aus einer afghanischen Minderheit, die schon während der ersten Talibanzeit nach Deutschland geflohen war, musste sie immer um ihren Platz kämpfen und dafür mehr tun und besser sein als die Biodeutschen. Sie schaffte es, war Jahrgangsbeste, und doch schob man sie, das Großstadtkind aus Hannover, mit bedauernden Blicken nach Ostfriesland ab. Sie schüttelte sich und setzte das, was sie gelernt hatte, mutig in die Praxis um. Und sie fand rasch einen Draht zu diesem Menschenschlag hier.

Sie ratterte los: »Nackter Mann um die 50, liegt tot auf dem Rücken in einem Strandkorb, der gleichzeitig Sauna ist, wenn man so ein Gestell vorne draufsetzt. Um den Hals hat er ein schwarzes Lederband mit Metallbeschlägen, hinten festgezurrt. So was habe ich schon mal im Rotlichtmilieu gesehen.«

»Du? Im Rotlichtmilieu?« Ihr Chef machte große Augen.

»Im Praktikum«, warf Ayla leicht unwirsch hin. »Seine Klamotten liegen auf dem Boden, offenbar vollständig. In der Gesäßtasche ein Portemonnaie ohne Geld drin, auch ohne Geldkarten, aber mit Ausweis und Führerschein: Günter Mrozinski aus Essen. In der Jacke Visitenkarten, ihm gehört wohl ein Autogeschäft.«

»Schlüssel?«

»Alles da.«

»Raubmord durch eine Nutte?«, warf Martin ein.

»Durch eine Sexarbeiterin«, verbesserte Ayla, die mit Frauen immer solidarisch war, »Sieht auf den ersten Blick so aus, aber Sandra … Verzeihung: Dr. Meyer hat ihre Zweifel.«

Die Ärztin nickte, ob wegen der Korrektur der in ihren Augen ungehörigen Nennung beim Vornamen oder wegen der Zweifel, blieb offen. »Das Lederband wurde stramm angezogen«, übernahm sie, »aber es sieht nach meiner Erfahrung nicht wirklich nach Erstickung aus. Eher nach Infarkt. Äußere Verletzungen gibt es keine.«

»Wie lange ist er tot?«, fragte der Kommissar.

»Seit gestern Abend. Genaueres später.«

»Hatte er Geschlechtsverkehr?«

Die Ärztin schaute irritiert auf Ayla, die das gefragt hatte, als sei das ungehörig für eine junge Frau. Ayla blickte ungerührt zurück.

»Weiß ich noch nicht«, sagte Dr. Meyer, »das kann ich hier nicht untersuchen.«

»Es riecht aber so!«, beharrte Ayla.

Martin schmunzelte.

Die Ärztin wandte sich ab: »Ich verlasse mich nicht aufs Schnüffeln, sondern auf mein Labor.« Und zum Kommissar: »Wenn die Spusi fertig ist, bringt ihn bitte in die Pathologie.«

Martin nickte und blickte ihr leicht belustigt nach, als sie fast im Laufschritt ihrem Auto zustrebte.

»Wer hat ihn gefunden?« Er bemühte sich um einen sachlichen Tonfall, griente aber unübersehbar.

»Der Eigentümer dieses Strandkorbs. Ihm gehört auch die Halle. Jensen heißt er.« Sie wies mit dem Kopf auf einen drahtig wirkenden Anzugträger mit Kahlkopffrisur, der hinter einem wuchtigen Traktor auf einen jungen Burschen im Blaumann einredete.

Sikkema ging auf ihn zu: »Herr Jensen?«

Der ließ sofort von dem Monteurtypen ab und kam ihm entgegen. »Sind Sie der Kommissar?«

Der nickte und bat, ihm alles zu erzählen.

»Dieser Mrozinski, schrecklicher Name, hat die Korbsauna gestern per Telefon bestellt, von 18 bis 22 Uhr. Er wohnt in einem Hotel in Norden. Er fand die Idee mit der Strandkorbsauna toll. Im Warmen am Meer sitzen, Sonnenuntergang genießen und so.« Er sei dann selbst hingefahren. »Wissen Sie, diese Korbsauna ist völlig neu hier. An der Ostsee habe ich schon ein paar, aber hier will ich sie persönlich bekannt machen.« Der Mieter sei kurz vor 18 Uhr mit einer attraktiven jungen Frau erschienen – nein, die habe er nicht gekannt – und habe bar bezahlt. »Ich habe aufgeschlossen und die Handhabung erklärt.« Um 22 Uhr solle er die Tür schließen und einfach gehen, denn diese Sauna hole er nachts noch rein. Er sei aber erst um 23 Uhr hingefahren, um dem Pärchen ein bisschen Zeit zu lassen.

Der Kommissar schaute auf das Riesending, aber Jensen verzog keine Miene. »Sie haben den Korb alleine abgeholt?«

»Kein Problem. Der Trecker hat einen Kran, mit dem ich ihn auf den Hänger heben kann. Und wieder runter.«

»Und es ist Ihnen nicht aufgefallen, dass er zu schwer war?«

»Wie soll ich das merken, wenn ich nur den Kran bediene? Nein, ich hatte keine Ahnung. Und sehen konnte ich nichts, es war ja stockdunkel.«

»Gut«, meinte Sikkema, »und wie war das heute Morgen?«

»Wie immer bin ich gegen neun Uhr hierhergefahren und wollte den Korb wieder rausbringen. Ich habe das Tor aufgemacht und nur mal kurz durch das Ausguckfenster ins Innere geschaut. Mehr zufällig. Und da sah ich ihn liegen.«

»Und dann?«

»Ich habe aufgemacht, vielleicht konnte ich ja noch helfen, aber der atmete nicht. Da habe ich die Polizei gerufen.«

»Haben Sie die Nebentür untersucht? Es könnte ja jemand hineingekommen sein!«

»Warum sollte ich? Ich habe ja gesehen, dass es derselbe Mann war, der die Sauna gemietet hat. Das mit der Tür, das haben Ihre Leute erst rausgefunden.«

Martin Sikkema nickte und bat Jensen, zu einem bestimmten Kollegen nach draußen zu gehen, der einen Laptop hatte. Der würde ihm helfen, ein Phantombild von der Frau zu erstellen. Außerdem solle er sich jederzeit zur Verfügung halten.

In dem Moment kam Ayla im Sturmschritt auf ihn zu. Sie nahm ihn beiseite und berichtete, der alte Bauer vom Hof nebenan habe heute Nacht ein Auto wegfahren sehen. Einen Jeep, sagte er, mit Auricher Kennzeichen. Genaueres wusste er nicht. Sein Hund habe angeschlagen, aber als er draußen war und Licht hatte, fuhr der Jeep schon los. Insassen habe er keine erkennen können.

»Merkwürdige Geschichte«, meinte der Kommissar.

* * * *

»Wer kennt diese Frau?« Martin Sikkema stellte das von Jensen produzierte Phantombild in den internen Verteiler. »Öffentlichkeit machen wir erst hinterher«, meinte er zu Ayla.

Die wurde in dem Augenblick durch ihr Handy abgelenkt und nahm den Anruf an: »Hazrat – ja, interessant – schickt das bitte rüber!«

Ihr Chef aber hatte schon nicht mehr hingehört, so rasch flackerte eine Antwort auf seinem Bildschirm. »Die Sitte kennt die Frau!«, rief er über die Schulter, »eine Edelnutte aus Norden. Eine Litauerin. Alles da, Name, Adresse …«

»Und ich habe eine Spur zu dem Jeep!«, echote Ayla, »Da ist einer geblitzt worden, Auricher Nummer, vielleicht auf der Rückfahrt, die Richtung passt. Zwei junge Männer. Der Name des Halters ist Reent Harms aus Neßmersiel.«

Martin schlug mit der Hand auf den Tisch: »Das geht ja wie der Blitz! Traust du dir die beiden zu? Dann fahre ich zu der Dame.«

Ayla grinste, hob den Daumen und warf sich im Gehen in ihren Anorak.

Martin Sikkema kündigte sich telefonisch an und fuhr zur angegebenen Adresse. Da, das Namensschild: Petrauskaite, 2. Stock. Eine brünette Mittdreißigerin erwartete ihn an der Wohnungstür. Sie wirkte verkrampft, ängstlich, ihre Augen konnten seinem Blick nicht standhalten. »Ich habe befürchtet, dass die Polizei kommt, Herr …«

»Sikkema«, half Martin. »Frau Peter…«

»Petrauskaite. Aber sagen Sie Daiva zu mir, das ist in Ordnung.«

»Also Daiva: Es geht um eine Mordermittlung.«

Jäh fuhr ein Schrecken in die ohnehin schon verängstigte Frau. »Mord?«, stammelte sie. »Ist er denn tot?«

»Wer?«, fragte Sikkema zurück.

»Der Kunde. Der mich gestern in diesen Strandkorb mitgenommen hat.«

»Erzählen Sie. Von vorne. Und lassen Sie nichts aus.«

Sie erzählte. Vom Anruf aus dem Hotel – das vermitteln die öfter, wenn ein Gast Damenbesuch möchte. Aber der Gast wollte etwas Besonderes. »Er holte mich im Auto ab und fuhr mit mir nach Norddeich. Dort gibt es etwas Neues, sagte er, einen Strandkorb mit eingebauter Sauna. Darin wollte er mit mir den Abend verbringen.« Auf den Preis habe man sich geeinigt, mit Gummi. Und gezahlt habe er vorher. Bei der Sauna war einer, der habe alles erklärt. Und Günter, so nannte sich der Kunde, habe dann die Sauna angestellt. Es war wirklich schön warm. Ganz schwaches Rotlicht habe er gemacht, und es duftete ganz nett. »Wir haben uns ausgezogen und das Übliche gemacht.«

»Mit Gummi?«, fragte Martin.

»Ja, natürlich, wie vereinbart. Und dann hat er das Licht ausgemacht, und wir haben auf das Wasser geguckt. Ein bisschen rotes Dämmerlicht hatten wir im Westen. Ich habe mich einen Moment vor ihn gesetzt, er wollte das so. Und dann standen plötzlich zwei Männer vor der Sauna und machten Krach. Ich habe nur kurz rausgeguckt, so haben sie mich erschreckt. Sie machten Fratzen direkt vor dem Fenster und sprangen hin und her. Sie warfen Sand gegen die Scheibe. Dann verschwanden sie hinter dem Strandkorb. Plötzlich hat Günter wahnsinnig gekeucht, und seine Augen traten vor, und seine Hände waren so starr …«

Der Kommissar konnte sehen, wie die Erinnerung ihr Entsetzen neu entfachte. »Und dann?«

»Dann sank er zurück und atmete noch ganz schwach. Ich war in Panik. Ich habe mich ganz schnell angezogen, habe mein Geld genommen und bin raus.«

»Und Sie haben sein Portemonnaie leer gemacht.«

»Was? Nein, ganz bestimmt nicht! Ich bin doch keine Diebin. Ich habe nichts mitgenommen!«

»Und die Männer draußen?«

»Ich weiß nicht. Ich glaube, die liefen da noch herum.«

»Die waren nie da, Sie erzählen mir Märchen!«

»Nein, die waren wirklich da, ich schwör's!«

Der Kommissar überlegte, wie er das mit dem Lederband ansprechen sollte. Er versuchte es hinten herum: »Mögen Sie mir den Raum zeigen, in dem sie normalerweise arbeiten?«

Daiva schaute unsicher: »Sie meinen, den Raum, wo ich meine Kunden empfange?«

»Ja, genau den!«

Überraschenderweise machte Daiva keine Umstände und führte ihn in eine Art Schlafzimmer mit viel Rot und Rosa und Spiegeln, aber nichts von dem, was er vermutet hatte. »Kein Lederzeug?«, fragte er, »keine Peitsche? Nichts, womit man die Freier quälen kann?«

»Nein, so was nicht, ich bin doch keine Domina!«

Jetzt fasste er sie bei beiden Oberarmen und zwang sie zu einem direkten Blickkontakt: »Haben Sie diesem Günter ein Lederband um den Hals gelegt? Weil er es so wollte? Und haben Sie dann etwas zu fest zugezogen?«

Daiva sank auf das Bett, ihre Hände zitterten leicht, und Tränen zeigten sich auf ihren großen Pupillen: »Nein, niemals!«, stammelte sie. »Wie kommen Sie darauf? Ich wollte nur weg, ich wollte damit nichts zu tun haben! Ich hatte furchtbare Angst!«

Martin ließ nicht locker: »Und warum haben Sie nicht die Polizei gerufen? Oder den Rettungsdienst? Sie haben den Mann einfach sterben lassen!«

Daiva schlug die Hände vors Gesicht und weinte hemmungslos. Sikkema wartete geduldig, und irgendwann konnte sie ein paar Worte sagen. »Ich hatte so Angst vor der Polizei. Ich habe es nicht richtig gemacht. Ich wollte nur weg. Ich habe gehofft, dass er wieder zu sich kommt. Ich kann es nicht entschuldigen.«

Hier komme ich jetzt nicht weiter, dachte der Kommissar. Entweder sagt sie die Wahrheit, dann bin ich nicht viel schlauer als vorher, oder sie ist eine raffinierte Schauspielerin. »Morgen früh kommen Sie bitte zur Polizei hier in Norden«, sagte er, »wir benötigen Ihre Fingerabdrücke. Ihr Kunde ist tot, und wir müssen alles prüfen, was in Frage kommt. Und Sie machen Phantombilder von den beiden Männern vor der Sauna.« Er nannte die Adresse, und Daiva versprach zu kommen.

Sikkema gab seiner Kollegin rasch die Ergebnisse per Telefon durch. Sie hatte das Haus in Neßmersiel soeben gefunden.

* * * *

Reent und Tammo waren von Aylas Erscheinung völlig überwältigt. Das heißt, zunächst Reent. Tammo musste erst aus der Arbeit herbeitelefoniert werden. Als er eintraf, hatte sich Reent schon mit Tee und Kaffee überschlagen und den gesamten Inhalt seiner Keksdose vom letzten Geburtstag auf einem Zierteller drapiert. Tammo stürzte herein, war unschlüssig, ob man einer solchen Kommissarin die Hand schütteln sollte, ließ es sein und sich selbst in einen Sessel fallen. Ayla genoss es.

Aber dann schaltete sie auf Angriff: »Was haben Sie gestern Abend und heute Nacht in Norddeich gemacht?«

Die beiden versuchten, sich dumm zu stellen, aber Ayla präsentierte ihnen die Fakten: das Foto vom Blitzer und die Aussage des Bauern. »An der Nebentür zur Halle haben wir bestimmte Fingerabdrücke gefunden. Soll ich Sie mitnehmen, damit wir Ihre damit vergleichen? Am besten, Sie machen keine Umstände und kooperieren.«

Tammos Blick suchte Reent. Sein Gesichtsausdruck schien zu fragen: Habe ich es nicht gleich gesagt? Reent verzog die Mundwinkel und schilderte minutiös, was in der Nacht geschah.

»Die Tür war schon aufgebrochen? Das soll ich Ihnen glauben?«, fragte Ayla scharf.

»Ja, wirklich! So war es!«

»Wir belügen Sie nicht!«, entfuhr es Tammo, schluckte aber ein »Das könnte ich gar nicht« gerade noch herunter.

»Wer bitte soll denn die Tür aufgebrochen haben? War da noch jemand?«

Beide schüttelten gleichzeitig den Kopf. »Vielleicht«, meinte Reent, »war sie ja schon länger kaputt.«

»Sie haben mir nicht alles erzählt«, fuhr Ayla fort, »Sie waren auch am Abend in Norddeich.«

»Nein, wieso?«, rief Reent.

»Sie sind vor der Sauna am Strand herumgetanzt und haben das Pärchen erschreckt! Es gibt eine Zeugin!«

Reent sprang auf. »Das kann nicht sein! Das waren wir nicht! Gestern Abend waren wir hier, bei Ubbo.«

»Wer ist Ubbo?«

»Der Wirt. Wir haben ein Bierchen getrunken und Dart gespielt. Kann Ubbo bezeugen und noch mindestens drei andere aus dem Dorf.«

Ayla ließ sich die Adresse der Kneipe und die Namen aufschreiben.

»Gut, wenn ihr es nicht wart«, schaltete Ayla auf freundlich, »wer war es dann?«

Reent zuckte mit den Schultern. Tammo plapperte los: »Es gibt hier noch jede Menge andere, die was gegen diese Sauna und gegen Jensen überhaupt haben. Alko und Frerk traue ich so was zu! Die sind für jeden Blödsinn zu haben.«

Reent schaute missbilligend, aber Tammo kam jetzt aus der Nummer nicht mehr raus. Er musste die vollen Namen und Adressen angeben, und Reent musste ein Foto herauskramen, das die beiden, einträchtig mit ihnen, in einer Gruppenaufnahme von Jungbauern des Landvolks zeigte.

Ayla sah, dass im Moment nicht mehr zu erfahren war, und verdonnerte die beiden, für Nachfragen in der Gegend zu bleiben. Sie seien noch keineswegs aus der Sache raus: mindestens Hausfriedensbruch, unterlassene Hilfeleistung, Behinderung der Polizeiarbeit, und ob sie ihnen alles so abnehme, wisse sie noch nicht. Gründlich, wie sie war, fuhr sie noch zur Kneipe und ließ sich von Ubbo das Alibi bestätigen.

* * * *

Auf dem Rückweg meldete sich Sikkema über ihr Autotelefon. »Ayla, fahr nach Greetsiel! Wir haben nach Frau Mrozinski in Essen gesucht. Überraschung: Sie ist in der Gegend! Sie kommt jetzt hierher. Angeblich wohnt sie im Hotel Krabbe. Bitte prüfe das nach.«

Ayla bog Richtung Leybucht ab. Mrozinskis Frau war in dem Hotel seit drei Tagen gemeldet! Auf beharrliches Nachfragen rückte der Portier noch heraus, dass sie von einem jüngeren Mann begleitet wird. Mehr war nicht zu erfragen.

Im Kommissariat erschien tatsächlich Inge Mrozinski und füllte sogleich den Vernehmungsraum mit ihrem Auftreten und ihrer Stimme. Sie machte keinen Hehl daraus, dass sie hinter ihrem Mann hergefahren war, um Informationen und Beweise zu sammeln, die sie im anstehenden Scheidungsprozess verwenden konnte. »Er will mich ausmanövrieren, wissen Sie. Es geht um meine Anteile an der Firma. Unser Ehevertrag ist vom alten Schlag. Wer Schuld hat, kriegt weniger. Mein Anwalt sagt, solche Verträge gelten noch. Das kann er mit mir nicht machen!«

Erst jetzt stoppte der Kommissar ihren Redefluss und sagte ihr kurz und trocken, dass ihr Mann ums Leben gekommen sei.

Sie wurde blass, musste schlucken, Schweißperlen traten auf die Stirn.

Eher Schreck als Trauer, dachte Sikkema. »Wo waren Sie gestern Abend?«, schoss er hinterher, ehe sie nach Einzelheiten fragen konnte.

»Sie kriegen es ja sowieso heraus: Ich habe ihn beobachtet, beziehungsweise mein Helfer, ein guter Vertrauter. Wir haben gesehen, wie er in Norden eine Frau abgeholt hat. Sie kam mir wie eine Nutte vor. Wir sind hinterher, den Wagen meines Freundes kennt er ja nicht. In Norddeich ist er mit ihr in einen Strandkorb gehüpft, ein komisches Ding mit einem Riesenvorbau. Das reichte mir. Wir haben das alles fotografiert und sind nach Greetsiel zurückgefahren.«

»Was haben Sie da gemacht?«

»Zusammen im Hotel zu Abend gegessen. Das kann der Kellner bezeugen. Aber nun sagen Sie mal, was ist denn meinem Mann passiert?«

Sikkema erzählte ihr die näheren Umstände. Sie war jetzt doch sichtlich betroffen, und ihre Stimme verlor an Schärfe, wenn sie nachfragte. Der Kommissar wollte sie erst einmal gehen lassen, um das zu verarbeiten, zumal es Zeit war für die große Lagebesprechung. »Bitte halten Sie sich zu unserer Verfügung. Morgen werden wir Sie bitten, Ihren Mann formal zu identifizieren. Und Ihren Freund werden wir auch vernehmen müssen. Als Zeugen.«

Frau Mrozinski nickte und verließ das Kommissariat leise und in sich gekehrt.

* * * *

Zur Lagebesprechung traf auch Ayla wieder ein, dazu alle, die irgendwie mit dem Fall zu tun hatten. Alle brachten ihre Informationen ein. Sikkema leitete.

Neu war, was die Kollegin von der Telefonzentrale beizutragen hatte: Die DLRG-Wache habe angerufen und berichtet, Paul Jensen habe sich mehrfach auf dem Strand gezeigt und habe sich an der Stelle zu schaffen gemacht, wo seine Strandsauna gestanden hatte. Natürlich hatte der Vorfall längst seine Runde gemacht, und den Strandkorbkönig kannte nahezu jeder.

Frau Dr. Meyer, die Pathologin, wartete, bis alle anderen geredet hatten, um dann effektvoll das Ergebnis ihrer Untersuchung aufzutischen: »Die Strangulierung wurde eindeutig nachträglich beigebracht. Da war das Opfer schon länger tot. Todesursache war Herzversagen. Aber warum? Schreck kommt in Frage, oder Überanstrengung – eine sexuelle Handlung in der Sauna ist eine ziemliche Kreislaufbelastung.«

Alle schwiegen und starrten gebannt auf die Ärztin, denn offensichtlich hatte sie noch etwas zu sagen.

»Es kann auch ein Stromschlag gewesen sein.«

»Ein Stromschlag?«, echote Sikkema, »Wo soll der hergekommen sein? Ein Taser?«

»Kaum. Das würde man sehen, das geht nicht ohne Brandwunden. Nein, eine starke Entladung, die durch den Körper gerauscht ist. Woher, wieso, keine Ahnung. Vielleicht stimmte etwas mit dieser Sauna nicht. Wenn nicht, war es ein simpler Herzinfarkt. Hitze, Sex, Aufregung wegen der Gestalten vor dem Fenster, das kann einen älteren Mann schon umhauen.«

Eine Nachfrage hatte Ayla noch. »Die Person, die nachträglich stranguliert hat: Muss die gesehen haben, dass der Mann schon tot war?«

»Ohne Zweifel«, meinte die Ärztin, »zumindest, wenn sie bei einigermaßen klarem Kopf war.«

Ayla schaute zu ihrem Chef hinüber, und der nickte unmerklich. Könnte sein, dass da jemand etwas vortäuschen wollte.

Dieses Ergebnis änderte den Arbeitsplan für den nächsten Tag. Daivas Zeichnung wurde gebraucht, wegen Alko und Frerk. Die beiden mussten in die Mangel, wie auch der Vertraute von Frau Mrozinski. Am wichtigsten war jedoch, die gesamte elektrische Anlage, die zu dem Strandkorb gehörte und im Sand verbuddelt war, und den Korb selbst noch einmal gründlich zu untersuchen.

* * * *

Der ominöse Vertraute der Gattin des Opfers erschien sehr früh im Kommissariat und entpuppte sich als Jurist. Er ließ sich über seine nähere Beziehung zu Frau Mrozinski keinerlei Formulierung entlocken. Er bestätigte nicht nur ihr gemeinsames Alibi, sondern zog auch gleich eine kurze Erklärung der Hotelverwaltung aus seinem Aktenkoffer, die seine Angaben bestätigte. Alles Übrige blockte er ab, und so musste er entlassen werden.

Auch wenn die Fahrt nach Neuharlingersiel recht lang war, ließ sich Ayla die spannende Begegnung mit den beiden angeblich so rabiaten ostfriesischen Jungbauern nicht nehmen. Daiva hatte zwei Zeichnungen geliefert, die zwei Köpfen auf dem Jungvolkfoto entsprachen. Ein Foto erbrachte sogar ein erfolgreiches Match mit der Kartei: Frerk war dort verewigt. Er war wegen einer Schlägerei zu einer Geldstrafe verurteilt worden.

Die beiden wollten ein paar Sprüche über die neue Schönheit der ostfriesischen Polizei anbringen, aber Ayla schnitt ihnen das Wort ab: was sie mit ihrem Zirkus vor der Korbsauna wollten.

»Wir finden diese neue Erfindung bescheuert, und wir finden diesen ganzen Jensen bescheuert! Er bringt alles durcheinander und macht die gute alte Strandkorbwirtschaft kaputt!«

»Und darum müssen Sie Touristen erschrecken?«

»Mein Gott, das war doch harmlos! Aber soll doch diese heiße Liebesschaukel in schlechten Ruf kommen! Der Jensen gehört hier nicht hin.«

»Aber deswegen die Elektroanlage kaputt zu machen, das geht zu weit! Das war lebensgefährlich!«

Die beiden stierten sie an. »Was sollen wir gemacht haben?«

»Ihr habt was an der Zuleitung gemacht. Ein elektrischer Schlag wurde ausgelöst. Dadurch kam der Tourist zu Tode.«

»Zu Tode? Damit haben wir nichts zu tun!«

Frerk führte das große Wort, aber Ayla beobachtete Alko, dessen Augen unsicher flackerten. Sie ging schärfer ran: »Kommt Jungs, lasst die Flunkerei. ihr wisst doch was. ihr habt das mitbekommen, dass da drin was passiert ist.«

Frerk wollte widersprechen, aber Alko legte ihm die Hand auf die Schulter. »Lass mal, Frerk. Wir haben nichts zu verbergen. Wir haben ein bisschen Spaß gemacht, groben Spaß, ja, aber mit dem Unfall, oder was es war, haben wir nichts zu tun. Wir haben gesehen, dass die Frau aus dem Korb stieg und davonrannte. Wir haben gelacht! Wir dachten, dass wir sie erfolgreich verjagt hatten, und sind abgehauen.«

»Ohne nachzugucken, was mit dem Mann war?«

»Wozu?«, meinte Frerk, »Ich wollte schon vorher weg. Sie müssen wissen, ich hatte schon mal 'ne Verurteilung. Ich wollte nichts riskieren.«

Ayla schaute ihn ernst an: »Ich weiß, wegen Körperverletzung. Aber vielleicht hättet ihr helfen können.«

Die beiden schwiegen betreten.

Ayla schickte sie wegen der Fingerabdrücke zur örtlichen Polizeistelle und brach zur Rückfahrt auf.

* * * *

In der Zwischenzeit hatte Martin Sikkema eine Baggerfirma organisiert und die gesamte elektrische Anlage von der Abzweigung bis zur Anschlussvorrichtung für den Strandkorb freigelegt. Ein vereidigter Elektrotechniker vom TÜV untersuchte zuerst die Heizung und das sonstige Stromsystem der Korbsauna in der Halle und dann Leitungen und Anschluss vor Ort.

»Keinerlei Zweifel«, sagte er, »da ist ein grober Schlag durchgegangen. Kurzschluss, bei Drehstrom, kann besonders heftig sein. Ich schätze durch Wasser, obwohl das hier alles trocken ist.«

»Ist die elektrische Anlage ordnungsgemäß verlegt?«, wollte Sikkema wissen.

»Auf den ersten Blick schon. Für mich sind diese Saunadinger Neuland. Aber wir haben das hier nicht abgenommen. Ich weiß nicht warum. Sprechen Sie darüber bitte mit unserem Chef in Oldenburg.«

Der Kommissar ließ sich sofort verbinden und hatte Glück.

»Eine Strandkorbsauna? Ich weiß von nichts«, sagte der Technische Direktor. »Schon gehört, dass die so etwas nördlich von Lübeck genehmigt haben. Aber diese zahmen Ostseeströndchen und unser Wattenmeer, das sind zwei Welten. Sobald es um elektrische Anlagen im Boden vor dem Deich geht, lassen wir uns immer von Wasserfachleuten beraten.«

Hartnäckig verfolgte Sikkema diese Spur, bis er die Königin der Wattenmeerexperten an der Strippe hatte, eine Physikprofessorin an der Hochschule Emden. Er war überrascht von ihrer jugendlich wirkenden Stimme. Er schilderte ihr das Geschehen und was der Techniker beschrieben hatte.

»Was hat dieser Eigentümer gemacht? Eine elektrische Anlage, die man ihm an der holsteinischen Küste genehmigt hat, einfach hierher verlagert? Der Mann hat keine Ahnung!« Und sie hielt ihm am Telefon einen Vortrag über das, was bei Ebbe und Flut im Watt, aber auch am Strand der wilden Nordsee passiert, wenn das Wasser kommt und geht. »Sie glauben gar nicht«, dozierte sie, »welchen Druck das Wasser bei Flut ausübt, und zwar vor allem unter dem Boden! Es kriecht bis an den Deich heran, und dann zieht es sich mit Macht zurück. Wer da seine Kabel und vor allem die Verbindungen und Anschlüsse verlegt, muss ganz besonderes Material verwenden, das ständig ziehendes Salzwasser aushält. Wann, sagen Sie, war der Unfall?«

»Gestern Abend.«

»Gestern war Springflut!«

»Ich weiß«, rief Sikkema dazwischen, um als Ostfriese nicht völlig ahnungslos zu wirken.

»Eine Springflut«, so die Professorin weiter, »erreicht nicht nur einen höheren Pegel als eine normale Flut. Sie steigt auch unter dem Sand besonders hoch, das hat mit den Anziehungskräften zu tun. Hätte er den TÜV geholt, hätten die mich oder meine Leute angerufen. Das wäre so nicht genehmigt worden.«

Der Kommissar bedankte sich, orderte ein Hinterzimmer in einem Strandcafé und befahl seine Leute dorthin.

* * * *

Kurz darauf traf auch Ayla ein. Alle neuen Erkenntnisse wurden dargestellt.

»Wie passt das alles zusammen?«, fragte der Chef.

»Jensen!«, sagte einer.

»Ja, Jensen«, nahm sich Ayla das Wort und formulierte, was sich ihr als Verdacht aufdrängte: »Jensen hat sich den

TÜV gespart. Er hatte ja die Genehmigungen von der Ostsee. Von den Verhältnissen im Wattenmeer hatte er keine Ahnung. Gestern war die Korbsauna in vollem Betrieb, als die besonders hohe Springflut Salzwasser gegen die empfindlichen Anschlüsse drückte und einen Kurzschluss verursachte. Eine tödliche Entladung fuhr durch den liegenden Mann. Als Jensen den Korb abholen wollte, hat er sehr wohl gemerkt, dass da jemand drinnen lag – er kann mir viel erzählen. Er bekam einen Riesenschreck, vielleicht roch es auch komisch, das Licht funktionierte nicht, da hat er alles zügig in die Halle befördert, hat geahnt, dass der Tourist durch einen Stromschlag gestorben ist, und hat in Hektik einen Raubmord inszeniert: die Strangulierung, die Beschädigung der Tür. Ach ja, und das leere Portemonnaie und die fehlenden Geldkarten.«

Sikkema blickte in die Runde. Kein Widerspruch. Da schoss ihm eine Szene durch den Kopf: Jensen im Disput mit dem jungen Burschen im Blaumann, gleich gestern Morgen in der Halle. »Vielleicht war er gar nicht allein«, sagte er vor sich hin und blickte in fragende Gesichter. »Da war noch ein junger Mann in der Halle, neben dem Traktor. Hat sich niemand um den gekümmert?« Der Kommissar haute auf den Tisch. »Den brauchen wir! Ayla, rufst du Jensen an? Er soll sagen, wer das war und wo wir ihn finden.«

* * * *

Berend, so hieß der Mitarbeiter, wollte zuerst dichtmachen, brach jedoch nach fünf Minuten scharfen Verhörs durch Ayla ein. Ja, er sei dabei gewesen, so wie vorher auch schon, wenn die Sauna abends geholt wurde. Er habe den Trecker gefahren. Er habe gemerkt, dass irgendwas nicht stimmte, und dass Jensen die Kiste untersucht hat. Er habe sich jedoch nichts dabei gedacht und einfach seinen Job gemacht. Hinterher in der Halle habe Jensen ihn sofort nach Hause geschickt.

»Was wollte dein Chef morgens von dir? Wir haben gesehen, wie er auf dich eingeredet hat!«

»Ich sollte sagen, ich hätte nichts gesehen. Habe ich ja auch nicht.«

»Hat er gedroht?«

Der Junge guckte verlegen an Ayla vorbei.

»Sag die Wahrheit, dann passiert dir nichts«, drängte Ayla.

»Naja«, kam es schließlich, »furchtbar freundlich war er nicht. Gedroht ... ja ... weiß nicht ...«

Gleichzeitig saß Sikkema mit Jensen im Vernehmungsraum. Der hatte einen Anwalt abgelehnt. »Ich habe doch nichts zu verbergen«, sagte er. Dennoch strahlte er eine gewisse Nervosität aus. Würde sein Helfer im Nebenraum die Klappe halten?

Der Kommissar breitete ihm die Beweislage aus. »Sie haben sich verstrickt, Herr Jensen. Verstrickt und verzockt. Mit dem Lederband und der aufgebrochenen Tür haben Sie zwei falsche Fährten gelegt, die sich widersprechen. Hätten Sie die Sauna mitsamt dem Toten bis zum Morgen einfach stehen gelassen, dann hätten wir mehr Probleme gehabt. Dann wären wir vielleicht beim Herzinfarkt stecken geblieben, ohne auf den Stromschlag zu kommen. So aber haben Sie uns, und vor allem die Pathologin, misstrauisch gemacht.«

»Gar nichts habe ich gemacht. Das Lederband war schon da, und die Tür hat jemand anders aufgebrochen. Diese beiden Jungs, deren Fingerabdrücke drauf sind!«

»Warum haben Sie uns verschwiegen, dass Sie einen Helfer beim Abtransport der Sauna hatten?«

Jensen zuckte die Schultern. »Ich wollte ihn da raushalten. Er ist fast noch ein Junge.«

In dem Moment kam Ayla herein. »Dieser Junge, wie Sie ihn nennen, hat die Situation genau erkannt und sehr erwachsen mit mir gesprochen. Ja, er fühlte sich von Ihnen bedroht«, bluffte sie. »Ich kann ja verstehen, wie verzweifelt Sie waren. Sie haben geahnt, dass nach so einem Vorkommnis Ihr Geschäft hier kaputt ist. Sie sind in Panik geraten und haben unsinnige Dinge gemacht.«

Sikkema nahm den Faden auf: »Das spricht sogar für Sie. Sie sind kein Mann, der kalt nur auf seinen Vorteil aus ist. Sie sind ein Zocker, der jetzt reingefallen ist. Leider hat das einen Menschen das Leben gekostet. Wenn Sie jetzt kooperieren und nicht mehr herumtricksen, dann geht es vor Gericht um fahrlässige Tötung und um den Grad der Fahrlässigkeit.«

Ayla beugte sich vor: »Übrigens habe ich gerade die Durchsuchung Ihrer Wohnung beantragt. Uns interessiert, ob wir da Geldkarten des Opfers finden.«

Nicht viel später, und Jensen gab auf.

* * * *

Ein paar Wochen später saßen Reent und Tammo auf der Bank an Reents Haus. Ihnen gegenüber fläzten sich Alko und Frerk in Liegestühlen. Immer wieder prosteten sie sich zu, Reent hatte eine Kiste Jever besorgt.

»Keinen Stich mehr kriegt er hier, der Jensen!«

»Meinst du, er muss hinter Gitter?«

»Ich glaube schon, aber auch wenn nicht, ist es aus. In allen Gemeinden hat er seine Anträge zurückgezogen, und ein paar Verträge versuchen sie schon fristlos zu kündigen.«

»Prost denn, auf Friesland!«

»Auf unsere Strandkorbwirtschaft!«

»Auf unsere Tradition!«

Frerk hielt sich merkwürdig zurück. »Was ist los, Frerk?«

Der Angesprochene räusperte sich. »Ich fürchte, wir sind da noch nicht durch.«

»Wieso, was soll denn noch kommen?«

»Denkt daran, was diese Kommissarin angedeutet hat:

unterlassene Hilfeleistung, Behinderung der Polizeiarbeit, und was weiß ich noch!«

»Ach was«, rief Alko, »das sind für die doch kleine Fische. Das ist die Mordkommission, und ihren Mord haben sie ja, oder so was Ähnliches. Die kommt nicht mehr darauf zurück! Obwohl …«, er machte eine Kunstpause, »ich hätte schon Lust, sie wiederzutreffen!«

Großes Gelächter.

»Versuch's doch mal bei ›Bauer sucht Frau‹«, frotzelte Reent, »vielleicht meldet sie sich, wenn du der Bauer bist!«

»Prost!«, rief Tammo, »auf die Kommissarin!«

»Jou, Prost!«, war das Echo.

KURZBIOGRAFIEN

Annegret Achner, geboren in Essen, verheiratet, zwei erwachsene Kinder. Nach dem Studium der Anglistik und Germanistik in Bochum, Tübingen und St. Andrews fast vier Jahrzehnte Lehrerin für Deutsch, Englisch und Darstellendes Spiel in Bremen, dann Lektorin am germanistischen Institut in Porto/Portugal. Ab 2010 Schreibkurse und ab 2011 Lektorin für Englisch an der VHS Bremen. Sie erhielt eine Reihe Preise, wie den Förderpreis der Schule des Schreibens, den 1. Preis beim Krimi-Wettbewerb des Sieben-Verlags, den Preis der 7. Berner Bücherwochen und 2019 das Bremer Autorenstipendium.

Alberts, Jürgen und Marita schreiben seit vielen Jahren Romane und Geschichten, die sie *Krimiduette* nennen. Ihre letzte Veröffentlichung trägt den Titel *Es muss nicht immer Mord sein*. Außerdem haben sie acht Reiseromane geschrieben, die in der Toskana, in Portugal und auf den Kanarischen Inseln spielen. Jürgen Alberts hat eine zehnbändige Bremen-Polizeiserie vorgelegt, die in der Edition Kellner seit dem letzten Jahr in einer Neubearbeitung publiziert wird. Die ersten 3 Titel: *Das Kameradenschwein*, *Der Spitzel* und *Die Chop-Suey-Gang*Neben zahlreichen Auszeichnungen hat Jürgen Alberts 2011 den Ehrenglauser für sein Lebenswerk erhalten. www.juergen-alberts.de

Ulrike Barow verbrachte ihre Schuljahre und die Zeit der Ausbildung zur Buchhändlerin in Gütersloh/Westf. Dann zog es sie auf die kleinste der ostfriesischen Inseln, nämlich Baltrum. Dort lebte und arbeitete sie mit ihrer Familie über dreißig Jahre. Nun haben sie ihr Domizil in der schönen

Stadt Leer aufgeschlagen. Sie ist Mitglied bei den *Mörderischen Schwestern.*

Matthias Bieling wurde 1966 am südlichen Rand des Ruhrgebietes geboren, ist verheiratet, hat eine Tochter und lebt in Oldenburg. Nach Abitur, kaufmännischer Lehre und Studium der Wirtschafts-, Theater-, Film- und Fernsehwissenschaften begann er eine Karriere in der freien Wirtschaft. Seine Wirtschafts- und Wissenschaftskrimi sind wilde, vielschichtige Geschichten in einer wilden, vielschichtigen Welt. Er ist Vorstandsvorsitzender der Kriminalschriftsteller-Vereinigung das SYNDIKAT.

C. N. Costa ist das Pseudonym der Journalistin und Autorin Christiane Nitsche-Costa. Sie schreibt Reportagen, Reiseliteratur, Romane und Kurzgeschichten. Erschienen sind »Mabel's Sweetest« in »Wenn der Tod lachen könnte« (2013) und »Stoff für alle« in den Westfälischen Nachrichten (2016). Sie ist Herausgeberin des Erzähl- und Bildbands »Vechtegeschichten – Vechtverhalen« (2018) und Preisträgerin bei »Go East« von Kulturgut Haus Nottbeck (2019). 2023 erschienen ihre Kurzkrimis »Freier« in »Mord am laufenden Band« (Glave & Glave, Norden) und »Besser als der Tod« in »Der Tod sagt Ahoi« (KellnerVerlag, Bremen). Sie lebt in Gronau oder Amsterdam und bloggt auf weibtisch – the word is not enough.

Reinhold Friedl wurde in Hamburg geboren. Der promovierte Politik- und Wirtschaftswissenschaftler arbeitete unter anderem als Polizeivollzugsbeamter im Bundesgrenzschutz, in einem Kultusministerium und war internationaler Beamter der Vereinten Nationen (UNHCR/UNESCO) in Genf, Paris und Afrika. Er ist Honorarprofessor der Carl-von-Ossietzky Universität Oldenburg. Neben wissenschaftlichen und Pressepublikationen hat er fünf Romane, insbesondere Krimis, sowie vierzehn Kurzgeschichten und Kurzkrimis in Anthologien verschiedener Verlage veröffentlicht. Ende 2023 erschien die Überarbeitung seiner Krimi Trilogie neu in der Edition Falkenberg: Tödliches Tabu; Codewort: Große Hochzeit; Tödliche Schriftrollen vom Nil. Er ist Mitglied im SYNDIKAT, der Vereinigung von Krimiautorinnen und -autoren. 2011 wurde er mit dem Literaturpreis »Goldener Hecht« ausgezeichnet. Er lebt im Cuxland und in Oldenburg. www.reinhold-friedl.net

Heike Gerdes, geboren 1964 in Untersimonswald, lebt in Leer. Nach einem Redaktionsvolontariat und jahrelangem Redakteursdasein bei verschiedenen Tageszeitungen in Niedersachsen arbeitete sie als freie Mitarbeiterin bei Zeitungen, Zeitschriften und einem Internetmagazin, ehe sie sich für die Selbstständigkeit entschied. Im Januar 2000 gründete sie den Leda-Verlag und betrieb mehr als zehn Jahre lang die Krimibuchhandlung »Tatort Taraxacum« in Leer, mit der sie zweimal den Deutschen Buchhandlungspreis gewonnen hat. Zudem ist die Autorin Mitglied im SYNDIKAT, dessen Geschäftsstelle sie seit 2022 leitet. Bisher erschienen drei Kriminalromane (zuletzt Friesisches Käsekartell, Gmeiner 2022), ein Storyband und zahlreiche Kurzgeschichten.

Peter Gerdes, geb. 1955, lebt in Leer (Ostfriesland). Studierte Germanistik und Anglistik, arbeitete als Journalist und Lehrer. Schreibt seit 1995 Krimis und betätigt sich als Herausgeber. Seit 1999 Leiter des Festivals »Ostfriesische Krimitage«. Gerdes organisierte von 2018 bis 2023 für das SYNDIKAT das jährliche Krimifest CRIMINALE. Er ist Mitglied im PEN Berlin. Zuletzt erschienen: »Borkumer Rache«, Kriminalroman (2023, Gmeiner-Verlag). Mehr auf www.mordwesten.de

Volker Heigenmooser, geb. 1955, lebt und arbeitet in Bremerhaven als freiberuflicher Journalist und Autor, Mitglied des Bremer Krimistammtischs und damit in diversen regionalen Krimianthologien vertreten. Mehr unter www.heigenmoosers-wortmanufaktur.de

Bernd Köstering wurde in Weimar/Thüringen geboren und lebt heute in Offenbach am Main. Seine Goethekrimis um den Privatermittler Hendrik Wilmut haben unter Fans inzwischen Kultcharakter. Köstering veröffentlichte bisher acht Romane, zahlreiche Kurzgeschichten sowie Krimirätsel und etablierte zusammen mit dem Gmeiner-Verlag das Subgenre Literaturkrimi. Außer dem Schreiben gilt seine Leidenschaft einer Frau, zwei Töchtern, drei Gitarren und vier Enkelkindern.

Toby Martins ist ein deutschsprachiger Autor, der vor allem durch Thriller und Kriminalromane bekannt ist. Unter dem Pseudonym Brian Abercrombie veröffentlichte er Anfang der 1990er Jahre eine Thriller-Trilogie, mit der er sich bei Lesern und bei der Kritik einen Namen machte. Der erste Band Hoffmann erschien 1991 auch in russischer Übersetzung beim Quadrat-Verlag in Moskau. Seit 2012 schreibt er Kurzgeschichten mit der Figur des Bremer Hauptkommissars Immo Diekhoff, die in zahlreichen Anthologien veröffentlicht wurden. Toby Martins ist Mitglied der Krimi-Autorenvereinigung das SYNDIKAT und des Bremer Krimistammtisches.

Phillips, Mirjam wanderte nach dem Abitur nach Großbritannien aus. Seit ihrer Rückkehr nach Bremen unterrichtet sie Englisch und Spanisch am Gymnasium. Sie schreibt Kurzgeschichten, ist Herausgeberin mehrerer Krimianthologien und leitet die Regionalgruppe Nordwest des Vereins deutschsprachiger Krimiautorinnen *Die mörderischen Schwestern.*

Gesine Reichstein, in der Grafschaft Bentheim nahe der Niederländischen Grenze geboren, studierte Plattdeutsch in Göttingen. Sie arbeitete als Redakteurin und leitete viele Jahre unter anderem die plattdeutschen Nachrichten bei Radio Bremen. 2007 erschien ihre erste Kurzgeschichten-Sammlung auf niederdeutsch »Dag för Dag mit de Taxe föhren«. 2008 wurde ein multimedialer Plattdeutsch-Kurs veröffentlicht, den sie mit zwei anderen Autoren erstellte. Seit 2014 veröffentlicht sie auch Krimi-Kurzgeschichten auf Platt und ist Mitglied des Bremer Krimistammtisches.

Nina Schindler hat bislang mehr als 50 Kinder- und Jugendbücher veröffentlicht, daneben auch einige für erwachsene Leserinnen wie z.B. das »Mordsbuch«, und mehr als 100 Bücher übersetzt. Sie ist begeisterte Krimileserin und hat selber bislang mehr als 30 Kurzkrimis verfasst.

Carmen Schmidt lebt in Bremen, studierte Deutsch und Sport. Durch ihre Nebentätigkeit als Komparsin entdeckte sie ihre Liebe zum Krimi. Ihre erste Kurzgeschichte entstand 2011 in der Bremer Krimiwerkstatt. Seitdem diverse Veröffentlichungen in Anthologien.

Manfred C. Schmidt, gebürtiger Emder, lebt in Esens/Ostfriesland, studierte als Stipendiat der Hans-Böckler-Stiftung in Köln sowie Oldenburg Sonderpädagogik und Germanistik. Er ist Mitglied im SYNDIKAT, veröffentlichte zwei Kriminalromane, gab Krimisammelbände heraus und ist seinen Kurzkrimis in zahlreichen Anthologien, Zeitungen und Zeitschriften vertreten. Schmidt veranstaltete jahrelang in Esens Poetry Slams und Krimilesungen, Lesen am Tresen und Kriminelle Stadtführungen.

Alexa Stein wurde in Nürnberg geboren, lebt aber schon seit längerem in Bremen und umzu, wo sie ihre Leidenschaft für den Norden, das Schreiben und mörderisch gute Geschichten entdeckte. Sie ist Mitglied der Mörderischen Schwestern und im SYNDIKAT, ist Gastdozentin für kreatives Schreiben an der Universität Bremen und leitete von 2011 bis 2015 das Krimifestival »Prime Time – Crime Time«. Zu ihren bisherigen Werken zählen Romane, Reiseführer, Kriminalromane, Kurzgeschichten und ein Theaterstück.

Jochen Windheuser, Jahrgang 1946, wurde im Ruhrgebiet geboren und studierte, praktizierte und lehrte Psychologie. Sein Berufs- und Privatleben trieb ihn immer weiter nach Norden. Im Rentenalter in Vegesack angelangt, entdeckte er das Schreiben als Hobby und produzierte neben historischen Romanen, Lyrik und Kurzgeschichten seit ein paar Jahren lokale Krimis um Schulschiff und Hafen.